DONGSUH MYSTERY BOOKS 42

THE ABC MURDERS
ABC 살인사건
애거서 크리스티/박순녀 옮김

동서문화사

옮긴이 박순녀(朴順女)
원산여자사범·서울사대 영문과 졸업. 조선일보 신춘문예〈케이스워카〉이어 《아이 러브 유》《로렐라이의 기억》《어떤 파리》등 많은 작품을 발표 현대문학상 수상. 옮긴책《하늘을 나는 메어리 포핀스》등이 있다.

DONGSUH MYSTERY BOOKS 42

ABC 살인사건

애거서 크리스티 지음/박순녀 옮김
초판 1쇄 발행/1977년 12월 1일
중판 1쇄 발행/2003년 1월 1일
중판 4쇄 발행/2015년 3월 1일
발행인 고정일/발행처 동서문화사
창업 1956. 12. 12. 등록 16-3799
서울 강남구 도산대로 163(신사동)
☎ 546-0331~6 (FAX) 545-0331
www.dongsuhbook.com

*

이 책의 출판권은 동서문화사가 소유합니다.
의장권 제호권 편집권은 저작권 법에 의해 보호를 받는 출판물이므로
무단전재와 무단복제를 금합니다.
사업자등록번호 211-87-75330
ISBN 978-89-497-0123-3 04840
ISBN 978-89-497-0081-6 (세트)

ABC 살인사건
차례

영국 육군 대위 아서 헤이스팅즈 머리글 …… 11
편지 …… 12
삽화 …… 21
앤도버 살인 …… 22
철도 안내서 …… 30
조카딸의 이야기 …… 37
범행 현장 …… 45
두 증인 …… 57
두 번째 편지 …… 64
벡스힐 바닷가 살인 …… 75
버너드 집안 …… 87
언니의 이야기 …… 95

약혼자의 이야기 …… 102
모임 …… 107
세 번째 편지 …… 117
처스턴 살인 …… 126
삽화 …… 137
준비 …… 141
포아로의 연설 …… 150
에덴에서 온 사람 …… 165
클라크 부인 …… 171
범인의 인상 …… 183
삽화 …… 191
9월 11일 …… 199
삽화 …… 209

삽화······ 212
삽화······ 215
던캐스터 살인······ 219
삽화······ 228
경찰국에서······ 238
삽화······ 243
포아로의 질문······ 245
여우를 잡아라······ 254
포아로냐 ABC냐······ 262
결론······ 270
설명······ 290
잠수함 설계도······ 294

마른 풀더미 속 바늘을 찾는 포아로······ 317

등장인물

앨리스 애셔 부인　첫 번째 피해자
프란츠 애셔　앨리스의 남편
메리 드로워　앨리스의 조카딸
베티 버너드　두 번째 피해자
미건 버너드　베티의 언니
도널드 프레이저　베티의 약혼자
카마이클 클라크 경　세 번째 피해자
프랭클린 클라크　카마이클 경의 동생
소러 그레이　카마이클 경의 비서
조지 얼스필드　네 번째 피해자
앨릭잰더 보너퍼트 캐스트　부인용 양말 행상인
머벌리 부인　캐스트의 하숙집 주인
릴리　머벌리 부인의 딸
톰 허티건　릴리의 연인
재프　런던 경시청 경감
에르퀼 포아로　사립탐정, 벨기에 인
헤이스팅즈　포아로의 친구

영국 육군 대위 아서 헤이스팅즈 머리글

  이 이야기에서는 내가 직접 입회한 사건이나 장면만을 이야기해온 내 방법을 바꿔 보았다. 그래서 몇몇 장은 3인칭으로 씌어 있다.
  이제부터 각 장에서 펼쳐지는 사건들은 모두 내가 확증할 수 있었던 것임을 밝혀 둔다. 여러 인물들의 생각이나 감정을 서술하는 데 있어 얼마쯤 내가 시인의 특권을 행사했다 해도 그것은 아주 정확을 기해서 한 일이다. 또한 그것들은 모두 내 친구 에르큘 포아로의 검토를 받았음을 덧붙여 둔다.
  끝으로, 나는 이 이상한 연쇄 범죄의 결과로서 일어나는 그리 중요치 않은 인간 관계에 대해 너무 많은 이야기를 했는지도 모른다. 하지만 인간적, 개인적 요소란 빠뜨려선 안 되는 것이다.
  에르큘 포아로가 언젠가 과장된 몸짓으로 나에게 가르쳐 준 일이 있다. 로맨스란 범죄의 부산물일 경우가 있다고.
  ABC 수수께끼의 해결에 대해 말한다면, 에르큘 포아로는 이제까지 그가 다뤄 온 어느 사건과도 다른 방법으로 문제에 뛰어들어 그 진정한 천재성을 발휘했다고 말해도 좋으리라.

편지

 1935년 6월, 나는 남아메리카의 내 농장을 떠나 여섯 달쯤 머무를 예정으로 영국으로 돌아왔다.
 그때는 어려웠던 시대로, 다른 사람들과 마찬가지로 우리 역시 세계적인 불황에 어려움을 겪고 있었다. 영국에는 나 자신이 손대지 않으면 도저히 진행되지 않을 것 같은 볼일이 여러 가지 있었다. 농장 관리를 위해 아내가 뒤에 남았다.
 영국에 도착해서 내가 맨 먼저 한 일의 하나는 말할 나위도 없이 오랜 친구인 에르퀼 포아로를 찾아간 것이었다.
 그는 런던의 어떤 최신형 아파트에 살고 있었다. 내가 그것을 지적하며, 그가 이 특별한 건물을 택한 것은 완전히 그 기하학적인 겉모습과 넓이 때문일 거라고 말하자 그는 고개를 끄덕였다.
 "그러나 아주 기분좋게 균형이 잡혀 있지. 그렇게 생각되지 않나?"
 나는 좀 너무 모난 것 같이 생각된다고 말했다. 그리고 오래된 농담이 생각나 이 아파트에서는 암탉에게 네모난 달걀을 낳게 할 수 있을 거라고 말했다.
 포아로는 크게 웃었다.
 "아니, 자네는 아직도 그걸 기억하고 있나? 하지만 유감스럽게도 과학은 아직 암탉을 현대 취미에 맞도록 하는 일에 성공하지 못하고 있네. 닭들은 지금도 여전히 크기와 빛깔이 서로 다른 달걀을 낳고 있지."
 나는 애정어린 눈길로 오랜 친구를 관찰했다. 그는 굉장히 활기가 넘쳐 전에 만났을 때보다 조금도 더 나이먹은 것 같이 보이지 않았다.
 "자네는 정말 건강해 보이는군, 포아로. 거의 나이를 안 먹었잖나. 전에 만났을 때보다 흰머리가 더 적어졌다고 해도 좋을 정도일세, 그런 일이 있을 수 있다면."
 포아로는 나에게 빙그레 웃어 보였다.
 "어째서 그런 일이 있을 수 없겠나? 진짜 그 말대로인데."
 "자네 머리는 검은빛에서 잿빛이 되는 대신 잿빛에서 검은빛으로 된단 말인가?"
 "그렇다네."
 "그렇지만 그런 일은 과학적으로 불가능해!"
 "천만에."
 "하지만 있을 수 없는 일이잖나. 자연 법칙에 어긋나."
 "헤이스팅즈, 자네는 여전히 남을 의심하지 않는 아름다운 마음을 지니고 있군. 세월도 자네의 그 마음은 바꿔 놓지 못하는구먼! 자네는 한 가지 사실을 발견하면 곧바로 그 해결을 입에 담지. 자기 자신은 그것을 의식하지 못하지만!"
 나는 무슨 소리인지 알 수가 없어 그를 쳐다보았다.
 그는 잠자코 침실에 들어가더니 병을 하나 들고 돌아와 나에게 건네 주었다.
나는 영문을 모르는 채 그 병을 보았다.
병에는 이렇게 씌어 있었다.

르비비——머리카락의 자연스러운 빛깔을 회색, 밤색, 빨강, 노랑, 갈색, 검은색의 여섯 가지 색조로 되살린다. 르비비는 염료가 아니다.

나는 소리쳤다.
"포아로, 머리를 염색하고 있구먼!"
"아, 겨우 알아차린 모양이군!"
"그래서 자네 머리가 전에 돌아왔을 때보다 훨씬 검어 보였단 말인가?"
"그렇지."
놀라움이 가라앉자 나는 말했다.
"그럼, 다음에 돌아올 때는 가짜 수염이라도 달고 있을 게 아닌가! 아니면 지금도 가짜 수염인가?"
포아로는 움찔했다. 수염은 늘 그가 가장 세심하게 신경쓰는 부분이다. 그는 수염을 지나치게 자랑했다. 그런데 내 말이 그의 아픈 데를 찌른 것이다.
"아닐세, 당치도 않아. 그런 날은 되도록 오지 않기를 비네. 가짜 수염이라니? 끔찍한 소리를!"
그는 수염이 진짜인 것을 증명하기 위해 힘주어 잡아당겨 보였다.
"과연 아직 숱이 꽤 많군."
"그렇지? 온 런던을 다 찾아봐도 나에게 맞는 가짜 수염은 있을리 없네."

'꽤 우쭐대는군' 하고 나는 마음속으로 생각했다. 그러나 나는 그런 말을 해서 포아로의 기분을 상하게 할 생각은 전혀 없었다.

그 대신 그가 아직도 때때로 일을 하는지 물어 보았다.

"자네가 몇 년 전에 은퇴한 것은 알고 있지만……."

"그렇네. 대대적으로 호박을 가꾸기 위해서! 그런데 곧 살인사건이 일어나 호박들에게 멸망으로의 행진을 시키고 만 셈일세. 그 뒤부터는, 자네가 뭐라고 할지 잘 알지만 나는 자진해서 고별 공연을 여는 프리 마돈나가 됐네. 물론 그 고별 공연이 끝없이 되풀이되고 있지만 말일세."

나는 웃었다.

"실로 그대로라네. 그때마다 나는 이것이 마지막이라고 말하지. 그런데 안 돼. 다른 사건이 일어나거든. 그래서 나는 인정하지 않을 수 없다네. 나는 은퇴를 바라지 않는다고. 이 조그만 회색 뇌세포는 쓰지 않으면 녹슬어 버리니까."

"알았네. 적당히 운동을 시키고 있다는 거로군."

"맞아, 요즘의 에르큘 포아로는 범죄의 진수밖에 다루지 않네."

"그 진수는 충분히 있던가?"

"꽤 있지. 바로 저번 사건 같은 경우는 위태로웠어."

"실패했나?"

포아로는 놀라는 듯했다.

"당치도 않네. 그렇지만 이 내가, 이 에르큘 포아로가 하마터면 살해될 뻔했었지."

나는 휘파람을 불었다.

"대담한 범인이로군."

"대담하다기보다 무모하지. 그래, 진짜 무모한 녀석이었어. 하지만 그 이야기는 그만두세. 그런데 헤이스팅즈, 알겠나? 나는 여러 가지 뜻에서 자네를 내 마스코트로 생각하고 있네."
"정말인가? 어떤 뜻에서?"
포아로는 내 물음에는 직접 대답하지 않고 이야기를 계속했다.
"자네가 온다는 이야기를 들으면 나는 곧 무언가 일어나겠군 하고 생각된다네. 예전처럼 둘이서 수사하지 않겠나. 하지만 만일 그렇게 한다면 평범한 사건은 안 돼. 뭔가 이렇게……."
그는 흥분해서 손을 파도치듯 움직였다.
"머리를 최대한 쓰게 하는, 미묘하고 피이누(섬세)한 것이 아니면 안되지."
피이누라는 번역하기 어려운 말에 가득히 풍미를 곁들이는 듯한 말투였다.
"포아로, 남이 들으면 마치 리츠에서 저녁 식사라도 주문하고 있는 줄 생각하겠네."
그는 한숨을 쉬었다.
"범죄란 주문할 수 있는 게 아닌데 말일세. 정말이야. 그렇지만 나는 운을 믿겠네. 운명이라고 해도 좋아. 내 곁에 있으면서 내가 용서받을 수 없는 실책을 저지르는 걸 막아 주는 게 자네 운명이야."
"용서받을 수 없는 실책이란 뭔가?"
"명백한 것을 놓치는 것이지."
나는 이 말을 마음속에서 되풀이해 보았으나 핵심을 잡을 수 없었다.
나는 밝게 미소지으며 말했다.
"그런데 그 진수라고 할 만한 범죄는 아직 일어나지 않았나?"
"적어도 아직은. 왜냐하면……."
그는 말을 끊었다. 이마에 난처한 듯한 주름이 잡혔다. 그의 손은 내가 생각없이 접은 물건을 무의식중에 펴고 있었다.

그는 천천히 말했다.
"확실히 알 수는 없지만……."
그 말투에 어떤 이상한 게 느껴져서 나는 놀라며 그의 얼굴을 보았다.
가로진 주름은 아직 남아 있었다.
그는 갑자기 결심한 듯 고개를 끄덕이고 창 가까이 있는 책상 쪽으로 방을 가로질러 갔다. 책상 속은 말할 나위도 없이 잘 분류되고 정리되어 손을 넣기만 하면 바로 필요한 서류를 꺼낼 수 있었다.
그는 한 통의 뜯어진 편지를 손에 들고 내 쪽으로 천천히 되돌아왔다. 그리고 그것에 눈길을 한 번 주더니 나에게 내밀며 말했다.
"자네는 이걸 어떻게 생각하나?"
나는 어떤 흥미를 가지고 그것을 받았다.
그것은 좀 두꺼운 흰 편지지에 활자체로 씌어 있었다.

 에르퀼 포아로여, 너는 자만에 빠져 있는 게 아닐까. 가엾은 우리 멍청이 영국 경찰이 감당하지 못하는 어려운 사건을 해결할 수 있는 건 너 자신이라고?
 명민한 포아로여, 너의 명민함을 어디 한 번 보여다오. 하지만 너에게는 이 호두가 너무 딱딱할걸. 이 달 21일, 앤도버(Andover)를 경계하라. 이만.
                                        ABC

나는 잠시 봉투에 눈길을 주었다. 역시 활자체로 씌어 있었다.
내가 소인에 주목하고 있는 것을 보자 그가 말했다.
"소인은 서중앙 제1국일세. 그래, 어떻게 생각하나?"
나는 어깨를 으쓱하며 편지를 돌려주었다.

"아마도 미치광이 짓이겠지."
"그뿐인가?"
"자네한테는 미치광이로 여겨지지 않는다는 건가?"
"아니, 그렇게 여겨지네."
그의 말투는 진지했다. 나는 호기심을 느끼며 그를 보았다.
"자네는 이 편지를 진지하게 받아들이고 있는 모양이군, 포아로."
"미치광이란 진지하게 다루어야 하지. 미치광이는 아주 위험한 존재니까."
"그렇지, 물론 그렇네, 나는 그 점을 생각지 못했어. 그러나 내 말은, 어쩐지 우스꽝스러운 장난이라는 생각이 든다는 걸세. 누군가, 8이라는 숫자에 하나가 더 많은 것 같은 우쭐해진 주정꾼 바보 말이네."
"뭐라고? 아홉이란 말인가? 그건 대체 무슨 뜻이지?"
"아니, 그냥 말장난일세. 취한 녀석이라는 뜻이지. 아니, 그보다도 지나치게 마셔서 고주망태가 된 녀석이라는 뜻일세."
"고맙네, 헤이스팅즈, 그 '취한다'는 말이라면 나도 알고 있네. 자네 말대로 그 이상의 뜻은 없는지도 모르지만."
나는 그의 불만스러운 말투에 자극을 받아 물어 보았다.
"그럼, 자네는 무엇이 있다고 생각하나?"
포아로는 의심스러운 듯 머리를 흔들었지만 아무 말도 하지 않았다.
나는 물었다.
"그래서 자네는 어떻게 했나?"
"어떻게 할 수 있었겠나? 재프 경감에게 보였을 뿐이지. 그는 자네와 같은 의견이었어. 할 짓 없는 녀석의 장난이라고 말일세. 그것이 그의 표현이었는데, 런던 경찰국에서는 거의 날마다 이런 것을 받는다더군. 나도 그 바람에 휘말려들었다는 거였어."
"하지만 자네는 이 편지를 진지하게 생각하고 있잖은가?"
포아로는 천천히 대답했다.
"아무래도 이 편지에는 내 마음에 들지 않는 게 있어, 헤이스팅즈."
그 말투가 묘하게 인상적이었다.
"그래, 자네 의견은 어떤가?"
그는 고개를 젓고 그 편지를 들어올려 다시 책상 속에 넣어 버렸다.
"자네가 그토록 진지하게 생각한다면 왜 아무 일도 하지 않고 있는 건가?"
"여전히 활동가로군, 자네는! 하지만 대체 무엇을 할 수 있겠나? 지방 경찰에도 편지를 보였지만 역시 진지하게 받아 주지 않았어. 지문도 없고, 편지를 보낸 사람에 대한 단서도 없으니."
"그렇다면 자네 육감 말고는 아무것도 없단 말인가?"
"육감이 아닐세, 헤이스팅즈. 육감이란 나쁜 말이야. 내 지식이며 경험일세, 그 편지에 뭔가 이상한 게 있다고 알려 주는 것은."
말이 막히자 그는 손짓을 해보였다. 그리고 또 머리를 흔들었다.
"개미집에서 산을 만들어 내려 하고 있는지도 모르지만 말일세. 어쨌든 기다려 보는 수밖에 없어."
"옳지, 21일은 금요일이군. 앤도버에서 굉장한 강도 사건이라도 일어난다면 그야말로……."
"아, 그렇다면 얼마나 기분전환이 되겠나."
"기분전환이라고?"
나는 어이가 없었다. 그 자리에서 그 말은 너무나 어울리지 않게 들렸다.

나는 항의했다.
"강도는 스릴이 있을지 모르지만 기분전환이라고 할 수는 없어!"
포아로는 힘주어 고개를 저었다.
"자네는 잘못 알고 있네. 자네는 내 말뜻을 모르고 있어. 내마음을 차지하고 있는 더 큰 다른 염려에 비하면, 강도는 오히려 마음놓을 수 있다는 걸세."
"무슨 염려인가?"
"살인이지."

삽화

 앨릭잰더 보너퍼트 캐스트 씨는 의자에서 일어나 초라한 침실을 근시인 듯한 눈으로 둘러보았다. 답답한 자세로 앉아 있었기 때문에 등이 완전히 뻣뻣해져 버렸다. 등을 쭉 펴고 기지개 켜는 그를 본 사람은, 그가 실제로는 키가 큰 사람임을 알았으리라. 그의 굽은 등과 근시처럼 기웃거리는 동작이 아주 다른 인상을 주고 있었던 것이다.
 그는 문 안쪽에 걸린 낡아빠진 외투로 다가가 주머니에서 싸구려 담뱃갑과 성냥을 꺼냈다. 담배에 불을 붙이고 지금까지 앉아 있던 의자로 돌아왔다. 철도 안내서를 집어 들고 세밀히 보더니 이윽고 타이핑된 이름 리스트를 훑어보기 시작했다. 그는 펜으로 그 리스트의 첫 번째 이름에 표시했다. 그것은 6월 20일 목요일의 일이었다.

앤도버 살인

 나는 그때 포아로가 받은 편지에 대한 그의 예감에 깊은 인상을 받은 건 사실이지만, 그 일은 내 머리에서 아주 사라져 버렸다고 해도 좋다.
 실제로 21일이 되어 런던 경찰국의 재프 경감이 포아로를 찾아왔을 때에야 나는 겨우 그 일을 생각해냈다. 이 사법 경찰관과는 이미 오래 전부터 알고 지낸 사이라서, 그는 나를 보자 진심으로 환영해 주었다.
 그는 큰소리로 말했다.
 "여, 내가 헤이스팅즈 대위를 몰라볼 리 있겠습니까. 드디어 당신의 야만 지대에서 돌아오셨군요! 포아로 씨와 함께 계신 당신을 뵈니 정말 옛날 그대로입니다그려. 게다가 건강하신 듯하군요, 머리가 좀 벗겨지셨는가요? 그렇습니다, 누구나 그렇게 되지요. 나도 그렇답니다."
 나는 좀 놀랐다. 머리 꼭대기에 머리칼이 덮이도록 빗어 두었기 때문에 벗겨진 곳이 눈에 띄지 않으리라 여기고 있었던 것이다.

그러나 재프 경감은 그런 점에 그리 머리가 잘 도는 편이 아니었다. 그래서 나는 아무렇지 않은 얼굴로 아무도 젊어지는 사람은 없다는 데 동의했다.

재프 경감은 말했다.

"그러나 이 포아로 씨만은 다릅니다. 헤어토닉의 좋은 광고 모델이 되지요. 얼굴 구석구석이 한층 더 싱싱해지셨습니다. 늘그막에 이르러 더욱 각광받게 되셨으니 말입니다. 요즘의 유명한 사건에는 모조리 관계하고 계시지요. 열차 사건, 공중에서의 사건, 사교계 살인사건……. 정말이지 이분은 여기저기에 등장하십니다. 은퇴하고 나서 훨씬 더 유명해지셨답니다."

포아로가 웃으며 말했다.

"오전에도 헤이스팅즈에게 말했었지요. 나는 언제나 또다시 등장하는 프리 마돈나 같다고."

"마지막에는 자신의 죽음을 밝혀낸다 해도 우스운 일이 아닐 겁니다. 이건 기발한 생각인데, 정말. 책에 써둬야겠어."

재프 경감은 커다랗게 웃었다.

포아로는 내게 눈짓을 해보였다.

"그것을 해야 할 사람은 우선 헤이스팅즈지요."

재프 경감은 웃었다.

"하하하! 농담입니다, 농담입니다."

나는 그 생각이 어째서 그토록 재미있는지 알 수 없었다. 어쨌든 그 농담은 악취미로 여겨졌다. 가엾게도 포아로는 점점 나이를 먹어가고 있다. 죽음이 가까이 오는 것과 관계된 그 농담이 그에게 유쾌할 리 없을 것이었다.

내 태도에 속마음이 나타나 있었던 모양이다. 재프 경감은 화제를 바꾸었다.

"포아로 씨가 받은 익명 편지에 대해 들으셨습니까?"
포아로가 말했다.
"저번에 보여 줬지요."
나는 소리쳤다.
"아, 그렇지. 완전히 잊고 있었어. 문제의 날짜가 언제였지?"
재프 경감이 말했다.
"21일입니다. 그래서 내가 조사해 보았지요. 어제가 21일이었기 때문에, 어젯밤 혹시나 싶어 앤도버를 불러 보았습니다. 그랬더니 역시 장난이었지요. 아무 일도 없었으니까요. 어린아이가 돌을 던져 쇼윈도가 하나 깨진 일과 술주정꾼의 규칙 위반이 두 건. 그래서 우리 벨기에 인 친구분(포아로를 가리킴)이 처음으로 헛짚으신 게 되었다는 이야기입니다."
포아로는 인정했다.
"그렇다면 한시름 놓았습니다."
재프 경감이 동정하듯 말했다.
"많이 염려하고 계신 것 같았습니다만? 가엾게도, 우리는 그런 편지를 날마다 몇십 통씩 받는답니다. 달리 아무 하릴없는, 머리가 좀 이상한 사람들이 그런 것을 쓰지요. 그리 악의가 있는 건 아닙니다. 뭐, 일종의 흥분에서지요."
포아로가 말했다.
"그걸 그토록 진지하게 생각했던 건 정말 어리석은 짓이었습니다. 내가 코를 들이민 것은 새의 보금자리였던 셈이군요."
재프 경감이 말했다.
"말과 벌을 혼동했던 겁니다."
"뭐라고요?"
"아니, 속담입니다. 자, 이제 가봐야겠군요. 이 근처에 볼일이 있어서요. 도난품인 보석을 인수하러 왔지요. 그곳에 가는 길에 마음 놓으시도록 잠시 들른 겁니다. 회색 뇌세포를 뜻없이 써버리는 건 낭비니까요."
재프 경감은 기분좋게 웃으며 돌아갔다.

포아로가 말했다.
"사람좋은 재프 경감은 그리 달라지지 않았지?"
나는 앙갚음하듯 말했다.
"아주 늙었군. 오소리같이 잿빛이 되었어."
포아로는 헛기침을 하고 나서 말했다.
"헤이스팅즈, 아주 하찮은 장치가 있는데, 내 단골 이발사는 재간 있는 사나이지. 머리에 그 장치를 붙이고 그 위에 자신의 머리칼을 빗어 놓는다네. 그건 가발이 아닐세, 잘 알겠지만."
나는 으르렁댔다.
"포아로, 분통 치미는 자네 이발사의 더러운 발견 따윈 아무래도 좋네. 대체 내 머리가 어떻다고 그런 소리를 하는 건가?"
"아니, 아무렇지도 않아, 아무렇지도."
"내가 대머리가 되어가고 있다는 건 아니겠지?"
"물론 그런 건 아닐세! 그런 건……."
"그 나라의 뜨거운 여름은 절로 얼마쯤 머리를 벗겨지게 하지만 말이야. 그냥 질좋은 헤어토닉이나 가져가지."
"그게 좋겠군."
"그렇다 해도 재프 경감 따위가 뭐라고 할 일은 아니야. 녀석은 언제나 기분좋지 않았어. 게다가 유머 센스도 없지. 사람이 앉으려고 할 때 의자가 잡아당겨지면 웃는 그런 사나이거든."
"그러면 사람들은 대개 웃지."

"모름지기 센스가 없단 말일세."
"앉으려던 사람의 입장에서 본다면 확실히 그렇지."
"그렇네."
나는 얼마쯤 기분을 돌리며 다시 말했다. 머리숱이 적어졌다는 말에 내가 아주 민감해 있다는 것을 인정하지 않으면 안 되겠다.
"익명 편지가 아무 일 없었다니 유감이군."
"그것은 완전히 내가 잘못 생각했네. 그 편지에 어쩐지 피비린내나는 것 같은 느낌이 있었는데, 그러나 단순한 장난이었어. 아, 나도 나이먹어 아무것도 아닌 일에 짖어대는 눈먼 개처럼 의심이 많아졌나 보네."
나는 웃으며 말했다.
"내가 도우려면, 우리는 다른 데서 온갖 진수가 모아진 멋진 범죄를 찾아내야만 되겠군."
"자네는 요전에 내가 했던 말을 기억하고 있나? 만일 요리를 주문하듯 범죄를 주문할 수 있다면 어떤 것을 고르겠나?"
나는 좋아진 그의 기분에 휩쓸려 말했다.
"그렇지, 메뉴를 잘 봐야 하지 않겠나. 강도? 위조 지폐? 아니, 이런 건 안 돼. 이건 식물성 요리 같지? 역시 살인이 좋겠군. 피비린내나는 살인사건, 물론 여러 가지가 딸린 것으로."
"옳지, 오르되브르(식사 전 또는 술안주로 먹는 가벼운 요리)로군."
"피해자는 남자로 할까, 여자로 할까? 역시 남자가 좋겠어. 누군가 유명한 사람, 미국의 백만장자나 국무장관이나 신문사 사장쯤 되는 인물. 범행 현장은…… 그렇지, 훌륭한 낡은 도서관 같은 데가 어떨까? 분위기로서 이 이상의 것은 없네. 흉기는 기묘하게 구부러진 단도 아니면, 뭔가 둔기 같은 것, 예를 들면 조각된 석상이라든지……."
포아로는 한숨을 쉬었다.
"그렇지 않으면 물론 독약. 하지만 이것은 아무래도 너무 전문적인 것 같네. 그렇다면 깊은 밤에 메아리치는 권총 소리…… 이런 것으로 할까. 그리고 아름다운 여자 하나, 둘."
친구는 중얼거렸다.
"그녀는 빨강 머리겠지."
"신통치 못한 농담이군. 물론 아름다운 여자 한 사람에게 억울한 혐의가 씌워져야만 되겠지. 그리고 그녀와 젊은이 사이에 오해가 생기고. 물론 그 밖에도 몇 사람에게 혐의가 돌아가지 않으면 안 되네. 이를테면 피해자의 친구거나 경쟁 상대인 피부빛이 검고 수상한 타입의 중년 여자, 얌전한 비서. 이들이 유력한 혐의자인데, 거기에 행동거지가 무뚝뚝하고 성실한 사나이인 해고된 하인이라든지 사냥터 관리인 등이 두어 사람쯤 그리고 재프 경감 같은 얼치기 형사. 그래, 이쯤이면 되겠지."
"그것이 자네가 말한 온갖 진수가 모아진 범죄인가?"
"마음에 들지 않는구먼?"
포아로는 한심스러운 듯 나를 보았다.
"자네는 지금까지 씌어진 거의 모든 미스터리 소설의 아주 멋있는 줄거리를 만들어 주었네."
"그럼, 자네라면 어떤 주문을 할 건가?"
포아로는 눈을 감고 의자에 기댔다. 그의 목소리는 입술 사이로 조용히 흘러나왔다.
"아주 단순한 범죄. 복잡한 데가 조금도 없는 범죄. 조용한 가정 생활의 범죄…… 열광적이 아니고 아주 내밀스러운."
"범죄에 내밀스러운 게 있을 수 있는가?"

포아로는 중얼거리듯 말했다.

"네 사람이 앉아서 브리지를 하고 있네. 그리고 한 사람이 그 게임에 끼지 않고 벽난로 옆 의자에 앉아 있지. 밤이 깊어졌을 즈음 난롯불 옆에 앉아 있던 사나이가 죽은 것을 알게 되네. 네 사람 가운데 누군가가 손이 비게 되었을 때 죽였지만, 모두들 게임에 정신이 팔려 모르고 있었지. 자, 이것이 사건이네. 범인은 네 사람 가운데 누구일까?"

"도무지 자극적인 데가 조금도 없는걸."

포아로는 비난하는 듯한 눈길로 나를 보았다.

"없지. 이상한 모양으로 구부러진 단도도, 협박도, 신상(神像)의 눈에서 훔쳐 낸 에메랄드도, 흔적을 알 수 없는 동양의 독약 같은 것도 없네. 헤이스팅즈, 자네는 아무래도 멜러 드라마 애호가로군. 자네는 하나의 살인이 아니라 연쇄적인 살인 쪽이 좋은 거지?"

"그렇네, 책 속의 두 번째 살인은 경기가 좋아 보이던걸. 제1장에서 살인이 일어나 마지막 페이지 바로 앞까지 모두의 알리바이가 성립되어 있다는 건…… 그래, 좀 따분하지."

전화가 울려 포아로가 일어나 받으러 갔다.

"여보세요, 에르큘 포아로입니다."

잠시 말없이 듣고 있던 그의 얼굴빛이 달라졌다. 그의 대답은 짧게 토막토막 끊어졌다.

"그랬군요…… 물론, 그렇지요…… 아, 가겠습니다…… 당연합니다…… 그야 당신 말대로겠지요. 그러지요, 갖고 가겠습니다. 그럼, 곧."

그는 수화기를 내려놓고 방을 가로질러 내 곁으로 돌아왔다.

"재프 경감에게서 온 걸세, 헤이스팅즈."

"그래서?"

"경찰국으로 돌아가자마자 마침 앤도버에서 연락이 있었다는 거야."

나는 흥분하여 소리쳤다.

"앤도버?"

포아로는 천천히 말했다.

"노파가 하나 살해되었다는군. 애셔(Ascher)라는 이름으로, 담배와 신문을 파는 조그만 가게의 노파일세."

나는 좀 맥이 풀렸다. 앤도버라는 이름으로 불러일으켜진 내 흥미는 어리둥절해졌다.

나는 뭔가 환상적인, 아주 색다른 것을 기대하고 있었는데! 조그만 담배 가게 노파가 살해된 일 따위는 아무래도 그리 신통치 않다.

포아로는 여전히 느릿느릿한 무게 있는 목소리로 말을 이었다.

"앤도버 경찰에서는 범인을 체포할 수 있다고 생각하는 모양이야."

나는 다시 한 번 맥이 풀렸다.

"노파는 그 남편과 사이가 나빴던 것 같네. 남편은 술꾼이며 질나쁜 녀석으로 종종 노파를 죽이겠다고 협박했었다는군. 그러나 그곳 경찰에서는 다른 점도 고려하여 내가 받은 익명의 편지를 보고 싶다는 거야. 나는 곧 자네와 함께 앤도버로 가겠다고 말해 두었네."

나는 얼마쯤 기운을 되찾았다. 시시하게 보일지라도 아무튼 범죄임에 틀림없다.

내가 범죄니 범인이니 하는 것에 관계하고부터 벌써 많은 세월이 흘렀다.

나는 포아로의 다음 말을 거의 듣고 있지 않았다. 그러나 그것은 나중에 중요한 뜻을 지니고 내 기억 속에 되살아났다.

에르큘 포아로는 이렇게 말했던 것이다.

"이것이 시작이다."

철도 안내서

우리는 앤도버에서 글렌 형사의 마중을 받았다. 키가 크고 머리칼이 아름다운 그는 기분좋은 미소를 떠올리고 있었다.

이야기를 간결히 하기 위해 사건의 사실만 간단히 밝혀 두는 게 좋으리라.

범죄는 22일 오전 1시에 그곳 순경에 의해 발견되었다. 순찰을 돌면서 가게 문을 밀어 보니 잠겨 있지 않았다. 안으로 들어가자 처음에는 아무도 없는 듯했으나, 계산대 쪽으로 손전등을 돌리니 노파의 웅크린 시체가 눈에 들어왔다.

경찰의가 현장에 와 닿아 노파가 뒷머리를 강하게 얻어맞았음을 알아냈는데, 아마도 계산대 뒤의 선반에서 담배 봉지를 꺼내는 도중에 얻어맞은 듯했다. 범행은 일곱 시간 내지 아홉 시간 전에 행해진 것 같았다.

형사는 설명했다.

"그러나 더 정확한 시간을 추정할 수 있습니다. 5시 30분에 담배를 사러 들어갔던 사나이가 있습니다. 그리고 6시 5분 좀 지나서 가게에 들어갔다가 아무도 없는 줄 알고 그냥 나온 다른 남자가 있습니다. 그러니까 범행 시간을 5시 30분에서 6시 5분 사이로 추정할 수 있지요. 이웃에서 애셔를 보았다고 말해 온 사람은 아직 없습니다. 그러나 물론 이제부터입니다. 그는 9시쯤 '스리크라운즈'에서 꽤 취해 있었습니다. 체포하는 대로 곧 용의자로 잡아 둘 겁니다."
포아로가 물었다.
"그리 호감주는 사나이가 아닌 모양이군요?"
"싫은 사람입니다."
"그는 자기 아내와 함께 살고 있지 않았던가요?"
"그렇습니다. 몇 년 전에 헤어졌지요. 애셔는 독일 사람으로 한때 급사로 일한 적도 있습니다만, 술을 너무 마셔서 차츰 그를 고용하는 곳이 없게 되었습니다. 그래서 그 부인이 일을 나가게 되었지요. 마지막으로 한 일은 미스 로즈라는 노부인의 요리사 겸 가정부였습니다. 급료를 받아 남편에게 꽤 많은 돈을 주었던 모양인데, 그는 몽땅 마셔 버리고는 자기 아내가 일하는 곳으로 가서 소동을 벌이곤 했답니다. 그래서 애셔 부인은 미스 로즈네 농장으로 가서 일하게 되었습니다. 거기는 앤도버에서 3마일 떨어진 완전한 시골이어서 그도 그리 자주 찾아가지 못했지요. 미스 로즈가 세상을 떠나자 애셔 부인은 유산을 조금 받았습니다. 그래서 그 돈으로 담배와 신문을 파는 이 조그만 가게를 시작했습니다. 싸구려 담배와 얼마 안 되는 신문뿐이어서 겨우 먹고 사는 정도였지요. 애셔가 자주 찾아와 그녀에게 욕을 하곤 했는데, 그녀 쪽에서는 귀찮고 하니까 잔돈푼이나 줘서 쫓아 버리곤 했지요. 1주일에 15실링은 주었던 것 같습니다."
포아로가 물었다.
"아이들은 있었소?"

"없습니다. 조카딸이 하나 오버튼 가까이에서 일하고 있습니다. 아주 고집세고 똑똑한 아가씨지요."
"그 애셔라는 사나이가 아내를 자주 협박했었다는 거지요?"
"그렇습니다. 그는 술에 취하면 무섭게 변해서 아내의 머리를 박살내겠다는 둥 소리를 질러대곤 했답니다. 애셔 부인은 정말 끔찍한 일을 당한 거지요."
"그녀는 몇 살이었소?"
"60살이 다 되었지요, 아마. 훌륭하고 부지런한 사람이었습니다."
포아로는 신중하게 말했다.
"그러면 그 애셔라는 사나이가 범인이라는 게 당신 의견이오?"
형사는 조심스럽게 헛기침을 했다.
"그렇게 말하는 건 좀 성급한 판단입니다만, 프란츠 애셔가 지난밤에 어떻게 지냈는지 그 자신의 설명을 듣고 싶은 겁니다, 포아로 씨. 만일 만족할 만한 설명을 들을 수 있다면 좋겠지만, 그렇지 않으면……."
그는 꽤 의미심장하게 말을 끊었다.
"가게에서는 아무것도 없어지지 않았소?"
"네, 아무것도. 돈도 그대로 다 있고, 훔쳐 간 흔적이 전혀 없습니다."
"그 애셔라는 사나이가 술에 취해 가게로 들어와 아내를 욕하다가 끝내 때려 죽였다는 거로군요?"
"네, 그것이 가장 타당한 해석이겠지요. 그러나 당신이 받으셨다는 그 이상한 편지도 고려해 보고 싶습니다, 포아로 씨. 그것이 이 애셔라는 사나이가 보낸 것인지 어떤지 알 수 없으니까요."
포아로가 편지를 건네 주자 형사는 이마를 찌푸리고 그것을 읽었다.

형사는 마침내 말했다.

"아무래도 애셔가 쓴 것 같지는 않군요. 도대체 이 '우리' 영국 경찰이라는 말을 애셔가 쓸 턱이 없지요. 그야말로 각별히 교묘하게 행동하려는 게 아니었다면 말입니다. 게다가 그에겐 그만한 머리도 없습니다. 그는 이제 산송장입니다. 다 망가져 버렸지요. 이런 글을 쓰기에는 그의 손이 너무 떨릴걸요. 편지지도 잉크도 고급품이고. 그러나 편지에서 21일이라고 한 것은 이상하군요. 물론 우연의 일치겠지만요."

"그렇겠지요."

"하지만 이런 일치는 좋지 않습니다, 포아로 씨. 너무 딱 들어맞으니 말입니다."

그는 잠시 입을 다물고 있었다. 그의 이마에 주름이 잡혔다.

"ABC. 대체 ABC란 어떤 녀석일까요? 메리 드로워――피해자의 조카딸입니다만――가 좀 도움이 될지도 모르겠군요. 뭐 수고하시는 김에 말입니다. 이 편지만 없다면 나는 프란츠 애셔에게 내기를 걸어도 좋은데요."

"애셔 부인의 경력은 알고 있소?"

"그녀는 햄프셔 태생으로 처녀 때 런던에 나가 직장 생활을 했지요. 거기서 애셔를 만나 결혼했습니다. 헤어진 것은 1922년으로, 그즈음 두 사람은 아직 런던에 있었지요. 그녀는 남편에게서 달아나 여기로 왔으나, 애셔가 곧 알아차리고 따라와 귀찮게 굴었던 겁니다."

마침 거기에 순경이 들어왔다.

"무슨 일인가, 브릭스?"

"애셔를 연행해 왔습니다."

"좋아. 이리로 데려오게. 어디 있던가?"

"인입선(引入線)의 화차 안에 숨어 있었습니다."

"숨어 있었다고? 데려오게."

프란츠 애셔는 정말 보기싫은, 초라한 인간의 표본이었다. 그는 엉엉 울고, 꾸벅꾸벅 절하고, 서슬이 시퍼레지기도 했다. 그 짓무른 눈을 이리저리 움직이며 모두의 얼굴을 살폈다.

"나를 어쩌자는 거야. 나는 아무 짓도 안 했어. 날 이런 데 데려오다니 너무하잖아. 네 놈들은 돼지야. 어쩌자는 거야?"

그의 태도가 갑자기 바뀌었다.

"아니, 아니, 그게 아냐. 선생님들은 이 가엾은 늙은이에게 몹쓸 짓을 하고 있소, 심하게 대하고 있소, 누구나 이 가엾은 프란츠에게 심하게 군단 말야, 이 가엾은 프란츠에게."

애셔는 울기 시작했다.

형사가 말했다.

"그만해 두오, 애셔. 정신차려요. 당신에게 무슨 죄를 뒤집어씌우려는 건 아니오, 지금으로서는. 당신이 싫으면 말하지 않아도 좋소. 만일 당신이 당신 아내 살해에 관계가 없다면 말이오."

애셔는 그 말을 가로막았다. 그 목소리는 비명 같았다.

"나는 죽이지 않았어! 죽이지 않았어! 모두 엉터리야! 네놈들은 거지 같은 영국 돼지야. 모두들 내게 죄를 덮어씌우고 있어. 나는 죽이지 않았어, 죽이지 않았어."

"당신은 늘 당신 아내를 협박하고 있었잖소, 애셔?"

"아니, 아니, 네 놈들은 알 리 없어. 그건 농담이었어. 나와 앨리스만이 알고 있는 농담이야. 앨리스는 그걸 알고 있었어."

"재미있는 농담이로군! 어젯밤 어디 있었는지 말할 수 있소, 애셔?"

"말할 수 있고말고, 있고말고. 모두 이야기하지. 난 앨리스한테 가지 않았어. 친구들하고 있었어. 멋있는 친구들하고, '세븐 스타즈'에 있다가…… 그리고 나서 '레드 독'에 갔어."
그는 기침이 나와 말이 막혔다.
"딕 윌리즈, 그도 함께 있었지. 커디 녀석도 그리고 조지도…… 플랫도, 그 밖의 놈들도 많이 있었어. 나는 앨리스한테 가지 않았어. 하느님께 맹세코 나는 사실을 말하고 있어."
그 소리는 비명이었다. 형사는 부하에게 눈짓을 했다.
"데려가. 용의자로 구금시켜."
떨며 욕지거리를 퍼부어대는 그 불쾌한 노인이 나가 버리자 형사는 말했다.
"아무래도 알 수 없군요. 그 편지만 없다면 저 늙은이의 짓이 분명한데요."
"저 사람이 말하는 다른 남자들은 어떻소?"
"나쁜 놈들입니다. 모두 위증쯤은 손쉽게 할 녀석들이지요. 나도 저 늙은이가 그날 밤 어느 시간까지는 그들과 함께 있었다고 생각합니다. 그러니 6시 사이에 가게 부근에서 저 늙은이를 본 사람이 있는지 없는지에 달렸다고 봐야겠지요."
포아로는 신중하게 머리를 저었다.
"가게에서 아무것도 없어지지 않은 건 분명하지요?"
형사는 어깨를 으쓱했다.
"그야 경우에 따라 다르겠지요. 담배 한두 갑이 없어졌는지도 모릅니다. 그러나 아무도 그런 것 때문에 사람을 죽이지는 않지요."
"게다가 아무것도, 뭐라면 좋을까. 가지고 온 것이 없었다는, 그러니까 이상한, 그 장소에 어울리지 않는 그런 아무것도 거기에는 없었다는 거지요?"
"철도 안내서가 있었습니다."

"철도 안내서?"
"그렇습니다. 계산대 위에 펼쳐진 채 뒤집어져 있었습니다. 꼭 누군가가 앤도버에서 떠나는 기차 편을 알아보고 있었던 것처럼. 그 할머니 아니면 손님이 보고 있었던 것이겠지요."
"그런 것도 팔고 있었소?"
형사는 머리를 저었다.
"1페니짜리 시간표는 팔고 있었습니다만, 그것은 큰 것이었으니까 스미스네 가게나 커다란 문방구점 같은 데서 취급할 겁니다."
포아로는 눈을 빛내며 몸을 앞으로 내밀었다.
"철도 안내서라고 했지요? '브래드쇼'던가요, 'ABC'던가요?"
그러자 형사의 눈도 빛나기 시작했다.
"정말, 그러고 보니 ABC였습니다."

조카딸의 이야기

 이 사건에 대한 내 관심은 ABC 철도 안내서가 나오면서부터 비로소 일기 시작했다고 생각된다. 그때까지 나는 이 사건에 그리 열중하고 있지 않았다. 뒷골목의 노파 살해 같은 시시한 사건은 날마다 신문에 보도되는 흔해빠진 범죄여서 거의 주의를 끌지 못했던 것이다.
 나는 마음속으로 익명 편지가 21일이라는 날짜를 지정한 일 따위는 우연의 일치에 지나지 않는다고 생각하고 있었다. 당연히 애셔 부인은 그 남편이 술에 취한 나머지 폭력을 휘둘러 희생된 것으로 여겼다.
 그런데 지금 철도 안내서(철도역을 알파벳 순서로 나열했기 때문에 ABC라는 준말로 알려져 있음)가 등장하자 내 온몸에는 흥분의 전율이 일었다. 확실히 이것은 우연의 일치 같은 것일 리 없다. 시시한 범죄가 새로운 양상을 띠기 시작했다.
 애셔 부인을 살해하고 ABC 철도 안내서를 남기고 사라진 정체 모를 인간은 대체 누구인가?
 경찰서를 나와 우리는 먼저 살해된 여자의 시체를 보러 시체안치소로 갔다. 얼마 안 되는 머리칼을 이마 위로 가지런히 빗어 넘긴 노파의 주름잡힌 얼굴을 보고 있는 동안, 나는 이상한 느낌이 들기 시작했다. 너무나 평화로워 폭력 같은 것과는 거리가 먼 느낌이었다.

경관이 말했다.

"누가 무엇으로 자기를 때렸는지 조금도 모르는 얼굴입니다. 카 의사가 그렇게 말하더군요. 오히려 그게 잘된 일이라고 생각합니다. 가엾게도, 착실한 사람이었는데."

포아로가 말했다.

"옛날엔 미인이었을 것 같군."

나는 믿을 수 없는 마음이 들어 중얼거렸다.

"그럴까."

"그러네. 자, 턱의 선이며 뼈 모양이며 머리 생김새를 잘 보게."

그는 덮개를 본래대로 해두면서 한숨을 쉬었다. 그리고 나서 우리는 시체 안치소를 나왔다.

다음에는 경찰의와 간단히 면담했다.

카 의사는 유능해 보이는 중년 사나이였다. 그는 활발하게 단정적인 말투로 이야기했다.

"흉기는 발견되지 않았습니다. 그것이 무엇이었는지는 알 수 없지요. 무거운 지팡이, 몽둥이, 모래 주머니 같은 것…… 그런 거라면 어느 것이나 들어맞습니다."

"그런 타격을 가하려면 억센 힘이 필요합니까?"

의사는 날카로운 눈으로 포아로를 보았다.

"그 말뜻은 몸을 떨어대는 70살의 노인으로서도 할 수 있느냐는 거지요? 네, 물론 할 수 있습니다. 흉기의 머리 부분에 충분한 무게를 주면 체력이 약한 사람도 바라는 결과를 얻을 수 있습니다."

"그렇다면 범인은 남자일 수 있는 것과 마찬가지로 여자일 수도 있군요?"
이 말은 얼마쯤 의사를 놀라게 한 모양이었다.
"여자도? 네, 그렇습니다. 이런 종류의 범죄를 여자와 관련시켜 생각해 볼 마음은 없습니다만, 물론 할 수 있습니다. 틀림없이 가능합니다. 다만 심리학적으로 말해서, 이건 여성의 범죄라고 할 수 없지요."
포아로도 그 말에 동의하여 열심히 고개를 끄덕였다.
"그렇습니다, 그렇습니다. 확실히 있을 수 없는 일입니다. 그러나 모든 가능성을 염두에 두지 않으면 안 되니까요. 시체는 쓰러져 있었겠지요. 어떤 모습이었습니까?"
의사는 피해자의 위치를 세밀하게 우리에게 설명했다. 그의 말에 의하면, 타격을 받았을 때 그녀는 계산대 쪽으로 등을 돌리고——따라서 가해자에 대해서도——서 있었다고 한다.
머리를 얻어맞고 그녀는 계산대 뒤로 쭈그려 앉아 버려 가게에 들어온 사람 눈에 얼른 띄지 않았던 셈이다.
카 의사에게 인사하고 밖으로 나오자 포아로가 말했다.
"이로써 애셔의 무죄 쪽으로 한 걸음 다가선 게 확실하네, 헤이스팅즈. 만일 그가 아내한테 덤벼들면서 협박한 거라면 그녀는 계산대를 사이에 두고 그와 마주 서 있었을 걸세. 그런데 그녀는 가해자에게 등을 돌리고 있었지. 틀림없이 그녀는 손님에게 줄 파이프 담배나 궐련을 꺼내려 했던 걸 거야."
나는 조금 몸을 떨었다.
"기분이 언짢군."
포아로는 무겁게 머리를 흔들었다. 그는 중얼거렸다.
"가엾은 여자일세."
그리고 나서 그는 시계를 흘끗 보았다.

"여기서 오버튼까지는 그리 멀지 않네. 거기 가서 노파의 조카딸을 만나 보는 게 어떻겠나?"
"범행 현장인 가게 쪽을 먼저 보는 게 좋지 않을까?"
"그건 뒤로 미루고 싶네. 이유가 있어서."
그는 더 이상 설명하지 않았다.
잠시 뒤 우리는 자동차를 타고 오버튼 쪽으로 런던 행 도로를 달려갔다.

형사가 가르쳐 준 집은 마을에서 런던 쪽으로 1마일쯤 간 곳에 있었다. 훌륭한 집이었다.
벨을 누르자 아름다운 검은 머리의 아가씨가 나왔다. 지금까지 울고 있었는지 눈이 빨갰다.
포아로는 상냥하게 말했다.
"아, 당신이 이 집 하녀인 메리 드로워 양이군요?"
"그렇습니다. 제가 메리예요."
"주인께서 허락해 주신다면 잠시 아가씨와 이야기를 좀 나누고 싶은데요. 이야기란 다름아닌 아가씨 이모님인 애셔 부인에 대한 것입니다."
"주인은 외출중이세요. 들어오셔도 그리 꾸중하시지 않으리라 생각됩니다."
그녀는 조그만 거실의 문을 열었다. 우리는 안으로 들어갔다. 포아로는 창가 의자에 앉아 날카롭게 아가씨의 얼굴을 보았다.
"이모님이 돌아가신 이야기는 물론 들었겠지요?"
아가씨는 고개를 끄덕였는데 눈물이 다시 새삼스럽게 솟아났다.
"오늘 아침 경찰에서 오셨었어요. 아, 무서운 일이에요! 가엾은 이모님! 그토록 괴로운 나날을 보내시고 또 이런 일을 당하시다니

······ 너무해요."
"경찰이 앤도버로 오라고 하지 않았습니까?"
"월요일에 심문을 받기로 되어 있어요. 하지만 저는 그리로 가면 있을 데가 없어요. 이젠 그 가게로 갈 수도 없고, 게다가 저 말고는 하녀가 없는데 주인에게 폐를 끼치고 싶지도 않아요."
포아로는 부드럽게 물었다.
"당신은 이모님을 아주 좋아했었군요, 메리 양?"
"정말 좋아했어요. 이모님은 언제나 제게 잘해 주셨지요. 어머니가 돌아가신 뒤 저는 11살 때 런던의 이모님 집으로 갔어요. 16살 때부터 돈을 벌러 나와 있었지만, 쉬는 날이면 꼭 이모님에게 가곤 했어요. 이모님은 그 독일 사람 때문에 아주 애를 먹고 계셨어요. 그 남자를 이모님은 늘 '나의 악마'라고 부르곤 하셨지요. 그는 아주머니가 있는 데라면 어디든 와서 가만두지 않았어요. 돈만 빼앗아 가는 거지 같은 짐승이에요."
아가씨의 말투는 아주 격렬했다.
"이모님은 법적 수단으로 그 남자의 압박에서 벗어나려고는 하지 않았습니까?"
아가씨는 단순하게, 그러나 딱 잘라 말했다.
"아무래도 남편이었기 때문에 그럴 수가 없었지요."
"메리 양, 그 남자는 이모님을 협박했었지요?"
"네, 아주 무서운 소리를 곧잘 했어요. 목을 부러뜨린다든가 하는 말들을. 저주스럽게 욕지거리를 해대면서. 독일 말과 영어 두 가지로요. 그렇지만 이모님은 결혼했을 때는 아주 멋있는 남자였다고 말씀하셨어요. 사람이 그렇게 변한다는 것은 참으로 무서운 일이에요."
"정말 그렇군요. 그런데 메리 양, 늘 그런 협박을 받고 있었다면

조카딸의 이야기 41

사건이 일어난 것을 알았을 때 그리 놀라지 않았겠군요?"
"그래도 역시 놀랐어요. 아무튼 진짜로 하는 소리라고는 생각지 않았으니까요. 그저 말로만 해대는 것뿐 그 이상으로는 여기지 않았어요. 이모님도 무서워하고 계셨던 것 같지 않아요. 이모님이 대들면 개가 다리 사이에 꼬리를 감추듯 움츠러드는 것을 본 적도 있어요. 오히려 그쪽에서 이모님을 무서워하고 있을 정도였지요."
"그런데도 이모님은 돈을 주고 있었습니까?"
"남편인걸요."
"그렇군요, 아까도 그렇게 말했지요."
포아로는 잠시 말을 끊었다가 다시 계속했다.
"그렇다면 결국 그 남자는 이모님을 죽이지 않았다는 거로군요?"
"죽이지 않았다고요?"
그녀는 눈을 크게 떠보였다.
"그렇습니다. 누군가 다른 사람이 이모님을 죽였다는 말입니다. ……달리 짐작되는 사람이 없습니까?"
그녀는 한층 더 놀란 듯 그의 얼굴을 보았다.
"모르겠어요. 하지만 그런 일이 있을 수 있을까요?"
"당신 이모님이 무서워한 다른 사람은 없었습니까?"
메리는 고개를 저었다.
"이모님은 남을 무서워하지 않으셨어요. 말솜씨가 좋으셔서 누구에게나 맞설 수 있으셨어요."
"이모님에게 악의를 품고 있는 어떤 사람에 대한 이야기를 들은 일은 없습니까?"
"네, 없어요."
"익명의 편지를 받은 일도?"
"무슨 편지요?"

"개인적인 서명이 없는 편지로, 예를 들어 그저 ABC라는 서명만 있는."

그는 아가씨의 얼굴을 찬찬히 들여다보고 있었는데, 그녀는 분명 난처해 하는 모습이었다. 그녀는 묘한 표정으로 고개를 저었다.

"아가씨 말고 또 다른 친척이 있습니까?"

"지금은 없어요. 열 남매였는데 자란 사람은 셋뿐이었지요. 톰 외삼촌은 전쟁터에서 돌아가시고, 해리 외삼촌은 남아메리카로 가버리셔서 소식을 몰라요. 그리고 또 제 어머니는 돌아가셨기 때문에 저밖에 없어요."

"이모님은 저축을 했었습니까? 돈을 모으고 있었습니까?"

"은행에 조금 있어요. 매장 비용만 된다면 하고 곧잘 말씀하곤 하셨지요. 그리고는 겨우 그럭저럭 살아 나가셨어요. 그 늙어빠진 악마가 있으니 안 그렇겠어요."

포아로는 신중하게 고개를 끄덕였다. 그는 아가씨에게 말한다기보다 혼잣말처럼 중얼거렸다.

"지금으로선 어둠 속에 있는 것 같군. 방향도 잡을 수 없어. 만일 좀더 뚜렷해진다면……."

그는 일어섰다.

"만일 아가씨한테 볼일이 생기면 여기로 편지하지요, 메리 양."

"사실을 말씀드리면, 저는 여기를 나갈 생각이예요. 시골을 그리 좋아하지 않거든요. 이모님 곁에 있는 게 마음든든히 여겨져 여기 있었던 거예요. 그러나 이젠……."

그녀의 눈에 다시 눈물이 솟았다.

"이제는 여기 있을 이유가 없어져 런던으로 되돌아가려고 해요. 그것이 제게는 더 재미있는걸요."

"그럼, 그리로 가게 될 때에는 주소를 가르쳐 주십시오. 이것이 내

명함입니다."

그는 아가씨에게 명함을 건네 주었다. 그녀는 곤혹스러운 듯 이마에 주름을 지으며 그것을 보았다.

"그럼, 선생님은…… 경찰과는 관계가 없으신가요?"

"나는 사립탐정입니다."

그녀는 선 채로 잠시 말없이 그를 쳐다보았다.

이윽고 그녀는 말했다.

"뭔가 의심스러운 점이라도 있으신지요?"

"그렇습니다, 아가씨. 좀 이상한 점이 있지요. 아마 앞으로 아가씨에게 도움받을 일이 있을지도 모르겠습니다."

"저는, 저는 무엇이든 하겠어요. 이모님이 살해되시다니, 옳은 일이 아니니까요."

그것은 기묘한 표현이었다. 그러나 꽤 감동적이었다.

우리는 곧 자동차에 올라 앤도버로 돌아갔다.

범행 현장

 참극이 일어난 곳은 큰길에서 들어간 좁은 골목이었다. 애셔 부인의 가게는 그 중간쯤의 오른쪽에 있었다.
 그 골목에 들어섰을 때, 포아로는 흘끗 시계를 보았다. 그래서 나는 그가 범행 현장으로 가는 시간을 지금까지 미룬 까닭을 알았다. 꼭 5시 30분이 되어 있었다. 그는 되도록 어젯밤의 상황을 재현할 생각이었던 것이다.
 그러나 그것이 그의 목적이었다면 실패였다. 이때 골목은 어젯밤의 그림자를 거의 전해 주고 있지 않았다.
 그곳에는 가난한 사람들 집에 섞여 조그만 가게가 몇 채 줄지어 있었다. 다른 때 같으면 이 근처의 몇몇 가난한 사람들이 그곳을 오가고 또 찻길이나 보도 위에서는 몇 명의 아이들이 놀고 있을 뿐이리라.
 그런데 이때는 많은 사람들이 쭉 둘러서서 집인지 가게를 보고 있었다. 그것이 어느 집인지는 곧 알 수 있었다. 우리가 본 것은 한 사람이 살해된 현장을 아주 흥미롭게 보고 있는 여느 사람들의 무리였다.

 가까이 다가감에 따라 확실히 그렇다는 것을 알 수 있었다. 블라인드를 내린 그을음 낀 듯한 구멍가게 앞에 젊은 순경이 애를 먹고 있는 얼굴로 서서 사람들에게 저리 가라고 딱딱하게 명령하고 있었다.

 그는 동료의 도움을 받아 모여 있는 사람들을 해산시키기 시작했다. 꽤 많은 사람들이 불평스럽게 한숨을 쉬며 저마다 자기네 일로 돌아갔다. 그러나 곧 또 다른 사람들이 몰려와 살인 현장을 똑똑히 봐두려는 듯 그 자리를 다시 차지했다.

 포아로는 사람들로부터 조금 떨어져 섰다. 그가 서 있는 곳에서는 문 위에 씌어진 글자를 똑똑히 볼 수 있었다.

 포아로는 그것을 입 속에서 되풀이했다.

 "A 애셔. 그렇지, 어쩌면……."

 그는 말을 끊었다.

 "가세, 헤이스팅즈. 안으로 들어가 보세."

 나는 기다리고 있던 바였다.

 우리는 사람들을 헤치고 젊은 순경에게로 갔다. 포아로는 형사에게서 받은 소개장을 내보였다.

 순경은 머리를 끄덕이며 우리를 안으로 들여보내기 위해 문의 자물쇠를 열었다. 우리는 구경꾼들의 호기심에 찬 눈길을 받으며 안으로 들어갔다.

 블라인드가 내려져 있어 안은 어두웠다. 순경이 전등 스위치를 찾아내어 당겼다. 그러나 전구의 촉수가 낮아 안은 여전히 어두웠다.

 나는 가게 안을 빙 둘러보았다.

 지저분하고 좁은 곳으로 몇 권의 싸구려 잡지가 흩어져 있고 어제 신문에는 하루치 먼지가 쌓여 있었다.

 계산대 뒤에는 천장까지 선반이 매어져 파이프 담배며 궐련 봉지가 놓여 있었다. 박하가 든 과자와 사탕병도 있었다. 흔해 빠진 구멍가게로 다른 데에도 몇천 군데나 있는 그런 곳이었다.

순경은 느릿한 햄프셔 사투리로 상황을 설명했다.

"거기 계산대 뒤에 웅크린 채 쓰러져 있었지요. 할머니는 자신이 습격당하는 것을 모르고 있었다고 의사 선생님이 말씀하셨습니다. 아마 선반으로 막 손을 내민 순간이었는지도 모르지요."

"손에는 아무것도 없었소?"

"없었습니다. 다만 곁에 '플레이어즈' 꾸러미가 하나 떨어져 있었지요."

포아로는 고개를 끄덕였다. 그의 눈은 그 좁은 가게를 탐색하듯 둘러보았다. 아무것도 없었다.

"그런데 철도 안내서는 어디에?"

"여기입니다."

순경은 계산대 위를 가리켰다.

"바로 앤도버 있는 데가 펼쳐진 채 뒤집어져 있었습니다. 런던 행기차를 보고 있었던 것 같습니다. 그렇다면 그는 앤도버 사람이 아닙니다. 그러나 물론 철도 안내서는 살인과 관계없는 다른 사람이 잃어버리고 간 거라고 생각할 수도 있습니다."

내가 물어 보았다.

"지문은?"

순경은 머리를 저었다.

"곧바로 모두 조사해 보았지만 없었습니다."

포아로가 물었다.

"계산대에도?"

"굉장히 많았습니다. 모두 함께 뒤죽박죽되어 있었지요."

"그 속에 애셔의 지문은?"

"아직 알 수 없습니다."

포아로는 고개를 끄덕이고 나서 죽은 사람이 가게 안에서 살고 있었느냐고 물었다.

"그렇습니다. 안쪽 문을 지나면 그곳으로 들어가게 됩니다. 함께 가드렸으면 좋겠습니다만, 저는 여기 있지 않으면 안 돼서……."

포아로는 문을 열고 들어갔다. 나도 그 뒤를 따라갔다.

가게 안은 부엌이 딸린 조그만 거실로 되어 있었다. 그곳은 깨끗하게 정리되어 있었지만 음침한 느낌이 들었으며 가구도 거의 없었다.

벽난로 위에 사진이 몇 장 있었다. 내가 다가가서 들여다보자 포아로도 옆으로 왔다.

사진은 모두 세 장이었다. 한 장은 오늘 오후에 만난 아가씨 메리 드로워의 싸구려 사진이었다. 그녀는 가장 좋은 옷을 입고 얼굴에 부자연스러운 미소를 떠올리고 있었다. 포즈를 취한 이런 사진은 표정을 엉망으로 만들기 때문에 스냅 사진 쪽이 훨씬 낫다.

두 번째 것은 더 고급스러운 것으로, 꽤 나이든 머리가 희끗희끗한 부인을 기술적으로 흐릿하게 찍은 사진이었다. 털목도리를 두르고 있었다.

나는 아마도 미스 로즈일 거라고 생각했다. 바로 애셔 부인에게 장사를 시작할 수 있도록 돈을 물려준 사람이다.

세 번째 사진은 아주 오래된 것으로 누렇게 빛이 바래 있었다. 얼마쯤 구식으로 보이는 것으로 팔짱낀 젊은 남녀가 찍혀 있었다. 남자는 단춧구멍에 꽃을 꽂고 있으며, 전체적으로 옛날 분위기가 느껴지는 딱딱한 사진이었다.

포아로가 말했다.

"아마 결혼 기념 사진인 모양이군. 보게, 헤이스팅즈, 그녀는 미인이었을 거라고 내가 말했잖나."

그 말대로였다. 시대에 뒤떨어진 머리 모양과 구식 옷 때문에 좀 이상해 보이긴 했지만 이목구비가 또렷하고 반듯한 아가씨의 아름다움은 의심할 바가 없었다. 나는 옆에 있는 다른 한 인물을 자세히 보았는데, 이 군인처럼 보이는 말쑥한 젊은이가 그 초라한 애셔였다고는 도저히 생각되지 않았다.

나는 그 곁눈질을 하는 주정꾼 노인과 피로에 지친 얼굴의 죽은 노파를 생각해내고 세월의 무자비함에 몸을 떨었다.

그 거실로부터 2층의 두 방으로 층계가 이어져 있었다. 하나는 빈 방으로 가구도 없고, 다른 하나는 죽은 노파의 침실이었다. 경찰이 조사한 뒤여서 그 흔적이 그대로 있었다.

침대에는 털이 빠진 낡은 담요가 두 장 있었다. 한 서랍에는 알뜰히 기워진 속옷 몇 벌, 또 한 서랍에는 요리책 종류, 《녹색 오아시스》라는 제목의 표지가 달린 책, 번쩍거리는 싸구려 새 양말 한 켤레――그것은 번쩍거리는 싸구려였다――사기 그릇 장식 한 쌍――드레스덴 도자기로 된 깨어진 양치기며 파랑과 노랑 점이 있는 개――나무 못에 걸린 검은 레인코트와 털 자켓, 이러한 것들이 죽은 애셔 부인이 이 세상에 남긴 재산이었다.

무언가 개인적인 메모 같은 게 있었다 해도 경찰이 가져가 버렸을 것이다.

포아로가 중얼거렸다.

"가엾게도, 자, 헤이스팅즈, 여기에는 이제 아무것도 없네."

다시 길로 나서자 그는 잠시 망설이더니 길을 건넜다. 바로 애셔 부인의 가게 맞은편에 야채 가게가 있었다. 안에 있는 물건보다 밖에 내놓은 물건이 더 많은 그런 종류의 가게였다.

포아로는 낮은 소리로 내게 몇 마디 일러두고 혼자 가게에 들어갔다. 나는 조금 뒤 따라 들어갔다. 그는 막 상추를 사고 있는 중이었다. 나는 딸기를 1파운드 샀다.

포아로는 물건을 싸주는 뚱뚱한 아주머니와 큰소리로 이야기하고 있었다.

"그 살인사건이 일어난 곳이 바로 댁 맞은편이었군요. 이런 끔찍한 일이 있나. 얼마나 놀라셨습니까?"

그 뚱뚱한 여자는 살인사건 이야기에는 이제 질린 것 같았다. 그날은 그녀에게 있어 너무 길었던 모양이다.

"이 법석거리는 구경꾼들을 어떻게 좀 할 수 없을까요? 대체 무엇을 그렇게 보는 것일까요?"

포아로가 말했다.

"어젯밤에는 꽤 달랐을 테지요? 아주머니는 범인이 가게로 들어가는 걸 보시지 못했습니까? 키가 큰 훌륭한 남자로 수염이 있었다지요? 러시아 인이라든가 뭐 그렇다는 이야기던데요?"

여자는 날카롭게 돌아보았다.

"뭐라고요? 러시아 인이 했다고요?"

"경찰이 체포했다던데요."

"정말이에요?"

여자는 흥분해서 입이 가벼워졌다.

"외국 사람인가요?"

"그렇습니다. 나는 틀림없이 아주머니가 어젯밤 그 남자를 본 줄 알았지요."

"아니, 그럴 기회가 없었어요. 그래요, 저녁 무렵의 한창 바쁜 때여서 일을 끝내고 돌아가는 사람들이 많이 지나가니까요. 키가 크고 수염이 난 훌륭한 남자라니…… 아니에요. 그런 사람이 이 부근에 있었다고는 생각되지 않는데요."

그래서 내가 대사를 받았다. 나는 포아로에게 말했다.

"실례지만, 당신이 잘못 들은 게 아닙니까? 키가 작고 얼굴빛이 검은 남자라고 나는 들었습니다만."

그리하여 이 뚱뚱한 여자에다 여윈 남편과 쇳소리내는 심부름꾼 아이까지 합쳐 재미있는 토론이 시작되었다. 키작은 검은 얼굴의 남자가 네 사람이나 목격된 이야기가 나오고, 쇳소리내는 심부름꾼 아이는 키가 큰 훌륭한 남자는 보았지만 그에게는 수염이 없었다고 유감스러운 듯 덧붙였다. 겨우 쇼핑이 끝나 우리는 거짓말을 한 그대로 가게를 나왔다.

나는 얼마쯤 비난을 섞어 물었다.

"대체 그건 무슨 연극이었나, 포아로?"

"나는 다만 낯선 사람이 저쪽 가게로 들어갔는지 어떤지 듣고 싶었던 것뿐일세."

"그럼, 그렇게 물어 보면 되잖나, 그런 엉터리 같은 소리 하지 말고."

"아니, 자네가 말하는 것처럼 그냥 물어 보아서는 아무 대답도 얻을 수 없다네. 자네는 자신도 영국 사람이면서, 그냥 물어 보는 질문에 반발하는 게 영국 사람의 기질이라는 걸 모르고 있는 모양이군. 그것은 반드시 의심하는 마음을 불러일으켜 결과는 완강한 침묵으로 끝난다네. 이 사람들에게 뭘 물어 보게나, 그들은 조가비처럼 입을 다물어 버리지. 그렇지만 이상하고 터무니없는 어떤 말을 한 가지 꺼내 거기서 자네가 반대되는 말이라도 해보이면, 금방 이야기가 풀려 나온다네. 그런 방법으로 우리는 문제의 시각이 바쁜 때였다는 것, 그래서 누구나 자기 일 말고는 신경쓸 수 없으며 많은 사람이 길을 지나가고 있었던 때라는 것을 알게 된 거야. 우리의 살인범은 좋은 시간을 택했다는 말이 되네, 헤이스팅즈."

그는 말을 끊었다. 그리고는 엄격하게 나무라는 듯한 말투로 덧붙었다.

"자네는 상식이라는 걸 갖고 있지 않은 것 같군, 헤이스팅즈. 무엇이든 사라고 했더니 하필이면 딸기 따위를 고르다니! 보게, 벌써 포장지에서 물이 배어 나와 그 좋은 옷을 버리고 있잖나."

정말 그의 말대로였으므로 나는 좀 당황했다. 나는 급히 지나가던 한 아이에게 딸기를 줘버렸다. 그 아이는 깜짝 놀라 좀 경계하는 빛이 되었다.

포아로도 상추를 주자 아이는 완전히 당황한 모양이었다. 포아로는 설교를 계속했다.

"허름한 야채 가게에서는 딸기 같은 걸 사면 안 돼. 딸기란 막 따온 게 아니면 물이 배어 나오지. 바나나, 사과, 양배추, 이런 것들이라면 그래도 좀 낫지만, 딸기는 안 되네."

나는 변명하듯 말했다.

"막 들어서자 생각이 났으니 어쩌나."

포아로는 엄숙하게 대답했다.

"그건 자네 상상력이 모자라기 때문일세."

그는 보도에서 걸음을 멈췄다.

애셔 부인 가게 오른쪽에 있는 집딸린 가게는 비어 있었다. 창에 '세놓음'이라고 씌어 있었다. 반대쪽 옆집에는 때가 낀 모슬린 커튼이 내려져 있었다.

포아로는 그 집 쪽으로 걸어갔는데 벨이 없어서 노커를 힘차게 몇 번이나 두드렸다.

한참 있다가 코를 훌쩍거리는 지저분한 아이가 문을 열었다. 포아로가 말했다.

"안녕? 어머니 계시니?"

"네?"

아이는 불쾌하고 의심스러운 눈으로 우리를 보았다.

포아로가 말했다.

"네 어머니 말이야."

아이가 이 말을 알아듣는 데 10초 이상 걸렸다. 이윽고 아이는 층계 쪽을 향해 소리쳤다.

"엄마, 손님!"

그리고는 어두컴컴한 안쪽으로 들어가 버렸다. 딱딱한 얼굴을 한 여자가 난간 너머로 내려다보고 나서 층계를 내려왔다.

"시간 낭비예요."

여자가 말을 시작했으나 포아로가 가로막았다. 그는 모자를 벗고 정중하게 인사했다.

"안녕하십니까, 아주머니. 저는 〈이브닝 프리커〉의 기자인데 살해된 이웃집의 애셔 부인에 대해 기사가 될 만한 것을 얻으러 왔습니다. 사례금으로 5파운드 드리지요."

화난 목소리를 억누르고 여자는 머리를 쓰다듬고 치마를 잡아당기며 층계를 내려왔다.

"자, 안으로 들어오세요. 이쪽으로. 어서 앉으세요."

그 조그만 방은 커다란 모조 자코비언 식 가구로 어수선하여 우리는 가까스로 안으로 들어가 딱딱한 긴 의자에 앉았다.

여자는 이야기하기 시작했다.

"죄송해요. 조금 전에 그런 실례되는 말을 드려서요. 그렇지만 우리가 얼마나 성가신 꼴을 당하고 있는지 도저히 모르실 거예요. 아무튼 여러 사람들이 진공 청소기니 양말이니 향로 주머니니 뭐니 온갖 잡동사니들을 팔러 온답니다. 그들은 정말 말솜씨가 좋고 점잖게 보이지요. 이름도 한 번 들으면 금방 외어서 이쪽은 파울러 부인이고, 저쪽은 누구라느니 하며 말예요."

재치있게 그 이름을 잡아서 포아로가 말했다.

"갑작스러운 이야기입니다만, 파울러 부인, 우리가 부탁드린 일을 들어주시겠습니까?"

"글쎄요."

그러나 이미 5파운드가 파울러 부인의 눈앞에 유혹하듯 어른거리고 있다.

"애셔 부인은 알고 있지만, 글로 쓰는 일이고 보면."

포아로는 얼른 안심시키듯 그녀 쪽에서는 아무것도 하지 않아도 되며, 그녀로부터 사실 이야기를 들은 다음 기사는 자기가 쓴다고 이야기해 주었다.

이에 용기를 얻어 파울러 부인은 자진해서 기억이며 억측이며 소문 따위를 이것저것 이야기해 주었다. 애셔 부인은 사람들을 멀리하며 살았다. 이웃과 어울리는 일이 거의 없었고, 그 가엾은 여자에게는 여러 가지 근심거리가 있었다. 그것은 누구나 모두 잘 알고 있는 일이었다. 프란츠 애셔는 벌써 형무소에 집어넣었어야 마땅할 그런 남자였다.

그러나 애셔 부인이 그를 무서워하고 있었던 건 아니다. 그녀가 화를 내면 굉장했다. 그리고 언제나 솜씨있게 잘 대처해왔다. 하지만 그런 일이 일어나다니……. 즉 일은 되어갈 데까지 가버린 것이다.

파울러 부인은 몇 번이고 되풀이 그녀에게 이야기했었다.

"그 남자는 언젠가 당신에게 무서운 짓을 할 거예요. 내 말을 잘 기억해 둬요."

마침내 그 남자는 일을 저지르고 말았다. 그리고 그녀, 파울러 부인은 바로 이웃에 살면서 아무 소리도 못 들은 것이다. 잠시 사이를 두고 나서 포아로가 물었다. 애셔 부인은 어떤 이상한 편지——이를테면 개인적인 서명이 없는——예를 들어 ABC라는 서명이 든 편지를 받은 일이 없는가?

파울러 부인은 유감스러운 듯 없다고 대답했다.

"당신이 이야기하시는 그런 일은 저도 알고 있어요. 익명 편지라는 거지요. 큰소리로 말하기가 뭣할 정도로 창피스러운 게 가득 씌어 있는…… 네, 물론 프란츠 애셔가 그런 것을 썼는지 어떤지 저는 몰라요. 물론 썼다고 해도 애셔 부인이 제게 말했을 리 없고요. 뭐라고요? 철도 안내, ABC 철도 안내서라고요? 아니오, 그런 건 못 보았어요. 그리고 만일 애셔 부인에게 그런 게 보내져 왔다면 저한테 꼭 말해 줬을 거예요. 이번 사건을 들었을 때 전 하마터면 쓰러질 뻔했어요. 딸 에디가 알려 줬지요. '엄마, 옆 가게에 순경들이 많이 와 있어'라고 말예요. 정말 놀랐어요. 그 말을 듣고 전 말했지요. '저 아주머니는 그 집에 혼자 사는 게 아니었어. 그 조카딸이라도 함께 있었더라면 좋았을걸. 주정꾼 남자란 정말 허기진 늑대나 다름없으니까. 그 아주머니 남편은 짐승과 다를 바 없어. 나는 그 아주머니한테 몇 번이나 말했었는데, 결국 내 말대로 되어 버렸구나! 그 남자는 언젠가 심한 짓을 할 거라고 말했는데.' 그 남자는 진짜로 해치운 거예요. 남자란 술을 마시면 무슨 짓을 할지 모르니까요. 이 살인이 그걸 말해 주고 있잖아요."

그녀는 숨을 헐떡이며 이야기를 끝냈다.

포아로가 물었다.

"그 애셔라는 남자가 가게로 들어가는 것은 아무도 못 본 셈이군요?"

파울러 부인은 경멸하는 듯 콧방귀를 뀌며 말했다.

"그야 아무도 못 보도록 들어가는 게 당연하지요."

그러나 그녀는 애셔가 어떻게 남의 눈에 띄지 않게 들어갈 수 있었는지에 대해선 설명해 주지 못했다.

그 집에는 뒷문이 없다고 그녀는 말했다. 또 애셔가 이 주변에서 잘 알려져 있다는 데에도 동의했다.

"그렇지만 그는 교수형에 처해지기 싫으니까 용케 숨어 들어간 거예요."

포아로는 얼마 동안 이야기를 이끌어 나가다가 파울러 부인이 알고 있는 이야기를 몇 번이나 되풀이하는 것을 깨닫자 그 면담을 끝내고 약속한 돈을 주었다.

길에 나서자 나는 말했다.

"5파운드는 너무 비싼데, 포아로."

"그렇지, 그것만으로는."

"자네는 그녀가 이야기한 이상의 것을 알고 있다고 생각하나?"

"우리는 지금 무엇을 물어야 좋을지 모르는 기묘한 위치에 놓여 있네. 우리는 어둠 속에서 숨바꼭질하고 있는 어린이들과도 같은 걸세. 우리는 손을 내밀어 찾고 있지. 파울러 부인은 자기가 알고 있다고 여기는 일들을 우리에게 말해 줬네. 더욱이 꽤 억측을 해가면서. 그러나 언젠가 그 진술이 쓸모있게 될 걸세. 5파운드를 투자한 건 결국 그 인센사를 위해서라네."

나는 요점을 잘 파악할 수가 없었다. 그리고 마침 그때 우리는 글렌 형사와 마주쳤다.

두 증인

글렌 형사는 좀 핼쑥해져 있는 듯 보였다. 그는 오후 내내 담배 가게에 들어간 사람들 리스트를 만들고 있었던 모양이다.
포아로가 물었다.
"결국은 눈에 띈 사람이 아무도 없다는 거로군요?"
"아니, 보기는 본 모양입니다. 흘끔거리는 것 같은 느낌의 키가 큰 남자 셋, 시꺼먼 수염의 키작은 남자 넷, 턱수염이 있는 사람 둘, 뚱뚱한 사람 셋, 모두 낯선 사람들로, 증언을 믿는다면 다 어딘지 수상쩍은 데가 있는 이들뿐입니다. 권총을 든 복면한 갱 한 무리가 범행을 저지르는 걸 보았다는 사람이 없는 게 이상할 정도입니다."
포아로는 동정어린 미소를 지었다.
"애셔라는 사나이를 본 사람은 없던가요?"
"없습니다. 이것도 그에게 유리한 점입니다. 저는 지금 막 서장님에게, 이것은 런던 경찰국에서 맡아야 할 일이라고 이야기하고 오는 참입니다. 이건 지방적인 범죄가 아닙니다."
포아로는 신중하게 말했다.

"나도 그렇게 생각하오."

"포아로 씨, 싫은 사건입니다, 참으로 싫은 사건입니다. 저는 아무래도 마음에 들지 않습니다."

우리는 런던으로 돌아가기 전에 두 사람을 더 만났다. 한 사람은 제임즈 패트리지라는 인물이었다.

패트리지 씨는 애셔 부인이 살아 있는 동안 맨 마지막으로 만난 사람이었다. 그는 5시 30분에 그녀의 가게에서 물건을 샀다.

패트리지 씨는 몸집이 빈약한 남자로 은행원이었다. 코안경을 걸친 무뚝뚝하고 빼빼 마른 느낌의 사나이였으나 말씨는 또박또박했다. 그는 자기에게 잘 어울리는 깨끗한 작은 집에 살고 있었다.

내 친구가 내민 명함을 보며 그는 말했다.

"네, 포아로 씨. 글렌 형사에게서 들으셨습니까? 무슨 도움이 될까요, 포아로 씨?"

"패트리지 씨, 당신은 살아 있는 애셔 부인을 맨 마지막으로 만난 분이시니까요."

패트리지 씨는 두 손을 마주대고 미심쩍은 수표라도 들여다보듯 포아로를 보았다.

"그것이 토론의 여지가 있는 점입니다, 포아로 씨. 제 다음에도 더 많은 손님이 애셔 부인한테서 물건을 샀을지 모르니 말입니다."

"그렇더라도 지금으로선 아직 신고해 온 사람이 없습니다."

패트리지 씨는 헛기침을 했다.

"그들은 시민의 의무에 대한 관념을 갖고 있지 않으니까요, 포아로 씨."

그는 부엉이처럼 코안경 너머로 우리를 보았다.

포아로가 중얼거렸다.

"정말 그렇습니다. 당신은 자진해서 경찰에 신고하셨습니까?"

"그럼요. 저는 그 무서운 사건 이야기를 듣자 곧 제 진술이 도움이 될지도 모른다고 생각했습니다. 그래서 바로 신고했지요."
포아로는 엄숙하게 말했다.
"정말 훌륭한 마음씨입니다. 저에게도 그 이야기를 되풀이 들려 주실 수 있으시겠지요?"
"알겠습니다. 저는 집으로 돌아오는 길이었는데, 정각 5시 30분에……"
"실례입니다만, 어떻게 그토록 정확하게 시간을 알고 계십니까?"
패트리지 씨는 방해를 받자 기분이 좀 상한 모양이었다.
"교회 시계가 울렸습니다. 저는 제 시계를 보고 1분 늦는 것을 알았지요. 그때가 바로 애셔 부인 가게로 들어가기 직전이었습니다."
"거기서 자주 물건을 사셨습니까?"
"네, 자주 샀습니다. 집으로 돌아오는 길목이니까요. 저는 1주일에 한두 번씩 '존 코튼'을 순한 것으로 2온스씩 사고 있습니다."
"애셔 부인을 알고 계셨습니까? 그녀의 가정에 대해서라든지 과거에 대해?"
"전혀 모릅니다. 사는 물건이나 또는 날씨에 대해 몇 마디 나눈 것 말고는 이야기한 일이 없습니다."
"그녀의 생명을 위협하는 말을 자주 했었던 주정꾼 남편에 대해 알고 계셨습니까?"
"아니오, 그 사람에 대해서는 아무것도 모릅니다."
"그러나 당신도 얼굴은 알고 계셨겠지요. 어제 여느 때와 다른 어떤 기색은 없었습니까? 흥분해 있었다던가, 화를 내고 있었다던가?"
패트리지 씨는 곰곰이 생각해 보더니 대답했다.
"제가 아는 한에서는 여느 때와 다른 점이 전혀 없었습니다."

포아로는 일어섰다.

"패트리지 씨, 질문에 대답해 주셔서 고맙습니다. 그런데 댁에 혹시 ABC가 없는지요? 런던으로 가는 시간표를 좀 보고 싶어서요."

그가 말한 선반 위에는 ABC와 함께 브래드쇼, 주식 연감, 케리의 인명록 그리고 현대 인명록 및 지방 신사록 등이 있었다.

포아로는 ABC를 들고 기차 시간을 살펴보는 시늉을 한 다음 패트리지 씨에게 고맙다는 인사를 하고 나왔다.

또 다른 한 사람은 앨버트 리딜로, 이 또한 색다른 사람이었다.

앨버트 리딜 씨는 철로 인부였다. 그의 신경질적인 아내가 접시씻는 소리며, 그 집 개가 으르렁대는 소리며, 리딜 씨 자신의 노골적인 적의 등과 더불어 이야기가 진행되었다.

그는 넓적한 얼굴에 의심많은 눈을 한 크고 우둥퉁한 거인으로, 고기가 든 파이를 아주 진한 차와 함께 집어 삼키고 있었다. 그는 찻잔 가장자리께로부터 화난 듯한 얼굴로 우리를 노려보고 있었다.

그는 으르렁거렸다.

"필요한 말은 다 한 줄로 아는데. 대체 나와 무슨 관계가 있다는 거요? 나는 경찰에 다 말해 줬소. 그런데 이번엔 또 외국놈 따위에게 다시 한 번 말하지 않으면 안 된다는 거요?"

포아로는 재빨리 내 쪽으로 흥미가 끌리는 듯한 눈짓을 보내고 나서 입을 열었다.

"정말이지 안되셨습니다. 그렇지만 할 수 없잖습니까? 어쨌든 살인사건이니까요. 아주 신중하게 하지 않으면 안 되지요."

앨버트의 아내가 신경질적으로 말했다.

"이분들이 듣고 싶어하시는 것을 모조리 이야기하는 게 좋아요."

거인이 소리쳤다.

"잠자코 있어!"
포아로가 솜씨좋게 끼여들었다.
"당신은 자진해서 경찰에 가신 게 아니잖습니까."
"어째서 그런 짓을 해야 되는 거요? 그런 건 내 일이 아니잖소."
포아로는 아무렇지도 않게 말했다.
"생각하기 나름이지요. 살인이 일어났고 경찰은 가게에 왔던 사람을 알고 싶어했습니다. 저는 당신이 자진해서 신고하시는 편이 뭐랄까, 자연스럽다고 생각되는데요."
"나한테는 일이 있소. 자진해서 가지 않았다니, 그렇게 말하면 곤란한데."
"하지만 당신이 애쉬 부인 가게로 들어가는 것을 본 사람이 있습니다. 그래서 경찰은 당신을 만나러 오지 않으면 안 되었던 것입니다. 그런데 경찰은 당신 이야기에 만족했습니까?"
앨버트는 사납게 되물었다.
"어째서 만족하지 않겠소?"
포아로는 다만 어깨를 으쓱했을 뿐이었다.
"대체 뭘 냄새맡으려는 거요, 당신은? 나한테서 뭘 끄집어낼 수 있을 리 없잖소. 그 노파를 죽인 게 누군지 모두들 알고 있어. 그 남편이잖소?"
"그렇지만 그날 밤 그는 그곳에 있지 않았고, 당신은 있었지요."
"나한테 죄를 뒤집어씌우려는 거요, 당신? 잘됐어, 이거 잘해 봐야겠군. 대체 내가 그런 짓을 해야 될 이유가 어디 있소? 그 늙은이의 피로 얼룩진 담배를 한 갑 훔치려고? 내가 남들이 말하는 피에 굶주린 살인광이란 말이오? 이 내가?"
그는 위협하듯 의자에서 일어섰다. 그의 아내가 양 같은 소리를 질렀다.

"버트, 버트, 그런 말을 해선 안 돼요. 버트, 그런 말을 하면 모두들……"
포아로가 말했다.
"좀 침착하십시오. 저는 그저 당신이 그 가게에 가셨었다는 이야기를 듣고 싶었던 것뿐입니다. 그런데 그걸 거부하면 저에게는 어쩐지, 뭐라고 하나, 좀 이상한 기분이 드는군요."
"내가 거부한다고 누가 말했소?"
리딜은 다시 의자에 앉았다.
"이야기해 주겠소."
"가게에 들어가셨던 게 6시였지요?"
"그렇소. 사실은 1, 2분 지나 있었소. 골든 프레이크를 한 갑 사려고, 내가 문을 밀자……"
"그러니까, 즉 그 문이 닫혀 있었다는 거로군요?"
"그렇소. 나는 벌써 가게를 닫았나 하고 생각했소. 그런데 그게 아니었소. 안으로 들어가니 아무도 없었소. 그래서 계산대를 쾅 두드리고는 잠시 기다려 보았소. 그래도 아무도 나오지 않길래 나는 밖으로 나왔소. 그뿐이오."
"계산대 뒤에 쓰러져 있는 시체는 못 보셨군요?"
"못 보았소. 다른 사람도 못 봤을 거요, 일부러 찾지 않았다면."
"철도 안내서는 있었습니까?"
"있었소. 책장이 펼쳐져서 말이오. 그래서 나는 그 할머니, 너무 급하게 나가느라 문 잠그는 걸 잊었나 보다고 생각했소."
"그래서 당신은 철도 안내서를 건드리거나 움직여 보셨군요?"
"당치도 않소, 누가 그런 짓을 하겠소. 지금 말한 일밖에 하지 않았소."
"당신이 거기 들어가기 전에 누가 나오는 건 못 보셨습니까?"

"못 보았소. 내가 말하고 싶은 건, 어째서 나에게 누명을 씌우려고 ……"

포아로는 일어섰다.

"아무도 그러지 않습니다. 아직 지금 단계에서는. 그럼, 안녕히 계십시오."

그는 멍하니 입을 벌린 채 있는 사나이를 뒤에 남겨 두고 나왔다. 나는 그 뒤를 따랐다.

길로 나오자 그는 시계를 보았다.

"빨리 가면 7시 2분 기차를 탈 수 있겠군. 자, 서둘러 가세."

두 번째 편지

나는 열심히 물었다.

"그래서?"

우리는 우리 말고는 아무도 없는 1등 차칸에 앉아 있었다. 기차는 급행으로 막 앤도버를 떠난 참이었다.

포아로가 말했다.

"범죄는 빨강 머리에 왼쪽 눈이 사팔뜨기인 중키의 사나이에 의해 저질러졌네. 그 사나이는 오른쪽 다리를 조금 절고, 왼쪽 어깨 밑에 점이 있지."

나는 소리쳤다.

"포아로!"

한순간 나는 정말이라고 믿었던 것이다. 그러나 곧 이 친구의 장난기어린 눈빛이 사실을 가르쳐 주었다. 나는 되풀이했다. 이번에는 나무라듯이.

"포아로!"

"자네는 어떻게 하자는 건가? 자네는 나에게 충성스러운 개같이 헌신적인 눈길을 보내면서 셜록 홈즈 같은 해결을 바라고 있네. 그런데 진상은 말일세. 살인범이 어떤 사나이며, 어디에 살고, 어떻게 하면 잡을 수 있는지 나는 도무지 알 수 없다네."
나는 중얼거렸다.
"녀석이 무슨 단서라도 남겨 줬더라면."
"그렇지, 단서, 언제나 자네 마음을 끄는 건 그 단서라는 걸세. 유감스럽게도 그 사나이는 담배를 피워 담뱃재를 남겨 둬 주지도 않았고, 야릇한 모양의 징을 박은 신 자국도 남겨 주지 않았네. 그렇지, 그는 그리 친절하지 않았어. 그러나 적어도 철도 안내서가 있잖나. 그 ABC야말로 자네의 단서가 아니겠나!"
"그가 실수해서 그것을 남겨 뒀다고 생각하나?"
"물론 그렇지는 않네. 일부러 두고 간 걸세. 지문 상태를 보면 알 수 있지."
"지문은 없었잖나?"
"바로 그걸세. 어제는 어떤 밤이었나? 더운 6월의 밤이었지. 이런 밤에 장갑을 끼고 다니는 사나이가 있을까? 그런 사나이는 곧 눈에 띄지. 그러니까 ABC에 지문이 없었다면 주의 깊게 닦아 낸 게 틀림없네. 죄없는 남자라면 지문을 남겨 두겠지만, 죄가 있는 자는 남기지 않네. 그러므로 우리의 살인범은 그것을 일부러 남겨 두고 간 걸세. 그러나 그 때문에 이것이 또한 단서가 되지. ABC를 누군가가 사서 갖다 두었다…… 이런 가능성이 있는 셈일세."
"그 방법으로 무엇을 알 수 있나?"
"사실을 말하면, 헤이스팅스, 나는 그리 희망을 가지고 있지 않네. 이 사나이, 이 미지의 X라는 사나이는 확실히 자기 능력에 자부심을 갖고 있네. 그는 뒤를 밟힐 그런 따위의 표시를 남겨 두지 않아."

"그렇다면 ABC는 전혀 희망이 없는가?"
"자네가 말하는 뜻에서는."
"다른 뜻에서라면 있다는 건가?"
포아로는 곧바로 대답하지 않았다. 이윽고 그는 천천히 말했다.
"그 답은 '있다'일세. 우리는 지금 미지의 인물과 마주하고 있네. 상대는 어둠 속에 있고, 언제까지나 어둠 속에 있으려 하지. 그러나 일의 성질로 보아 그는 자기에게 빛을 비추지 않고는 견디지 못할 걸세. 어떤 뜻에서는, 우리는 그에 대해 아무것도 모르네. 그러나 다른 뜻에서는 이미 많은 것을 알고 있지. 나에게는 그의 모습이 흐릿하게 형태를 갖추어 오는 게 보인다네. 올바른 활자체를 달필로 쓸 수 있는 사나이, 비싼 편지지를 사는 사나이, 무엇보다도 자신감과 개성을 나타내고 싶어하는 사나이, 무시되고 남의 관심을 끌지 못하는 어린아이 같은 사나이, 마음 속에 열등의식을 키워 온 사나이, 그것을 부당하게 느끼며 싸워 온 사나이가 내 눈에 보이네. 자신을 주장하고 남의 관심을 끌고 싶은 마음 속 충동이 점점 강해지고, 사건이며 사물이 그것을 부숴 버려 한층 더 비굴한 감정을 쌓아올려 간 것이 내 눈에는 보이네. 그리하여 내부의 성냥이 이 화약을 실은 열차에 불을 붙이게 된 걸세."
나는 반대했다.
"그런 것은 모두 억측에 지나지 않잖나. 실제로는 아무 쓸모도 없어."
"자네는 성냥 끄트러기라든가 담뱃재라든가 징박은 구두 쪽이 마음에 드는가 보구먼. 언제나 그랬지. 그러나 적어도 우리는 스스로 실제적인 질문을 해보지 않으면 안 되네. 어째서 ABC인가? 어째서 애셔 부인인가? 어째서 앤도버인가?"
"그 여자의 과거 생활은 아주 단순해 보이네."

나는 생각에 잠겼다.

"그 두 남자와의 면담은 실망이었어. 그들은 우리가 이미 알고 있는 것 이상의 일은 아무것도 말하지 못했잖나."

"사실을 말하면 나는 그들에게 큰 기대를 걸고 있지 않았네. 그러나 살인 용의자로서의 두 사람의 가능성을 무시할 수도 없었지."

"자네는 정말로……."

"적어도 범인이 앤도버 또는 그 근방에 살고 있을 가능성은 있는 걸세. 그것이 어째서 앤도버인가 하는 우리들의 질문에 대한 가능한 대답이 되네. 게다가 그날 그 시간 가게에 있었던 것으로 알려진 사나이가 둘이나 있는 걸세. 그 어느 쪽이 범인일지도 모르잖나. 그리고 그 가운데 어느 쪽인가가 범인이 아님을 알리는 증거는 아직 아무것도 나타나지 않았으니 말일세."

나는 인정했다.

"그 꼴사나운 짐승 같은 리딜일지도 모르지."

"그런데 나는 리딜은 풀어 줘도 좋다고 생각하고 있네. 그는 신경질적이고 큰소리를 치며 분명 초조해 하고 있었어."

"그러나 그것은 확실히……."

"그 ABC편지를 쓰는 그런 자와는 정반대의 성격일세. 자신감과 자부심이 우리가 찾고 있는 특징이지."

"누군가 자신의 중대성을 알리고 싶어하는 사람이란 말인가?"

"아마도 그럴 걸세. 그러나 어떤 종류의 사람들은 신경질적이고 겸손한 속에 오히려 크나큰 허영심과 자기 만족을 숨기고 있기도 하지."

"그 몸집작은 패트리지 씨는 어떤가?"

"그 사나이 쪽이 그런 타입에 가까워. 그 이상은 말할 수 없지만. 그는 마치 그 편지를 쓴 자가 할 것 같은 행동을 취하고 있었지.

바로 경찰에 갔고, 자기를 돋보이려 했으며, 자기 위치를 즐기고 있었거든."

"정말로 그렇게 생각하나?"

"아니, 헤이스팅즈, 내 개인적으로는 범인이 앤도버 밖에서 왔다고 생각하지만 어떤 수사도 소홀히 할 수 없네. 그리고 나는 언제나 '그'라고 말하고 있지만, 여성이 관련되어 있을 가능성도 빼놓을 수 없네."

"설마!"

"물론 공격 수법으로 보아선 남자일세. 그러나 익명 편지란 남자보다 오히려 여자에 의해 잘 씌어지는 법이지. 이 사실을 머리에 넣어 두지 않으면 안 되네."

나는 잠시 입을 다물고 있다가 말했다.

"이번엔 뭘 하면 되나?"

"오, 정력가 헤이스팅즈여."

포아로는 나에게 미소를 보냈다.

"아니, 정말 뭘 하지?"

"아무것도."

"아무것도?"

내 목소리에는 뚜렷한 실망이 나타나 있었다.

"내가 마술사인가, 마법사인가? 내게 뭘 시키고 싶은가?"

나는 마음 속으로 사태를 잘 생각해 보고 대답하기 힘들다는 것을 알았다.

그러나 나는 뭔가 하지 않으면 안 된다, 발 밑에 풀이 나게 해선 안 된다는 확신을 가지고 있었다.

나는 말했다.

"ABC도 있고, 편지지도 있고, 봉투도 있고……"

"그 점에서는 물론 여러 가지 수배가 되어 있네. 경찰은 그런 종류의 수사를 하는 데 자유스러운 여러 가지 수단을 갖고 있지. 그런 점에서 무엇이 발견된다면 그들이 찾아내 줄 테니 걱정할 것 없네."

그래서 나 또한 만족하는 수밖에 없었다.

그 뒤 며칠 동안 포아로는 이상하게도 사건에 대한 토론을 피하는 듯했다. 내가 그 문제를 꺼내려 하면 못 참겠는지 손을 흔들며 말머리를 돌리곤 했다.

나는 그 까닭을 깊이 생각해 보기를 은근히 두려워하고 있었다.

애셔 부인 살해에 대해서는 포아로도 자신의 패배를 인정하고 있었다. ABC가 그에게 도전했고, 그리고 이겼다. 계속적인 성공에 익숙해 있던 내 친구는 자기 실패에 민감했다. 그런 만큼 그는 이 문제에 대한 토론을 참을 수 없었던 것이다. 그것은 분명 위대한 남자의 왜소함을 나타내는 일임에 틀림없지만, 아무리 냉정한 사람일지라도 성공했을 때 흥분되는 것은 흔히 있는 일이다. 포아로의 경우는 그 흥분이 몇 해나 계속되고 있었다. 그 결과 지금에야 겨우 눈을 뜨게 되었다 해도 그리 이상할 것은 없으리라.

나는 친구의 약점을 존중하여 사건에 대해 그 이상 이야기하는 것을 삼갔다. 심문 보고는 신문에서 읽었다. 그것은 무척 간단한 것으로, ABC 편지에 대해서도 아무 언급이 없었다. 배심원 평결은 한 사람 또는 몇 사람의 알 수 없는 인물에 의한 살인으로 되어 있었다.

이 사건은 신문의 여러 기사들 속에서 그리 주의를 끌지 못했다. 이야깃거리가 될 만한 데도, 구경거리가 될 만한 데도 없었다. 뒷골목의 노파 살해 따위는 더 스릴 있는 화제 때문에 곧 흐지부지되어 버리는 것이다.

사실을 말하면, 사건은 내 머리 속에서도 사라져 가고 있었다. 그것은 포아로가 실패했다고 생각하는 게 싫었기 때문이라고도 할 수 있다.

그런데 7월 25일이 되어 사건은 갑자기 되살아났다. 나는 주말에 요크셔에 가 있었기 때문에 이틀쯤 포아로를 만나지 못했다. 월요일 오후에 돌아왔는데, 그 편지는 6시 우편으로 배달되었다. 나는 문제의 봉투를 뜯어 펼쳐 보았을 때 포아로가 갑자기 날카롭게 숨을 들이쉬었던 것을 기억하고 있다.

"왔네."

그는 말했다.

나는 그를 쳐다보았으나 잘 알 수가 없었다.

"뭐가 왔다는 건가?"

"ABC 사건의 제2장일세."

나는 잠시 멍해진 채 그를 보고 있었다. 사건은 완전히 내 기억에서 떨어져 나가 있었던 것이다.

"읽어 보게."

포아로는 나에게 편지를 건네 주었다.

전과 마찬가지도 고급 편지지에 활자체로 씌어 있었다.

　친애하는 포아로여, 대체 어떻게 된 건가? 첫 번째 게임은 내 승리다. 앤도버 사건은 실로 잘되었잖은가?
　그러나 재미는 이제 시작이다. 이번에는 벡스힐 바닷가로 주의를 돌리도록. 날짜는 오는 25일.
　이 얼마나 유쾌한 일인가! 이만.

　　　　　　　　　　　　　　　　　　　　　　　　ABC

나는 소리쳤다.

"이런, 포아로! 이 미치광이는 또 다른 범죄를 저지르려는 게 아닌가?"

"물론이지, 헤이스팅즈. 자네는 어떻게 생각하고 있었나? 앤도버 사건 하나로 끝날 줄 알았나? 자네는 내가 말한 걸 기억하고 있겠지. '이것이 시작이다'라고."

"무서운 일이군."

"그렇네, 무서운 일일세."

"우리는 살인광을 상대하고 있어."

"바로 그렇네."

그의 냉정함은 어떤 극적인 태도보다도 인상적이었다. 나는 편지를 돌려주며 몸을 떨었다.

다음날 아침, 담당자들의 회의가 열렸다. 서섹스 주 경찰서장, 범죄 수사과장, 앤도버의 글렌 형사, 서섹스 경찰의 카터 경감, 재프 경감과 크롬이라는 이름의 젊은 형사, 그리고 저명한 정신과의 솜프슨 박사 등이 한자리에 모였다.

편지의 소인은 햄스티드로 되어 있었지만, 포아로의 의견으로 이것은 그리 중요시되지 않았다.

사건은 충분히 검토되었다. 솜프슨 박사는 인상좋은 중년 신사로, 그 풍부한 학식에도 불구하고 직업적인 전문 용어를 피해 아주 평범한 말을 쓰도록 마음쓰고 있었다.

범죄 수사과장이 말했다.

"이 두 편지가 같은 필적임은 틀림없습니다. 둘 다 한 인물에 의해 쓰어진 겁니다. 그리고 그 인물이 앤도버 살인사건에 관련되어 있는 것도 확실합니다."

"과연 그렇습니다. 우리는 지금 또다시 명백한 두 번째의 계획적 살인 예고를 받고 있습니다. 그 살인은 오는 25일 벡스힐로 예정되어 있습니다. 어떤 수단을 취하면 좋겠습니까?"
서섹스 주 경찰서장이 자기 경감 쪽을 보았다.
"카터, 어떻게 해야 할까?"
카터 경감은 무겁게 고개를 저었다.
"어렵군요. 예정된 피해자에 대한 최소한의 단서도 없습니다. 정직하고 공정하게 말해서 과연 우리가 어떤 수단을 취할 수 있겠습니까?"
포아로가 나섰다.
"힌트가 있습니다."
모두의 얼굴이 그에게로 돌려졌다.
"예정된 피해자의 이름은 B로 시작된다고 여겨집니다."
수사과장이 의심스러운 듯 말했다.
"그것은 다만 생각일 따름이지요."
솜프슨 박사가 생각에 잠겨 말했다.
"알파벳 콤플렉스군요."
"나는 단지 가능성으로서 말하고 있는 겁니다. 그 이상은 아니지요. 이 생각은 지난달에 살해된 그 불운한 여자의 가게 문에 애셔라는 글자가 쐬어져 있는 것을 보았을 때 떠오른 겁니다. 벡스힐이라고 장소를 정한 편지를 보고 피해자도 알파벳순으로 정해지리라는 게 하나의 가능성으로 떠올랐지요."
"그것은 확실히 가능성이 있습니다. 그러나 동시에 애셔라는 이름은 우연의 일치였는지도 모릅니다. 이번 피해자는 이름이 무엇이든 또 가게를 가진 노파일지도 모르지요. 알겠습니까? 우리는 한 미치광이를 상대하고 있습니다. 상대는 동기에 대한 실마리를 아무것도 나타내 보이고 있지 않습니다."
카터 경감이 의심스러운 듯 물었다.

"미치광이에게도 동기가 있을까요?"
"물론 있습니다. 편집광의 특징 가운데 하나는 아주 논리적이라는 겁니다. 그는 자신이 목사, 의사 또는 담배 가게 노파라도 좋은데, 이들을 죽이게끔 신에 의해 정해져 있다고 믿지요. 그 배후에는 하나같이 어떤 완전하고도 타당한 이유가 있는 법입니다. 그러니 우리는 알파벳 같은 것에 정신을 팔면 안 됩니다. 앤도버 다음이 벡스힐인 것은 아마 우연의 일치에 지나지 않을 겁니다."
"우리는 적어도 그 경계만은 할 수 있는 셈이네, 카터. 특히 조그만 가게의 B로 시작되는 이름에 주의하여, 혼자서 경영하는 조그만 담배 가게라든가 신문 가게를 지키게. 그 밖에는 달리 우리가 할 수 있는 일이 없어. 낯선 사람을 특히 주의해야 할 것은 물론이지만."
카터 경감은 신음 소리를 냈다.
"학교의 방학이 시작되었는데 말입니까? 이번 주일에는 그곳으로 굉장한 인파가 몰릴 겁니다."
경찰서장이 날카롭게 말했다.
"우리는 할 수 있는 건 다 해야만 되네."
이번에는 글렌 형사가 말했다.
"애셔 사건에 관련 있는 사람은 제가 지키지요. 패트리지와 리딜 두 증인과 물론 애셔도. 그들이 앤도버를 떠나면 미행시키겠습니다."
그리고 나서 두세 가지 제안과 얼마쯤 산만한 대화가 오간 뒤 회의는 끝났다.
나는 강을 따라 걸으며 말했다.
"포아로, 이 범죄를 예방할 수 있을까?"
그는 여윈 얼굴을 내 쪽으로 돌렸다.

"한 사람의 광기에 대해, 이렇게 사람이 북적대는 정상적인 거리에서? 나는 걱정일세, 헤이스팅즈, 아주 걱정이네. 살인광 잭의 그 오래 계속된 성공을 기억하고 있겠지!"
"무서운 일이군."
"헤이스팅즈, 광기란 무서운 거라네. 나는 걱정일세. 아주 걱정이야."

벡스힐 바닷가 살인

 나는 지금도 7월 25일 아침, 잠에서 깨어난 무렵의 일을 기억하고 있다. 그것은 아마 7시 30분쯤이었다고 생각된다.
 포아로가 침대 옆에 서서 가만히 내 어깨를 흔들고 있었다. 그의 얼굴을 한 번 보자 나는 반쯤 잠든 상태에서 곧 눈을 떴다.
 나는 급히 일어나면서 물었다.
 "무슨 일인가?"
 그는 아주 간단하게 대답했지만, 그의 짧은 말 속에는 풍부한 감정이 담겨 있었다.
 "일어났네."
 나는 소리쳤다.
 "뭐라고? 하지만 오늘이 25일이잖나."
 "어젯밤, 아니, 오늘 아침 일찍 일어났네."
 내가 침대에서 튀어 일어나 재빨리 옷을 입자 그는 지금 막 전화로 들은 이야기를 간단히 들려 주었다.
 "젊은 여자의 시체가 벡스힐 바닷가에서 발견됐네. 그녀는 일리저버스 버너드(Barnard)라는 이름의 카페 여급으로 밝혀졌네. 이 아가씨는 최근 갓 지은 조그만 방갈로에서 부모와 함께 살고 있었지. 검시 결과에 의하면 12시에서 새벽 1시 사이에 살해된 모양일세."
나는 면도를 하며 물었다.
"그러나 이것이 그 범죄라는 건 확실한가?"
"벡스힐 행 기차 시간표 있는 데가 펼쳐진 ABC 철도 안내서가 시체 밑에서 나왔네."
나는 손이 떨렸다.
"무서운 이야기로군."
"조심하게, 헤이스팅스, 내 방에서 또 하나의 사건이 일어난다면 참을 수 없을 테니까."
나는 얼마쯤 맥이 풀려 턱의 피를 닦았다. 그리고 물었다.
"우리들의 전투 계획은?"
"이제 곧 경찰차가 우리를 데리러 올 거네. 자네 커피는 이리로 가져오도록 시켰네. 출발을 늦출 수 없으니까."
20분 뒤 우리는 속력빠른 경찰차를 타고 템즈 강을 건너 런던을 벗어났다.
경찰차에는 크롬 형사가 함께 타고 있었다. 지난번 회의에 참석했었던 이 사건 담당 형사였다.
크롬 형사는 재프 경감과는 다른 타입의 경관이었다. 훨씬 젊고 말수가 적은 남자였다. 교양과 지식을 지녔으나, 내가 보기에는 얼마쯤 자기 만족에 빠져 있는 듯했다. 그는 최근에 있었던 일련의 어린이 살해 사건으로, 지금 브로드무어에 들어가 있는 범인을 끈질기게 추적해 이름을 떨친 참이었다.
그는 분명 이번 사건을 맡기에 알맞은 인물이었으나, 그것을 스스로가 지나치게 의식하고 있는 듯 생각되었다. 포아로를 대하는 그의 태도에는 좀 잘난 체하는 데가 있고, 얼마쯤 자의식적인 공립 학교식 방법으로 젊은 사람이 연장자를 대하는 것처럼 그에게 복종하고 있었다.

그가 말했다.

"저는 솜프슨 박사와 많은 이야기를 했습니다. 그분은 연속 살인사건에 아주 흥미를 갖고 계시지요. 그것은 특수하게 비뚤어진 심성의 산물입니다. 물론 비전문가로서는 그가 의학적 견지에 대해 보이는 세부적인 점은 이해할 수 없지요."

그는 헛기침을 했다.

"사실 저의 지난번 사건으로 말하면, 그 기사를 읽으셨는지 모르겠습니다만, 머스윌 힐 여학교 학생 메이벌 호머 사건 말입니다. 그 캐퍼라는 사나이는 무서운 녀석이었습니다. 그 범죄를 그의 짓이라고 밝혀내기까지 참으로 힘이 들었습니다. 아무튼 세 사람째였으니 말입니다. 아주 멀쩡해 보였지요. 하지만 여러 가지 테스트라는 게 있잖습니까. 아시겠지요, 유도신문이라는 것 말입니다. 물론 아주 새로운 것이어서 전에는 별로 문제되지 않았던 겁니다. 한 번 잡아들이면 이미 문제없습니다! 이쪽이 알고 있다는 걸 알게 되면 상대방은 그만 손을 들지요. 상대는 완전히 이쪽이 하는 대로 따라옵니다."

포아로가 말했다.

"우리 때에도 그런 일은 흔히 있었지요."

크롬 형사는 그를 돌아보고 대화를 계속하는 것처럼 입 속으로 말했다.

"아, 그렇습니까?"

잠시 침묵이 이어졌다. 뉴크로스 역을 지났을 때쯤 크롬이 말했다.

"이 사건에 대해 무언가 듣고 싶은 게 있으시면 말씀하십시오."

"그럼, 죽은 아가씨에 대해 이야기해 주겠소?"
"그녀는 23살로 카페 '진저 캣'의 여급으로 일하고 있었습니다."
"아니, 그런 점이 아니라, 이를 테면 그녀는 아름다웠다든가……."
크롬 형사는 못당하겠다는 투로 말했다.
"그런 일에 대해서는 전혀 들은 게 없습니다."
그의 몸짓은 이렇게 말하고 있었다. 이거 정말, 외국인이란 모두 이렇다니까!
포아로의 눈에 재미있어 하는 빛이 슬며시 떠올랐다.
"그런 사실이 당신에게는 중요하게 보이지 않소? 하지만 한 여자에게 있어 그것은 가장 중요한 일이지요. 그것에 의해 그 여자의 운명이 정해지기도 하는 거요!"
크롬 형사는 잠자코 생각에 잠겨 있는 것 같더니 정중하게 대답했다.
"아, 그렇습니까?"
또 침묵이 흘렀다.
그것은 세븐 오크 가까이 이르러 포아로가 다시 입을 열 때까지 계속되었다.
"그 아가씨가 어떤 상태에서 무엇으로 목을 졸렸는지, 당신은 모르오?"
크롬 형사는 간단히 대답했다.
"자기 벨트로 목이 졸렸습니다. 꼬아서 만든 굵은 벨트지요."
포아로의 눈이 크게 떠졌다.
"아, 아주 결정적인 보고 하나가 가까스로 손에 들어왔구먼. 당신은 그것이 꽤 중요한 단서라고 생각하지 않소?"
크롬 형사는 차갑게 대답했다.
"저로서는 아직 모르겠습니다."

나는 이 남자의 조심성과 상상력이 없는 점에 정이 뚝 떨어졌다.
내가 말했다.
"그것은 범인의 기질을 증명하는 게 되잖소. 아가씨의 벨트 말이오. 남자 기질의 독특한 야수성이 잘 나타나 있으니까."

포아로는 나를 좀 이해하기 어려운 눈길로 흘끗 보았다. 거기에는 뭔가 재미있어 하면서도 초조해 하는 듯한 느낌이 있었다. 그것은 마치 이 형사 앞에서 너무 쓸데없는 말은 하지 말라는 경고처럼 생각되었다.

나는 입을 다물었다.

벡스힐에서 우리는 카터 경감의 마중을 받았다. 그와 함께 켈서라는 이름의 쾌활한 얼굴을 한 똑똑해 보이는 형사가 있었다. 그는 크롬 형사와 협력하기 위해 파견되어 온 것이었다. 카터 경감이 말했다.

"크롬, 자네는 자신이 직접 수사하고 싶을 테니 우선 사건의 중요한 점을 이야기해 주지, 그리고 나서 또 한 번 대활약을 해보게."
크롬 형사는 담담한 표정이었다.
"잘 부탁합니다."
"아가씨의 부모에게는 이미 알렸네. 물론 두 사람에게는 큰 충격이었지. 두 사람에 대한 심문은 좀 안정될 때까지 기다리기로 했으니, 자네는 그 일부터 시작하면 되겠네."
포아로가 물었다.
"다른 가족은 없습니까?"
"언니가 런던에서 타이피스트로 일하고 있습니다. 그녀한테도 이미 알렸지요. 그리고 한 젊은이가 있는데, 아무래도 어젯 밤 그 아가씨는 그와 함께 있었던 게 아닌가 생각됩니다."
크롬 형사가 물었다.

"ABC 철도 안내서에서는 뭔가 나오지 않았습니까?"
카터 경감이 턱으로 테이블 쪽을 가리켰다.
"거기 있네. 지문은 없고, 벡스힐 행 페이지가 펼쳐져 있었지. 아마 새것인 듯 별다른 흔적이 없네. 어디서든 살 수 있는 그런 것이지. 그럴 만한 문방구점엔 다 알아봤네."
"시체를 발견한 사람은?"
"일찍 일어나 바깥 공기 쐬기를 좋아하는 한 나이든 대령이었네. 제롬 대령이라는 사람으로 오전 6시에 개를 데리고 나갔지. 처음에는 바닷가를 따라 쿠든 쪽으로 갔다가 모래밭으로 나갔다네. 개가 따라다니다가 무슨 냄새를 맡았지. 대령이 개를 불렀는데 돌아오지 않았어. 대령은 그것을 보고 뭔가 있는 거라고 직감했지. 그래서 가보았던 거야. 그뿐 아니라 조처도 잘했네. 여자에겐 손대지 않고 바로 우리에게 전화를 걸어 왔거든."
"그래서 죽은 시간은 어제 한밤중이었다는 거로군요?"
"12시에서 새벽 1시 사이. 이건 꽤 정확한 추정이라고 할 수 있네. 우리의 살인범 조커는 제법 약속을 잘 지킨다고 할 수 있지. 녀석이 25일이라고 정하면 꼭 25일이야. 어쩌다 몇 분의 차이는 있을지라도 말일세."
크롬 형사는 과연 그렇다는 표정을 지었다.
"그렇지요, 그것이 이 사나이의 기질이지요. 그 밖에는 달리 뭐, 누군가 도움이 될 만한 사람은 없습니까?"
"지금으로선 없네. 아직 시간이 너무 이르기도 하고. 그러나 어젯밤 남자와 함께 걷는 흰 옷을 입은 여자를 보았다는 사람이 이제 무더기로 나올 걸세. 어젯밤에 흰 옷을 입고 남자와 함께 걸은 여자가 아무래도 4, 500명은 되는 모양이야. 어쨌든 그건 나쁘지 않은 재미니까."

"알겠습니다. 지금 가보기로 하지요. 카페와 여자의 집은 가깝다지요? 두 곳 다 가볼 참입니다. 켈서, 자네도 함께 가세."
카터 경감이 물었다.
"포아로 씨는 어떻게 하실 겁니까?"
포아로는 크롬 형사에게 살짝 고개를 숙여 보이며 말했다.
"나도 가보지요."
크롬 형사는 그리 내키지 않는 모양이었다. 포아로를 만난 적이 없는 켈서는 버릇없이 벙글벙글 웃고 있었다. 사람들이 내 친구를 처음 볼 때 하나같이 그를 형편없는 우스갯거리로 생각해 버리는 것은 유감스러운 일이다.

크롬 형사가 물었다.
"그녀의 목을 조르는 데 사용된 벨트는 어떻습니까? 포아로 씨는 그것을 중요한 단서로 여기고 계시니 봐두시는 편이 좋을 것으로 생각됩니다만."
포아로는 곧 반박했다.
"아니, 그럴 필요는 없습니다. 당신은 오해하고 있는 것 같군요."
카터 경감이 말했다.
"그건 아무 도움도 안 됩니다."
"그렇지요. 그건 가죽 벨트가 아닙니다. 만일 그렇다면 지문이 남았을 텐데, 명주로 굵게 꼰 것이어서 목을 조르기에 꼭 알맞지요."
나는 몸을 떨었다.
크롬 형사가 제의했다.
"그럼, 가봅시다."
우리들은 출발했다.
맨 처음 찾아간 곳은 '진저 캣'이었다. 바닷가 쪽으로 나 있는 평범한 외관의 조그만 찻집이었다.

오렌지빛 바둑판 무늬 테이블보가 덮인 조그만 테이블이며 오렌지빛 쿠션이 있는, 그리 편안한 느낌을 주지 않는 움푹한 의자가 있었다. 그곳은 모닝 커피와 데븐셔 식, 시골식, 과즙 넣은 것, 컬튼 식, 그리고 설탕 없는 것 등 다섯 종류의 차와 푼 달걀이니 새우니 마카로니 그라탕 같은 여자들이 좋아할 간단한 식사를 전문으로 하는 가게였다.

마침 모닝 커피가 준비되고 있는 참이었다. 여주인은 급히 우리를 안쪽의 더러운 거실로 안내했다.

크롬 형사가 입을 열었다.

"미스…… 저…… 메리언이지요?"

미스 메리언은 높고 난처한 듯한 여성 특유의 부드러운 목소리로 대답했다.

"네, 그래요. 정말 난처하게 되었어요. 큰일이에요. 우리 장사에 얼마나 지장이 많은지 정말 말로는 다할 수 없어요."

미스 메리언은 엷은 오렌지빛 머리의 40살쯤 된 아주 여윈 여자였다. 그녀는 정말 놀라울 만큼 진저 캣, 즉 붉은 고양이 그대로였다. 그녀는 가게에서 입는 옷의 깃이며 주름을 신경질적으로 만지고 있었다.

켈서 형사가 용기를 북돋워 주듯 말했다.

"인기가 올라갈 겁니다. 두고 보십시오! 차 주문을 당해 낼 수 없을 지경이 될 테니까요."

미스 메리언이 말했다.

"견딜 수 없어요. 정말 견딜 수 없어요. 인간이라는 것에 절망하고 싶어져요."

그렇게 말하면서도 그녀의 눈은 빛나고 있었다.

"죽은 아가씨에 대해 이야기해 주실 수 없겠습니까?"

미스 메리언은 뚜렷이 말했다.

"이야기할 게 없어요. 전혀 없어요!"

"여기서 일한 지 얼마나 됩니까?"

"올해가 두 번째 여름이 돼요."

"그 아가씨의 일하는 태도에 만족하고 계셨습니까?"

"그 아가씨는 좋은 웨이트리스였어요. 똑똑하고 친절하고."

포아로가 물었다.

"아름다웠겠지요, 물론?"

이번에는 미스 메리언이 정말 외국 사람이란 하는 눈길을 했다. 그녀는 쌀쌀맞게 말했다.

"기분좋은 깨끗한 느낌의 아가씨였어요."

크롬 형사가 물었다.

"어젯밤 몇 시쯤 돌아갔습니까?"

"8시였어요. 우리는 8시에 가게 문을 닫지요. 저녁 식사는 내지 않는답니다. 주문이 없으니까요. 푼 달걀과 차를……."

이때 포아로가 몸을 떨었다.

"드시는 분이 7시나 때에 따라서는 더 늦게까지도 계시지만, 바쁜 것은 보통 6시 30분까지예요."

"그 아가씨는 어젯밤 무엇을 하며 지내겠다든가 하는 이야기를 당신에게 하지 않았습니까?"

미스 메리언은 강조하듯 말했다.

"아니오, 우리는 그런 사이가 아니었어요."

"누가 그녀를 부르러 오지는 않았습니까? 아니면 그 비슷한 일이라도?"

"아니오."

"그 아가씨는 여느 때와 어딘지 다르지 않던가요? 흥분하거나 우울해 있었던 것 같지는 않았습니까?"
미스 메리언은 무뚝뚝하게 말했다.
"거기에 대해선 뭐라고 말할 수 없어요."
"웨이트리스가 몇 명 있습니까?"
"고정적으로 일하는 사람은 두 사람이지만, 7월 20일부터 8월 말까지는 임시로 두 사람을 더 써요."
"일리저버스 버너드는 임시 웨이트리스가 아니었군요?"
"버너드 양은 고정적으로 있는 쪽이에요."
"다른 한 사람은?"
"히글리 양 말인가요? 그녀는 아주 좋은 아가씨예요"
"버너드 양과 히글리 양은 친구였습니까?"
"저로서는 말하기 곤란해요."
"그 아가씨를 만나 물어 봤으면 좋겠는데요."
"지금 말이에요?"
"될 수 있다면."
"이리로 오라고 하지요."
미스 메리언은 일어섰다.
"될 수 있는 대로 빨리 끝내도록 해주세요. 지금이 마침 모닝 커피 시간이라 손이 딸린답니다."
고양이 같은, 진저 같은 미스 메리언이 방을 나갔다.
"제법 품격이 있군요."
켈서 형사가 말하며 그 부인의 거만스럽던 태도를 흉내냈다.
그 때 검은 머리에 장밋빛 뺨을 하고 흥분으로 까만 눈이 반짝거리는 뚱뚱한 아가씨가 가쁘게 숨을 몰아 쉬며 뛰어들어왔다.
그녀는 숨을 들이마시듯 하며 말했다.
"미스 메리언이 가보라고 해서 왔어요."

"히글리 양이지요?"

"네, 그래요."

"일리저버스 버너드를 알지요?"

"네, 물론 저는 베티를 알고 있어요. 이런 무서운 일이 어디 있겠어요? 정말 무서워요. 아무래도 믿어지지가 않아요. 저는 오늘 아침 내내 모든 사람에게 도저히 믿을 수 없다고 말했어요. '정말이지 도저히 사실로 생각되지 않아. 베티! 여기서 내내 일하던 그 베티 버너드가 살해되다니! 도저히 믿을 수 없어'라고요. 전 몇 번이나 잠에서 깨어날지도 모른다고 여기며 제 팔을 꼬집어 봤어요. 베티가 살해되다니, 그런 일이…… 도저히 사실이라고 생각되지 않아요."

크롬 형사가 물었다.

"당신은 죽은 아가씨에 대해 잘 알고 있습니까?"

"베티는 저보다 훨씬 오래 일했어요. 저는 이번 3월에 왔지만, 베티는 지난해에 왔답니다. 그 애는 말이 없는 편이었어요. 제 말뜻을 아시겠어요? 장난치거나 함부로 웃어대는 그런 아이가 아니었어요. 그렇다고 완전히 말이 없는 편이라고도 할 수 없었지요. 그 애는 자신만의 재미있는 일이며 다른 어떤 것들을 가득 갖고 있었어요. 그러나 그것을 드러내 보이지 않았지요. 조용했지만, 또한 반드시 그렇지만도 않았어요. 제 말뜻을 아시겠어요?"

크롬 형사는 굉장히 참을성이 많다고 할 수 있으리라. 이 뚱뚱한 히글리 양은 증인으로서는 실로 답답스러운 상대였다. 그녀는 무슨 말을 할 때마다 그것을 되풀이 대여섯 번이나 설명했지만 그 알맹이는 실로 빈약했다.

그녀는 죽은 아가씨와 사이가 좋지 못했다. 일리저버스 버너드는 자기가 히글리보다 멋지다고 생각하고 있었던 모양이다. 그녀와 일하는 동안에는 친하게 지냈지만 그 밖의 시간에는 어울리려 하지 않았다.

또 일리저버스 버너드에게는 역 가까운 토지 회사에 근무하는 남자 친구가 있었다. 그는 '코트 앤드 브랜스킬' 회사에 다니지만, 코트 씨도 브랜스킬 씨도 아닌 그곳 사무원이다.

히글리 양은 그의 이름은 모르지만 보면 알 수 있다, 잘생긴……그렇다, 아주 풍채가 좋고 언제나 말쑥한 복장을 하고 있다고 말했다. 분명 그녀의 가슴 속에는 질투의 불길이 번뜩이고 있었다.

결국 마지막으로 이런 것을 알 수 있었다. 일리저버스 버너드는 자신의 그날 밤 계획에 대해 카페에서는 아무 말도 하지 않았지만, 히글리 양의 생각으로는 그 친구를 만나러 갔으리라는 것이었다. 그녀는 새로운 유행의 깃이 달린 아주 귀여운 흰색 새 드레스를 입고 있었다.

우리는 다른 두 웨이트리스도 만나 보았지만 그 이상의 결과를 얻어 내지는 못했다. 베티 버너드는 자기 계획에 대해 아무 말도 하지 않았고, 어젯밤 벡스힐에서 그녀를 본 사람은 아무도 없었다.

버너드 집안

 일리저버스 버너드의 부모는 조그만 방갈로에 살고 있었다. 그것은 '랜더드노'라는 이름의 투기적인 건축 회사가 얼마 전 세운 50호쯤 되는 건물 가운데 하나였다.

 버너드 씨는 50살쯤 된 떡 벌어진 몸집의 좀 어리둥절한 듯한 느낌을 주는 남자였다. 그는 우리가 오는 것을 보고 문 앞에 서서 기다리고 있었다.

 그는 말했다.

 "자, 안으로 들어오십시오."

 켈서 형사가 처음으로 입을 열었다.

 "이분은 런던 경찰국의 크롬 형사입니다. 이 사건 때문에 일부러 오셨지요."

 버너드 씨는 희망을 느끼는 듯 말했다.

 "런던 경찰국에서? 고마운 일입니다. 이 살인범을 어떻게든 꼭 잡아 주셔야 합니다. 가엾은 내 딸······."

 그의 얼굴은 슬픔과 경련으로 일그러져 보였다.

"그리고 이분은 에르퀼 포아로 씨. 역시 런던에서 오셨습니다. 그리고 이분은……."
포아로가 말했다.
"헤이스팅즈 대위입니다."
버너드 씨는 기계적으로 말했다.
"만나 뵙게 되어 반갑습니다. 자, 안으로 들어오십시오. 아내는 여러분을 만날 수 있을지 어떨지 잘 모르겠습니다. 너무나 충격을 받아서……."
그러나 우리가 방갈로 거실로 들어서자 버너드 부인이 모습을 나타냈다. 그녀는 지금까지 줄곧 울고 있었는지 눈이 빨갰으며 큰 충격을 받은 사람처럼 비틀거리는 걸음걸이로 나타났다.
버너드 씨가 말했다.
"오, 당신 나왔구려. 마침 잘됐소. 이젠 좀 괜찮소? 응, 어떻소?"
그는 아내의 어깨를 가볍게 두드려 주고 의자에 앉았다.
"주임 형사님이 아주 친절하게 해주셨습니다. 그 소식을 전한 뒤, 물어 볼 일은 충격이 가라앉은 다음에 다시 와서 묻겠다고 말씀하셨지요."
버너드 부인이 울며 소리쳤다.
"너무해요, 정말 너무해요! 이런 참혹한 이야기가 또 어디 있겠어요."
그녀의 목소리에 희미하게 어떤 단조로운 억양이 있어 나는 얼마 동안 그녀가 외국 사람 같은 느낌이 들었지만, 이윽고 문앞에 있던 이름과 그녀의 그 발음으로 미루어 웨일즈 출신임을 알아차렸다.
크롬 형사가 위로했다.
"정말 비통하시겠지요, 버너드 부인. 무어라 위로드릴 말이 없습니다만, 되도록 빨리 일을 시작하기 위해 모든 것을 알지 않으면 안 됩니다."
버너드 씨가 고개를 끄덕이듯 말했다.
"그러시겠지요."
"따님은 23살이었지요? 여기서 부모님과 함께 살며 카페 진저 캣에 나가고 있었군요?"
"네, 그렇습니다."
"여기로 이사오신 지는 얼마 안 되지요? 전에는 어디서 사셨습니까?"
"나는 켄징턴에서 철물상을 하고 있었습니다. 2년 전에 그만뒀는데, 그 전부터 바닷가 가까이에 살고 싶다고 생각하고 있었지요."
"따님은 두 분이시라고요?"
"네. 큰딸은 런던 시내의 회사에 다니고 있습니다."
"지난밤 따님이 돌아오지 않아 걱정하셨습니까?"
버너드 부인이 우는 소리로 말했다.
"우리는 그 애가 돌아오지 않은 걸 몰랐어요. 남편과 나는 늘 일찍 자거든요. 9시만 되면 잔답니다. 그래서 우리는 그 애가 돌아오지 않은 걸 전혀 몰랐어요. 경찰분이 와서, 그리고…… 그리고……."
그녀는 다시 울기 시작했다.
"따님은 자주, 저…… 늦게 들어오는 일이 있었습니까?"
버너드 씨가 말했다.
"요즘 아이들에 대해 잘 아시지요, 형사님? 모두들 어른 기분입니다. 더구나 여름밤에 빨리 들어오려고 합니까? 우리 베티도 늘 11시쯤 되어야 돌아왔답니다."
"따님은 집안으로 어떻게 들어왔습니까? 문을 열어 두십니까?"
"깔개 밑에 열쇠를 넣어 두지요. 언제나 그렇게 했습니다."

"따님께서 약혼했다는 소문이 있습니다만."
"그런 일도 요즘은 형식을 차리고 하지 않아서……."
버너드 부인이 말했다.
"도널드 프레이저라는 젊은이로, 나는 그를 퍽 좋아했어요. 아주 마음에 들었지요. 가엾은 사람, 이 일을 알면 그는 어떻게 할까요? 아직 듣지 못했겠지요, 그 사람은?"
"그는 코트 앤드 브랜스킬 회사에 근무하고 있지요?"
"그래요, 토지 회사지요."
"일을 끝낸 뒤 거의 매일 밤 따님과 만났습니까?"
"매일 밤은 아니었어요. 한 일주일에 한두 번이었지요."
"어젯밤에 따님이 그와 만날 계획이었는지 어떤지 아십니까?"
"그 애는 아무 말도 하지 않았어요. 베티는 이제부터 무엇을 한다든가 어디로 간다든가 하는 이야기를 결코 하지 않아요. 그러나 좋은 아이였지요, 베티는. 아, 정말이지 믿을 수 없는 일이에요."
버너드 부인은 다시 울기 시작했다.
남편이 달랬다.
"정신차려요, 여보. 진정하구려. 철저하게 조사하지 않으면 안 되니까……."
버너드 부인은 계속 울었다.
"도널드는 결코…… 결코……."
버너드 씨는 다시 되풀이했다.
"자, 정신차려요."
그는 두 형사 쪽을 보았다.
"어떻게든 힘이 되어 드리고 싶습니다. 그러나 솔직히 말해서 나는 아무것도, 이런 비열한 짓을 한 놈에 대해 여러분에게 도움이 될 만한 일은 아무것도 모릅니다. 베티는 쾌활하고 행복한 아이였습니다. 훌륭한 젊은이와 함께, 그렇지요, 우리가 젊었을 때는 산책간 다고들 말했었습니다만. 대체 왜 그 애를 죽여야 했는지, 나는 도저히 알 수가 없습니다. 정말이지 짐승 같은 녀석입니다."
크롬 형사가 말했다.
"맞습니다, 버너드 씨. 그런데 하나 확인하고 싶은 게 있습니다. 따님 방을 보고 싶군요. 어떤 편지라든지 일기 같은 게 있으리라 생각됩니다만."
버너드 씨가 일어서면서 말했다.
"네, 이쪽으로 오십시오."
그가 앞에 서고 크롬 형사가 바로 그 뒤, 포아로와 켈서, 그리고 맨 마지막에 내가 따랐다.
내가 구두끈을 매느라 잠시 지체했을 때 택시가 한 대 집 앞에 와 서더니 젊은 아가씨가 튀어나왔다. 그녀는 운전기사에게 돈을 치르자 곧 조그만 슈트 케이스를 들고 집 쪽으로 서둘러 달려왔다. 그리고 문을 열고 내가 있는 것을 보자 멈춰 서 버렸다.
그녀의 태도에 어딘지 모르게 호소하는 듯한 데가 있어 내 주의를 끌었다.
그녀는 물었다.
"당신은 누구시지요?"
나는 두세 걸음 그 옆으로 다가갔으나 뭐라고 말해야 할지 몰라서 난처했다. 내 이름을 대는 게 좋을지, 아니면 경찰과 함께 이리로 온 것을 말해야 좋을지. 그러나 그녀는 나에게 틈을 주지 않았다.
"네, 알겠어요."
그녀는 쓰고 있던 하얀 털실로 짠 조그만 모자를 벗어 바닥에 던졌다. 그리고 방향을 조금 바꾸자 빛이 얼굴을 비춰 지금까지보다 뚜렷하게 보였다.

그녀의 첫인상을 말하면, 내가 어렸을 때 누이들이 곧잘 가지고 놀던 네덜란드 인형 같았다. 검은 머리를 짧게 잘라 앞머리가 이마를 덮고 있었다. 광대뼈가 튀어나왔고 몸 전체가 묘하게 현대적으로 모난 느낌이었는데, 그것이 아주 매력적이었다.

그녀는 아름답지는 않았다. 오히려 평범했다. 그러나 어딘지 격렬한 것, 의지적인 것이 넘쳐 그녀를 돋보이게 했다.

나는 물었다.

"버너드 양이지요?"

"미건 버너드예요. 경찰이신가요?"

"네, 아마도. 그렇다고 할 수도 없습니다만."

그녀는 내 말을 가로막았다.

"당신에게 이야기할 건 아무것도 없어요. 동생은 남자 친구 따윈 없는 쾌활하고 좋은 아이였어요. 미안합니다."

그녀는 살짝 웃어 보이며 도전하듯 나를 쳐다보았다.

"이렇게 말하는 편이 좋겠지요?"

"나는 신문 기자가 아닙니다. 만일 그렇게 생각하고 있다면……."

"그럼, 당신은 누구세요?"

그녀는 주위를 둘러보았다.

"어디 계세요, 어머니와 아버지는?"

"아버지는 경찰 관계자들에게 동생의 침실을 보여 주고 계십니다. 어머니도 함께 계신데 아주 충격이 크신 모양입니다."

그녀는 마음을 가라앉힌 듯 말했다.

"그럼, 이리 오세요."

그녀는 문을 열고 안으로 들어갔다. 나는 그 뒤를 따라갔는데, 거기는 조그맣고 깨끗한 부엌이었다. 내가 문을 닫으려 하자 뜻밖에도 당겨지는 듯하더니 이어서 포아로가 소리없이 들어와 그 문을 닫았다. 가볍게 인사하고 그는 말했다.
"버너드 양이지요?"
내가 말했다.
"이분은 에르큘 포아로 씨입니다."
미건 버너드는 재빠르게 찬탄하는 듯한 눈길로 그를 보았다.
"이야기는 들었어요. 당신은 지금 한창 인기 있는 사립탐정이시지요?"
포아로가 말했다.
"그리 좋은 설명은 못 됩니다만, 그것으로 좋습니다."
그녀는 부엌 테이블 끝에 앉았다. 그녀는 핸드백에서 담배를 꺼내 물고 불을 붙여 연기를 뿜어 내며 말했다.
"에르큘 포아로 씨 같은 분이 우리들의 이 하찮은 범죄 사건에서 뭘 하시려는 건지 저로선 도무지 알 수 없군요."
포아로가 말했다.
"아가씨, 당신이 모르는 일과 내가 모르는 일만으로도 한 권의 훌륭한 책이 됩니다. 그러나 그런 건 그리 중요한 일이 못됩니다. 실제로 중요한 것은 발견하기 쉽지 않은 그 무엇입니다."
"그게 뭐지요?"
"아가씨, 죽음이란 불행하게도 편견을 만들어 냅니다. 죽은 이를 위한 생각이라는 편견이지요. 나는 이제 방금 아가씨가 내 친구 헤이스팅즈에게 한 말을 들었습니다. '남자 친구 따윈 없는 쾌활하고 좋은 아이였어요'라고 한 말을. 당신은 신문이라는 것을 우습게 알고 그렇게 말했겠지요. 그리고 이건 사실 그대로입니다. 젊은 아가씨가 죽으면, 화제가 되는 건 그런 종류의 일입니다. 그녀는 쾌활했고 행복했고 온순한 성격이었으며, 이 세상에 아무런 근심 걱정 없었고 비난받을 만한 교제 같은 것도 없었다. 죽은 이에 대해 누구나 이런 판에 박힌 위대한 자선을 베풉니다. 내가 지금 이 순간 무엇을 바라고 있는지 아십니까? 일리저버스 버너드를 알고 있지만, 아직 그녀가 죽은 것을 모르는 사람을 만나고 싶습니다. 그러면 틀림없이 도움이 되는 일을 알게 되리라 여겨집니다. 바로 진실이지요."

미건 버너드는 담배 연기를 빨아들이며 잠시 그의 얼굴을 보고 있더니 마침내 입을 열었다. 그 말은 나를 깜짝 놀라게 했다.

"베티는 처치 곤란한 바보였어요."

언니의 이야기

　미건 버너드의 말은 나를 깜짝 놀라게 했지만, 그 말을 할 때의 망설이지 않는 사무적인 말투 또한 놀라웠다.
　그러나 포아로는 진지하게 머리를 숙여 보였다.
　"좋습니다! 아가씨, 당신은 아주 현명한 사람입니다."
　미건 버너드는 여전히 변함없는 담담한 말투로 이야기했다.
　"저는 베티를 아주 좋아했어요. 하지만 그 애의 어리석은 점까지 모를 만큼 장님은 아니었어요. 게다가 저는 기회만 있으면 자주 타일렀지요. 자매란 그런 게 아니겠어요."
　"동생은 당신 의견을 조금이나마 새겨들었습니까?"
　미건은 비꼬듯 말했다.
　"그렇지 않았을 거예요, 아마."
　"좀더 정확하게 말해 주겠습니까?"
　그녀는 잠시 망설였다. 포아로가 슬며시 미소를 떠올리며 말했다.
　"내가 도와드리지요. 당신이 헤이스팅즈에게 하는 말을 들었습니다. 동생은 쾌활하고 행복한 아이로, 남자 친구 따윈 없었다고 말입니다. 그것은…… 이를 테면 사실의 반대지요?"
미건은 천천히 말했다.
"베티에게 나쁜 데는 없었어요. 그건 알아주셔야 해요. 그 애는 뭐든지 하고야 마는 성질이었지요. 도중에서 그만두는 그런 애가 아니었어요. 그런 종류의 이야기는 아니예요. 다만 그 애는 누굴 불러낸다든지 춤춘다든지 하는 일을 좋아했어요. 그래요, 입에 발린 말이며 달콤한 아첨을 좋아했던 거예요."
"아름다웠습니까?"
이 질문은 내가 듣기에 벌써 세 번째였는데, 이번에는 실제적인 대답을 얻을 수 있었다.
미건은 테이블에서 미끄러져 내려와 슈트 케이스가 놓인 데로 가더니 무언가를 꺼내 포아로에게 주었다.
가죽 액자 속에 든 사진으로, 머리칼이 아름다운 아가씨의 웃음띤 얼굴과 어깨가 찍혀 있었다. 머리는 분명 퍼머를 하여 굽슬굽슬한 머리카락이 다발지어 얼굴에 흐트러져 있었다. 장난기있는 기교적인 미소를 띠고, 미인이라고 할 만한 얼굴은 아니지만 값싼 아름다움은 확실히 있었다.
포아로는 그것을 돌려주며 말했다.
"당신과 동생은 그리 닮지 않았군요, 아가씨."
"그래요! 제가 우리 집안에서 가장 못생겼어요. 전 잘 알고 있어요."
그녀는 그런 건 그리 중요한 게 아닌 듯한 얼굴이었다.
"어떤 점에서 동생이 어리석은 행동을 하고 있다고 판단했습니까? 아마도 도널드 프레이저와의 일이 아닙니까?"
"그래요. 돈은 아주 조용한 사람이에요. 하지만 그 사람이 어떤 일로 섭섭히 여겨…… 그래서……."

"그래서 어떻게 했습니까, 아가씨?"

그의 눈은 그녀의 얼굴을 똑바로 지켜 보고 있었다.

내 상상인지 모르지만, 그녀는 대답하기 전에 좀 망설이는 것 같이 보였다.

"나는 그가 동생을 혹시 버리지 않을까 걱정하고 있었어요. 그렇게 되면 가엾으니까요. 그는 아주 믿음직하고 부지런하기 때문에 좋은 남편이 되리라 여기고 있었거든요."

포아로는 그녀로부터 눈을 떼지 않았다. 그녀는 그 눈길을 받고 얼굴을 붉히기는커녕 그녀 특유의 움직임없는 눈길로 마주보았다. 그 눈길에는 내가 처음에 본 도전적이고 거만한 태도로 여겨지는 무엇이 섞여 있었다.

마침내 포아로가 말을 꺼냈다.

"그러면 우리는 이미 사실대로 말하고 있지 않은 게 됩니다."

그녀는 어깨를 으쓱해 보이고 문 쪽으로 몸을 돌렸다. 그리고 말했다.

"이제 도움이 될 만한 것은 다 이야기했어요."

포아로의 목소리가 그녀를 멈추게 했다.

"기다려 주십시오, 아가씨. 잠시 이야기하고 싶은 게 있습니다. 돌아오십시오."

얼마쯤 마음내키지 않는 태도로 그녀는 돌아왔다.

뜻밖에도 포아로는 ABC 편지 이야기며, 앤도버의 살인, 그리고 시체 곁에 있었던 철도 안내서 등에 대한 이야기를 시작했다.

아가씨 쪽에서 흥미없어 할지 걱정할 필요는 없었다. 그녀는 입술이 벌어진 채 눈을 빛내며 그의 말을 듣고 있었다.

"그게 모두 사실인가요, 포아로 씨?"

"그렇습니다, 정말입니다."

"정말로 제 동생이 어떤 무서운 살인광에게 살해됐단 말인가요?"
"그렇습니다."
그녀는 깊은 한숨을 내쉬었다.
"아! 베티! 이런…… 이런 무서운 일이 일어나다니!"
"그러니 내가 묻는 말에 사실대로 대답해도 누구를 해치게 되지 않을까 걱정할 필요는 없습니다."
"네, 알겠어요."
"그럼, 이야기를 계속합시다. 이 도널드 프레이저라는 남자는 거칠고 질투심 많은 사람이라고 생각됩니다만, 그렇지요?"
미건 버너드는 조용히 말했다.
"당신을 믿겠어요. 모두 사실대로 이야기하지요. 아까도 말했듯 돈은 조용한 사람이에요. 내성적인 성품이지요. 자기가 생각하는 것을 잘 표현하지 못하는 면이 있어요. 그러나 그 밑바닥에는 사물에 아주 세심하게 마음을 쓰는 고운 성품이 있지요. 그렇지만 질투심은 많은 성격이어서 베티의 일을 늘 질투하고 있었어요. 그는 베티에게 아주 잘해 주었고, 물론 베티도 그를 몹시 좋아하고 있었어요. 그러나 베티는 한 사람을 좋아하면 다른 사람에게는 마음쓰지 않는 그런 타입이 아니었어요. 그 애는 그런 성격이 아닌 거예요. 그래요, 그 애는 누군가 멋있는 남자가 자기에게 관심을 가지면, 그것을 곧 알아차리는 편이에요. 그래서 '진저 캣'에서 일하며 남자들과 잘 돌아 다녔어요. 특히 여름 휴가 같은 때에는 더했지요. 입이 가벼워서 누가 놀려대면 금방 되받아요. 그래서 남자들과 잘 어울려 다니고 영화보러 가곤 했던 거라고 생각해요. 그렇다고 해서 깊은 관계를 갖는 건 아니었어요. 그런 일은 전혀 없었어요. 다만 즐기기를 좋아했을 뿐이에요. 그리고 늘 말했었지요. 언젠가는 돈과 함께 살게 될 테니 할 수 있는 동안 즐기는 거라고요."

미건이 잠시 말을 멈췄을 때 포아로가 말했다.
"잘 알았습니다. 계속해 주십시오."
"돈이 이해하지 못했던 건 그 애의 그런 기분이었어요. 만일 정말로 자기를 좋아한다면 어째서 다른 남자와 어울리고 싶어하는지 알 수 없었던 거예요. 그래서 한두 번 그 일로 크게 싸웠지요."
"그러니까 돈은 조용히 보고만 있지는 않았다는 거로군요?"
"내성적인 사람에게 흔히 있는 일이지만, 화가 나면 굉장했어요. 돈이 너무나 무섭게 굴어서 베티는 겁을 먹고 말았어요."
"그게 언제 일입니까?"
"한 번은 1년쯤 전 일이고, 또 한 번은, 몹시 요란했었는데, 한 달쯤 전 일이었어요. 마침 주말이어서 돌아와 있던 저는 두 사람을 화해시키려 했어요. 그때였어요, 제가 베티에게 너는 바보라고 타이른 것은. 그 애는 자기에게 별다른 나쁜 마음이 있는 건 아니라고 했어요. 그 말이 거짓은 아니겠지만, 결국 그 애는 점점 쌀쌀맞아졌어요. 1년 전 싸운 뒤로, 짐작하시겠지만 그 애는 때로 편리한 거짓말을 하게 됐어요. 머리가 모르는 일을 마음이 괴로워할 필요가 없다는 거였지요. 한 달 전의 싸움은 그 애가 돈에게 여자 친구를 만나러 헤이스팅즈(서섹스 주에 가까운 항구)에 간다고 했었는데, 사실은 남자와 함께 이스트본에 간 것을 그가 알게 되어 일어난 거였어요. 게다가 상대방 남자가 결혼한 사람이라 남몰래 갔던 게 더 나빴어요. 그래서 크게 싸움이 벌어져 베티는 아직 돈과 결혼한 것도 아니니까 마음에 드는 상대에게 갈 권리가 있다고 우기고, 돈은 그만 새파랗게 되어 몸을 부들부들 떨면서 언젠가, 언젠가……"
"그래서요?"
미건은 낮은 목소리로 말했다.

"죽여 버리겠다고 한 거예요."

그녀는 이야기를 끝내고 포아로를 쳐다보았다.

그는 신중하게 몇 번이나 고개를 끄덕였다.

"그래서 당신은 걱정했던 거로군요?"

"하지만 저는 정말로 그런 일이 있으리라곤 꿈에도 생각지 않았어요. 그러나 싸운 일이며 그가 한 말이 문제되지 않을까 걱정했지요. 그 일을 아는 사람이 있으니 말예요."

포아로는 다시 무겁게 고개를 끄덕였다.

"그렇습니다. 그러니 아가씨, 범인의 자만에 찬 허영심이 없었더라면 진짜로 그렇게 됐을지도 모릅니다. 도널드 프레이저가 혐의를 벗게 되는 것도 어찌 보면 ABC의 미치광이 같은 자만심 덕입니다."

잠시 입을 다물고 있더니 그는 말했다.

"그 결혼했다는 다른 남자와 동생이 최근에 만났는지 어떤지 아십니까?"

미건은 고개를 저었다.

"몰라요. 여기에 있지 않았으니까요."

"하지만 당신 생각으로는?"

"그 남자와 또 만났다고는 생각되지 않아요. 싸움이 있었던 것을 알면 그 사람이 꽁무니를 뺐을 테니까요. 그렇지만 베티가 또 얼마쯤 거짓말했다 해도 저는 놀라지 않아요. 그 애는 그토록 춤이며 영화를 좋아했는데, 돈이 언제나 데리고 가줄 수는 없었을 테니까요."

"그렇다면 누구에게 그 이야기를 한다든지 하는 일, 이를테면 카페 웨이트리스들끼리?"

"그런 일은 없었으리라고 생각해요. 베티는 그 히글리라는 아이를 참을 수 없어 했어요. 그 애를 천하게 여기고 있었지요. 다른 사람들은 새로 왔고, 더구나 베티는 남에게 잘 이야기하는 성격이 아니었어요."
그녀의 머리 위에서 벨이 요란스럽게 울렸다.
그녀는 창가로 가서 몸을 내밀고 보더니 갑자기 속삭이듯 말했다.
"돈이에요……."
포아로가 급히 말했다.
"여기로 데려와 주십시오. 우리 형사님들 손에 잡히기 전에 내가 물어 보고 싶은 게 있습니다."
미건 버너드는 재빨리 부엌에서 나가더니 곧 도널드 프레이저의 손을 끌고 돌아왔다.

약혼자의 이야기

 그 젊은이를 보자 나는 곧 가엾어졌다. 그 핼쑥하고 초췌한 얼굴과 어찌할 바 몰라 하는 눈길이 그가 얼마나 큰 충격을 받았는지 나타내 주고 있었다.

 그는 몸집이 좋은 훌륭한 젊은이로 키가 거의 6피트쯤 되고, 잘생겼다기보다 기분좋게 느껴지는 주근깨투성이 얼굴에 광대뼈가 튀어나왔으며 타는 듯한 빨강 머리를 하고 있었다.

 그는 말했다.

 "어떻게 된 거요, 미건? 왜 이리로 데려온 거요? 제발 이야기해 주오. 나도 들었는데, 베티가……."

 그의 목소리는 꺼질 듯이 기어들어갔다.

 포아로가 의자를 권하자 그는 무너지듯 앉았다.

 내 친구는 주머니에서 조그만 병을 꺼내 선반 위의 컵을 가져와 따라 주며 말했다.

 "마셔요, 프레이저 씨. 기운이 좀 날 테니까."

 젊은이는 시키는 대로 했다. 그 브랜디가 얼굴에 좀 붉은 기를 돌게 했다. 그는 똑바로 고쳐 앉아 다시 미건 쪽을 보았다. 그의 태도는 아주 조용했으며 자신을 잘 억제하고 있었다.

그가 말했다.

"그게 정말이오? 베티가 죽었다니……살해됐다는 것이?"

미건이 대답했다.

"정말이에요, 돈."

그는 기계적으로 물었다.

"런던에서 이제 막 도착한 거요?"

"그래요. 아버지가 전화하셨어요."

"9시 20분 기차로?"

그의 마음은 현실에서 뒷걸음질쳐 다만 안전을 위해 이런 쓸데없는 하찮은 일 따위에 머물러 있는 것이었다.

"그래요."

잠시 침묵이 흐른 뒤 다시 프레이저가 말했다.

"경찰은 뭘 하고 있소?"

"지금 2층에 있어요. 베티의 물건들을 조사하고 있겠지요."

"누군지 짐작이 안 가오? 모르는 거요?"

그는 입을 다물었다.

그는 감정이 날카롭고 겁이 많은 듯 보였으며 거친 사실을 입에 담기 좋아하지 않는 모양이었다.

포아로는 조금 앞으로 나서서 묻기 시작했다. 그는 자기가 묻는 말이 쓸데없는 하찮은 일이기라도 한 듯 사무적인 메마른 목소리로 물었다.

"어젯밤 버너드 양이 당신에게 어디 가는지 이야기하지 않았습니까?"

프레이저는 묻는 말에 완전히 기계적으로 대답하는 것 같았다.

약혼자의 이야기 103

"여자 친구와 세인트 레너드에 간다고 했습니다."
"당신은 그것을 믿었습니까?"
"저는……."
갑자기 자동 인형 같은 그에게 피가 돌기 시작했다.
"무슨 말을 하는 겁니까?"
그의 얼굴은 그때 위협적이 되며 격렬한 감정으로 떨렸다. 이러니 화내는 걸 아가씨가 무서워했을 거라고 생각되었다.
포아로는 재빨리 말했다.
"베티 버너드는 살인광에게 살해됐습니다. 그러니 진실을 말하는 것만이 범인을 찾는 데 도움이 됩니다."
상대의 눈이 잠시 미건 쪽으로 돌려졌다.
그녀가 말했다.
"그래요, 돈. 자신의 감정이며 남의 감정을 생각하고 있을 때가 아니예요. 모조리 털어놓아야 해요."
도널드 프레이저는 의심스럽게 포아로를 보았다.
"당신은 누굽니까? 경찰이 아닙니까?"
포아로는 그리 의식적인 거만함이 없이 말했다.
"나는 경찰보다 좋은 쪽입니다."
그것은 다만 그에게 있어 사실을 말한 것에 지나지 않았다.
미건이 말했다.
"이분에게 이야기해요."
도널드 프레이저는 항복했다.
"저는, 분명히는 알 수 없었습니다. 그녀가 그렇게 말했을 때 저는 사실로 생각했습니다. 딴 짓을 하리라곤 여기지 않았습니다. 나중에야——아마 그녀 태도에 무언가 있었던 거겠지요——저는, 그렇습니다, 의심하기 시작했습니다."

"그래서요?"

포아로는 도널드 프레이저 바로 앞으로 가서 앉았다. 그 눈은 상대방의 눈을 들여다보며 최면술이라도 걸고 있는 것 같았다.

"저는 그녀를 의심한 것을 부끄럽게 여겼습니다. 하지만 생각은 그런데도 여전히 의심스러웠습니다. 그래서 저는 바닷가로 가서 그녀가 카페에서 나오는 것을 지켜 보려 했습니다. 그리고 실제로 거기까지 갔습니다만, 아무래도 그렇게는 할 수 없었습니다. 베티가 저를 보면 화낼 것 같았지요. 그녀는 제가 지키고 서 있는 것을 금방 알아차릴 거라고 생각했거든요."

"그래서 어떻게 했습니까?"

"저는 세인트 레너드로 갔습니다. 8시쯤 도착해서 버스를 지켜 보고 있었지요. 그녀가 타고 있는가 하고. 그러나 보이지 않았습니다."

"그래서?"

"저는, 얼마쯤 머리가 이상해져 버려 그녀가 남자와 함께 있는 게 틀림없다고 생각했습니다. 그래서 호텔이며 레스토랑을 둘러보고 영화관 언저리를 서성거리다 방파제에도 가보았습니다. 그러나 그녀가 있었다 해도 제 눈에 띄지는 않았을 겁니다. 게다가 그곳 말고도 남자가 여자를 데려갈 곳은 얼마든지 있으니까요."

그는 입을 다물었다. 말투는 뚜렷했지만, 이야기하고 있을 때 그 밑에 깔린 그를 사로잡고 있는 어둡고 막막한 불행과 분노의 감정을 느낄 수 있었다.

"마침내 단념하고 돌아왔습니다."

"몇 시쯤?"

"모르겠습니다. 이리저리 돌아다니고 있었으니까요. 집으로 돌아간 건 한밤중이 지나서였을 겁니다."

"그리고……"

부엌문이 열렸다.

켈서 형사가 말했다.

"아, 여기 계셨군요."

크롬 형사가 그를 밀쳐내고 들어와 포아로와 두 낯선 사람을 흘끔 보았다.

포아로가 두 사람을 소개했다.

"미건 버너드 양과 도널드 프레이저 씨. 이분은 런던에서 오신 크롬 형사."

그리고 나서 포아로는 형사 쪽을 보며 말했다.

"당신이 2층에서 조사하는 동안 나는 버너드 양과 프레이저 씨와 이야기하고 있었습니다. 무슨 단서가 될 만한 것을 찾을 수 없을까 해서."

"네, 그렇습니까?"

그러나 크롬 형사는 포아로에게는 전혀 관심없이 두 사람 쪽에 정신이 팔려 있었다.

포아로는 거실로 나왔다. 켈서 형사가 그를 보내며 말했다.

"뭘 좀 알아내셨습니까?"

그러나 그는 동료 쪽으로 마음이 쏠려 대답을 기다리지 않았다.

나는 포아로와 함께 거실로 나왔다.

"뭐 짚이는 게 있나, 포아로?"

"범인의 배짱이 굉장하다는 것뿐일세, 헤이스팅즈."

나는 그의 말을 조금도 모르겠다고 할 만한 용기가 없었다.

모임

회의!

ABC 사건을 되새겨 보면, 거의 회의에 대한 일만 떠오른다.

경찰국에서의 회의, 포아로 방에서의 회의, 정식 회의, 비공식 회의 등등.

이 특별 회의는 익명의 편지에 대한 사실을 신문에 공표할 것인지 아닌지 결정하기 위해 열렸다.

벡스힐의 살인은 앤도버의 살인보다 더 주의를 끌고 있었다.

물론 이쪽이 더 눈길을 끌 요소가 많긴 했다. 우선 피해자가 젊고 아름다운 아가씨이며, 게다가 사람이 들끓는 바닷가 유원지에서 일어난 일이다.

사건의 자세한 내용은 모두 보고되어 날마다 거의 꾸밈없이 발표되었다.

ABC 철도 안내서도 주의를 끌었다. 그것을 범인이 어디서든 샀을 테니 범인을 추적해 가는 데 아주 가치 있는 단서라는 것이었다. 또 그것은 범인이 기차로 와서 기차로 런던에 돌아갈 예정이었던 것을 시사해 준다고도 했다.

앤도버 살인의 조그만 보도에서는 철도 안내서가 눈에 띄지 않았었기 때문에 일반 사람들의 눈에는 이 두 사건이 서로 관계 있어 보이지 않았던 것이다.

범죄 수사과장이 말했다.

"방침을 결정해야만 합니다. 즉 어느 쪽이 가장 좋은 결과를 가져오느냐 하는 겁니다. 많은 사람들에게 사실을 알려 협력을 얻느냐 하는 쪽이 있는데, 아무튼 그것은 700만의 협력을 얻는 일이 됩니다. 그러나 한 사람의 미치광이를 찾는 데……."

솜프슨 박사가 말을 받았다.

"그는 미치광이 같아 보이지는 않습니다."

"그리고 ABC철도 안내서의 판매처를 지키는 점에 있어서도 그렇습니다. 비밀리에 행동하는 데 대한 이익, 즉 범인에게 우리가 무엇을 하는지 알리지 않는다는 이익이 있습니다. 그러나 사실 그는 이미 우리가 알고 있음을 잘 알고 있다는 겁니다. 그는 일부러 그 편지를 보내 자기에게로 주의를 끌고 있는 겁니다. 크롬, 자네 의견은 어떤가?"

"저는 이렇게 생각합니다. 만일 공표하면, ABC 게임을 시작하는 게 됩니다. 이것은 녀석이 노리는 바입니다. 화제가 되고 유명해지는 것, 바로 녀석이 원하는 바입니다. 그렇지요, 박사님? 녀석은 화제를 불러일으키고 싶어하는 겁니다."

솜프슨은 고개를 끄덕였다.

수사과장은 신중하게 말했다.

"그래서 자네는 녀석을 방해하자는 거로군? 녀석이 바라고 있는 화제에 오르는 것을 막으려는 거지. 포아로 씨, 어떻습니까?"

포아로는 곧바로 대답하지 않았다. 그리고 일단 입을 열자 신중하게 말을 고르는 듯했다.

"어렵군요, 라이어닐 씨. 아시다시피 나는 직접적인 이해 관계가 있습니다. 나는 도전받은 겁니다. '사실을 덮어 버려라, 공표하지 말라'고 한다면 내 허영심이 그렇게 시킨다고 생각지 않을까요? 내가 자신의 평판을 염두에 두고 있다고 말입니다. 그러니 아주 어렵습니다. 말해 버린다, 모든 것을 공표한다, 그것은 확실히 이익이 있습니다. 적어도 경고는 되지요. 그러나 동시에 나는, 크롬 형사와 마찬가지로 그것은 바로 범인이 노리는 점이라고 생각되는군요."

수사과장은 턱을 쓸었다.

"흠!"

그는 솜프슨 박사 쪽을 보았다.

"만일 우리가 문제의 그 미치광이가 바라는 바에 호응하지 않는다면, 그는 어떻게 할까요?"

박사는 곧 대답했다.

"또 한 번 범죄를 저지르겠지요. 무리하게라도 강행할 겁니다."

"그럼, 만일 우리가 이것을 톱 기사로 공표한다면, 그 반응이 어떻게 나올까요?"

"같습니다. 이 경우에는 녀석의 과대망상증을 부추기는 결과가 되고, 또 다른 하나의 경우는 그것을 누르는 게 되지요. 결과는 같습니다. 또 하나의 범죄가 저질러질 겁니다."

"포아로 씨, 어떻습니까?"

"솜프슨 박사와 같은 의견입니다."

"출구가 없다는 겁니까? 그렇다면 얼마나 더 범죄를 저지를까요, 이 미치광이는?"

솜프슨 박사는 포아로 쪽을 보았다.

"A에서 Z까지 될까요."
그는 유쾌한 듯 말을 이었다.
"물론 거기까지는 가지 않을 겁니다. 또 그 가까이에도. 그러기 전에 여러분이 그 녀석을 잡아 버리시겠지요. X라는 글자를 어떻게 처리할지 볼 만하겠군요."
그는 이 단순한 흥미만의 추리가 면구스러워졌는지 정신을 가다듬으며 말했다.
"그러나 그 전에 체포될 겁니다. 기껏해야 G나 H쯤일까요?"
수사과장은 주먹으로 책상을 쾅 쳤다.
"당치도 않습니다. 아직 다섯 사람이나 더 살해되어야 한다는 겁니까?"
크롬 형사가 확신을 가지고 말했다.
"그런 일은 일어나지 않게 하겠습니다. 믿어 주십시오."
포아로가 물었다.
"그럼, 어디쯤에서 멈추게 하려고 생각하고 있습니까, 형사님?"
그의 목소리에는 희미한 빈정거림이 있었다. 크롬 형사는 여느 때의 침착한 우월감을 좀 수그리뜨리는 듯한 불쾌한 얼굴로 포아로를 보았다.
"이 다음에는 붙잡히겠지요, 포아로 씨, 어쨌든 저는 F에 이르기까지는 붙잡을 것을 약속드립니다."
그는 수사과장 쪽을 보았다.
"저는 이 사건의 심리적인 면을 꽤 뚜렷이 잡았다고 생각합니다. 만일 착오가 있으면 톰프슨 박사님이 바로잡아 주시리라 생각합니다만, 저는 녀석이 범죄를 하나씩 더 저지를 때마다 그 곱절로 자신감이 더해 가리라 봅니다. '나는 머리가 좋다. 그들이 나를 붙잡다니!' 하고 생각할 때마다 자신이 넘쳐 흘러 점점 머리를 쓰지 않게 될 겁니다. 녀석은 자기 머리는 좋고 남들은 머리가 나쁘다고 과장해서 생각하게 됩니다. 그리하여 끝내는 거의 조심하지 않게 되지요. 그렇겠지요, 박사님?"

솜프슨 박사는 고개를 끄덕였다.

"대개의 경우 그렇습니다. 의학적 용어가 아니고는 더 이상 설명할 수 없습니다만. 이런 건 알고 계시겠지요, 포아로 씨. 어떻습니까?"

크롬 형사는 솜프슨이 포아로에게 말을 건네는 게 싫은 모양이었다. 그는 자기, 오직 자기만이 이 주제의 전문가라고 생각하고 있는 것이다.

포아로는 말했다.

"크롬 형사가 말하는 대로지요."

박사가 중얼거렸다.

"편집광입니다."

포아로는 크롬 형사 쪽을 보았다.

"벡스힐 사건에 무언가 흥미 있는 실질적인 사실이 있습니까?"

"그리 확정적인 것은 없습니다. 이스트본에 있는 '스플린다이드'의 웨이터가 죽은 아가씨의 사진을 보고 안경쓴 중년 남자와 함께 식사한 젊은 여성이라고 말했습니다. 벡스힐과 런던 중간에 있는 '스컬릿 러너'라는 여관에서도 확인됐습니다. 거기에서는 해군 장교 비슷한 남자와 함께였다더군요. 두 곳 다 정확하다고는 할 수 없습니다만, 어느 한 쪽은 있을 수 있는 일입니다. 물론 이 밖에도 증인이 많이 있지만, 거의 대수롭지 않은 것입니다. ABC 철도 안내서에 대해서는 아직 실마리가 없습니다."

수사과장이 말했다.

"아무튼 자네는 해야 할 일을 하고 있는 모양이군, 크롬. 포아로 씨, 어떻습니까? 이 수사선에서 뭔가 잡히는 게 없으십니까?"
포아로는 천천히 말했다.
"아주 중요한 단서가 하나 있는 것 같습니다. 즉 동기의 발견입니다."
"그것은 꽤 뚜렷하잖습니까. 알파벳 콤플렉스, 그렇게 말씀하셨지요, 박사님?"
포아로가 말했다.
"그렇습니다. 확실히 알파벳 콤플렉스입니다. 그러나 특수한 미치광이는 언제나 자기가 저지르는 범죄에 아주 강력한 이유를 갖고 있는 법입니다."
크롬 형사가 말했다.
"뭐라고요, 포아로 씨? 1929년의 스톤 맨을 보십시오. 녀석은 나중에 조금이라도 자기 마음에 들지 않는 사람은 누구나 죽였습니다."
포아로는 그에게로 몸을 돌렸다.
"그렇습니다. 만일 당신이 아주 훌륭하고 중요한 인물이라면, 당신에게서 불쾌한 일은 어떤 작은 것이라도 제거되지 않으면 안 됩니다. 만일 파리 한 마리가 자꾸 당신 얼굴에 앉아 귀찮아 견딜 수 없다면, 어떻게 하겠습니까? 파리를 죽이려 하겠지요. 그리고 당신은 그 일에 대해 아무 가책도 느끼지 않을 겁니다. 당신은 훌륭한데 파리는 그렇지 않다, 파리를 죽이면 성가시던 마음이 가라앉는다. 당신의 행동은 당신에게 정당하고, 또 정당한 것으로 생각됩니다. 만일 당신이 위생에 큰 관심을 가지고 있다면, 또 하나 파리를 죽이는 정당한 이유가 성립됩니다. 파리는 사회에 위험을 끼치는 근원이다. 그러므로 죽여야 한다. 정신이 이상한 범죄자의 심리도 이와 같이 움직입니다. 그러나 지금은 이 사건을 생각해 봅시다. 만일 피해자가 알파벳 순서로 선택되는 거라면, 개인적으로 그들이 그를 불쾌하게 하기 때문에 살해한다는 논리는 성립되지 않겠지요. 그러니 동기없이 이 두 가지를 연결한다는 건 너무나도 우연이 지나칩니다."

솜프슨 박사가 말했다.

"거기가 문제의 핵심입니다. 나는 남편을 사형으로 잃은 어떤 부인의 경우를 알고 있는데, 그녀는 배심원들을 하나씩 죽이기 시작했지요. 이들 범죄가 연결지어져 생각되기까지 꽤 시간이 걸렸습니다. 마치 닥치는 대로 저지르는 범죄같이 보였으까요. 그러나 포아로 씨도 말씀하셨듯 닥치는 대로 사람을 죽이는 범인은 없습니다. 그것에 비록 어떤 뜻이 없다 할지라도 자기에게 방해되는 사람을 죽인다든가, 아니면 확신을 갖고 죽이는 겁니다. 성직자나 경관이나 창녀를 죽이는 것은, 그런 자는 살해돼야 한다고 확신하고 있기 때문입니다. 그러나 애셔 부인과 베티 버너드는 같은 부류의 인간으로 연관지을 수 없지요. 물론 성적(性的) 콤플렉스라는 것도 생각할 수 있습니다. 둘 다 여성이니까요. 그러니 다음 범죄가 일어나면 좀더 뚜렷해지겠지요."

라이어닐 경이 초조하게 말했다.

"농담이 아닙니다, 솜프슨 박사. 그렇게 간단하게 다음 범죄니 뭐니 하는 말은 말아 주십시오. 우리는 다음 범죄를 막기 위해 할 수 있는 모든 일을 다하려는 거니까요."

솜프슨 박사는 입을 다물고 요란한 기세로 코를 풀었다. 그 소리는 마치 이렇게 말하는 것 같았다.

"제멋대로 하라지. 사실에 직면할 생각이 없다면 말이야."

수사과장이 포아로 쪽을 보았다.

"당신 말씀은 알겠습니다만, 아직 완전히 확실하다고는 할 수 없습니다."

포아로가 말했다.

"나는 자신에게 물어 봅니다. 대체 범인의 마음 속에서는 어떤 생각이 일어나고 있는 것일까? 그 편지로 미루어 보면, 그는 심심풀이로 재미삼아 사람을 죽이고 있는 것 같이 여겨집니다. 과연 그럴까요? 비록 그렇다 하더라도 같은 알파벳 속에서 어떤 원칙 아래 희생자를 고르는 것일까요? 또 단순히 재미삼아 사람을 죽인다면 사실을 예고하는 그런 짓은 하지 않겠지요. 하지 않는 쪽이 어려움 없이 사람을 죽일 수 있으니까요. 그러나 그렇지 않습니다. 우리 모두가 의견을 모으고 있는 것처럼, 그는 사람들 입에 오르내리기를, 자기 개성이 드러나 보이기를 바라고 있습니다. 그렇다면 이제까지 그가 고른 두 피해자를 연관지을 수 있는 어떤 수단으로 그의 개성이 압박받았던 것일까요? 그리고 마지막 의문은 나, 에르큘 포아로를 증오하는 직접적이고 개인적인 동기는 무엇일까요? 내 생애의 어느 지점에서 자신도 모르는 새 내가 그를 굴복시켰기 때문에 공공연히 나에게 도전해 온 것일까요? 아니면 그의 증오는 개인적인 게 아니라 내가 외국 사람이라는 데 대한 것일까요? 만일 그렇다면 거기에 이르게 된 동기는 무엇일까요? 외국 사람 손에 의해 그는 어떤 피해를 입은 것일까요?"

솜프슨 박사가 말했다.

"모두 매우 함축성 있는 질문이군요."

크롬 형사는 헛기침을 했다.

"흠, 그럴까요? 지금으로선 대체로 대답할 수 없는 질문이 아닙니까."

포아로는 그를 똑바로 보면서 말했다.

"그러나 이 질문 속에 답이 있는 겁니다. 만일 우리가――우리에게는 공상적인 것으로 보여도 범인에게는 논리적인——왜 범인이 이러한 범죄를 저질렀는가 하는 정확한 이유를 알게 되면, 우리는 아마도 다음 피해자가 누구인지 알 수 있게 될 겁니다."
크롬 형사는 고개를 저었다.
"녀석은 닥치는 대로 해치우고 있습니다. 저는 그렇게 생각합니다."
포아로가 말했다.
"이 관대한 범죄가?"
"무슨 뜻이지요?"
"이 관대한 범죄라고 했습니다. 만일 ABC의 편지 예고가 없었다면 프란츠 애셔는 아내 살해 혐의로 체포되었겠지요. 또 도널드 프레이저는 베티 버너드 살인 혐의로 체포되었을 거고요. 그렇다면 그는 다른 사람이 자기가 저지르지도 않은 죄 때문에 괴로움을 겪는 것을 보고 있을 수 없을 만큼 따뜻한 마음씨의 소유자가 아닐까요?"
솜프슨 박사가 말했다.
"나는 여러 가지 기묘한 일을 알고 있습니다. 피해자 가운데 한 사람이 바로 죽지 않고 고통을 받았다는 이유로 다른 여섯 명이나 되는 피해자를 토막낸 남자도 있습니다. 그러나 그렇다고 해서 그것이 이 범죄의 이유라고는 생각되지 않습니다. 범인은 자기 명예와 영광을 위해 이들 범죄를 저질러 확인하는 겁니다. 그것이 가장 타당한 해석이 되겠지요."
수사과장이 말했다.
"공표 문제는 결론에 이르지 못한 셈이군요."
크롬 형사가 말했다.
"한 가지 제안을 하겠습니다. 다음 편지를 받을 때까지 기다려 보면 어떨까요? 그때가 되어서 공표해도 좋으리라 생각됩니다. 특별 호외 같은 것으로, 그렇게 되면 지정된 장소에 얼마쯤 혼란이 일어나겠지만, 이름이 C로 시작되는 사람들로 하여금 경계하게 하는 결과가 되어 ABC를 분기시키게 될 겁니다. 녀석은 어떻게 해서든 성공하려 할 테니까요. 그러면 붙잡아 버립시다."

앞날에 어떤 일이 일어날지는 아무도 몰랐다.

세 번째 편지

 나는 세 번째 편지가 날아들었던 때의 일도 잘 기억하고 있다.
 그때는 모든 일이 ABC가 전투를 시작했을 때 조금도 시간낭비하지 않고 움직이도록 만반의 준비가 갖춰져 있었다 해도 지나친 말이 아니다. 경찰국으로부터 젊은 경관이 하나 배치되어 와서, 만일 포아로와 내가 없을 때 편지가 배달되면 그것을 뜯어보고 지체없이 수사본부에 알리도록 대비되어 있었다.
 날이 갈수록 우리는 모두 점점 신경이 날카로워졌다. 크롬 형사의 차갑고 잘난 체하는 태도는 그가 희망을 걸었던 단서들이 하나하나 무너져 감에 따라 점점 더 냉랭해지고 도가 심해졌다.
 베티 버너드와 함께 있었던 게 목격된 남자들의 애매한 설명은 아무 도움도 되지 않았다. 벡스힐과 쿠든 언저리에서 주목받은 많은 자동차도 알리바이가 성립되든가 또는 추궁 불능으로 쓸모가 없었다. ABC 철도 안내서를 산 사람들에 대한 조사는 많은 죄없는 이들에게 불편과 성가스러움을 주었을 뿐이었다.
 우리들은 문가에서 나는 귀익은 우편 배달부의 목소리를 들을 때마다 불안한 나머지 심장의 고동 소리가 빨라졌다. 적어도 나에게 있어선 사실이었다. 그러므로 포아로도 같은 감정을 겪고 있다고 생각하지 않을 수 없었다.

포아로가 이 사건으로 고심하고 있었던 것을 나는 알고 있다. 그는 막상 일이 터졌을 때 그곳에 재빨리 가 있을 수 있도록 런던을 떠나지 않았다. 이 어려움을 겪는 동안 그는 처음으로 수염조차 내버려두어 수염은 축 늘어져 버렸다.

ABC의 세 번째 편지가 온 것은 금요일이었다. 10시쯤 배달된 저녁 우편이었다. 익숙한 발소리와 편지 집어 넣는 소리가 귀에 들리자 나는 일어나 우편함으로 뛰어갔다. 네댓 통의 편지가 함께 있었다고 생각되는데, 맨 마지막에 본 것의 겉봉이 활자체로 되어 있었다.

나는 소리쳤다.

"포아로……."

내 목소리는 뒤가 사그라졌다.

"왔군? 뜯어봐 주게, 헤이스팅즈. 빨리. 1초가 급하니까. 계획도 세워야 하고."

나는 편지를 찢고——포아로도 이때만은 그 난폭함을 나무라지 않았다————활자체로 씌어진 편지지를 꺼냈다.

"읽어 주게."

나는 큰소리로 읽었다.

가엾은 포아로여, 이 조그만 범죄 사건은 네 생각만큼 잘되지 않는 모양이지? 이미 너의 전성 시대는 끝난 것일까? 이번에야말로 한층 초라해진 네 솜씨를 보여다오. 이번에는 아주 쉽다. 처스턴(Churston), 30일. 어디 한 번 해봐! 상대없는 씨름은 아무래도 맥빠지니까! 좋은 사냥감을…… 이만.

ABC

나는 내 ABC 철도 안내서에 달라붙으며 말했다.

"처스턴이라고. 어디 있지?"

포아로의 목소리가 날카롭게 나를 막았다.

"헤이스팅즈, 그 편지는 언제 씌어진 건가? 날짜는?"

나는 손에 든 편지에 눈을 주었다.

"27일이군."

"틀림없나, 헤이스팅즈? 살인 날짜가 30일이지?"

"잠깐 기다리게. 그러니까……"

"헤이스팅즈, 모르겠나? 오늘이 30일일세."

그는 벽의 달력을 가리켰다. 나는 확인하기 위해 신문을 집어 들었다.

나는 더듬거렸다.

"그렇지만 왜…… 어째서……."

포아로는 바닥에서 찢어진 봉투를 주워 올렸다. 확실히 주소가 다른 때와는 틀린 인상을 주고 있었지만, 나는 편지 내용을 빨리 알고 싶어 그쪽에 대한 주의를 소홀히 하고 말았던 것이다.

포아로는 그즈음 화이트 헤이븐 저택에 살고 있었다. 겉봉에 '화이트 호스 저택, 에르퀼 포아로 씨'로 되어 있고, 밑에는 '동부 중앙 제1국, 화이트 호스 저택에도, 화이트 호스 골목에도 수취인 없음. 화이트 헤이븐 저택으로 문의할 것'이라고 휘갈겨 씌어져 있었다.

포아로는 중얼거렸다.

"이럴 수가! 기회까지도 이 미치광이를 돕고 있단 말인가? 어서 경찰국에 알려야지."

잠시 뒤 우리는 전화로 크롬 형사와 이야기했다. 그 자제심 강한 형사도 이번만은 아, 그렇습니까? 하고 대답하지 않았다. 그 대신 나직한 저주의 말들이 빠른 말투로 튀어나왔다. 그는 우리 이야기를 듣고 나자 되도록 빨리 처스턴으로 연락하기 위해 급히 전화를 끊었다.

포아로가 중얼거렸다.

"너무 늦었어."

나는 별다른 뾰족한 수도 없으면서 반박했다.

"그렇다고만은 할 수 없지."

그는 시계를 보았다.

"10시 20분 조금 지났군? 이제 1시간 40분밖에 없어. ABC가 그토록 오래 기다려 줄까?"

나는 철도 안내서를 펼쳤다.

"처스턴, 데븐셔 주, 패딩털에서 204.75마일, 인구 544명. 아주 작은 곳이로군. 여기라면 범인도 눈에 띄기 쉽겠어."

포아로가 중얼거렸다.

"그렇다 해도 또 다른 한 생명이 희생되는 걸세. 기차는 몇 시인가? 기차 편이 자동차보다 빠르겠지."

"야간 열차가 있네. 뉴턴 애벗 행 침대차군. 뉴턴 애벗에 오전 6시 8분에 닿고, 처스턴에는 7시 15분 도착일세."

"패딩턴에서 떠나나?"

"음, 패딩턴에서야."

"그걸 타고 떠나세, 헤이스팅즈."

"출발할 때까지는 보고가 없겠지."

"나쁜 소식은 오늘 밤 듣거나 내일 듣거나 차이가 없네."

"그도 그렇겠군."

내가 슈트 케이스에 짐을 꾸리는 동안 포아로는 다시 한 번 경찰국을 불러내고 있었다.

 몇 분 뒤 포아로가 침실로 들어와서 말했다.

 "대체 뭘 하고 있는 건가?"

 "자네 짐을 챙기네. 시간이 절약되리라 여겨져서."

 "몹시 흥분해 있는 모양이군, 헤이스팅즈. 손이며 얼굴에까지 나타나 있어. 외투를 그렇게 개면 어떻게 하나? 내 잠옷을 자네가 어떻게 했는지 보게. 분말 샴푸가 터지면 어떻게 되리라고 생각하나?"

 나는 소리쳤다.

 "농담 말게, 포아로. 죽느냐 사느냐는 문제일세. 옷 같은 거야 아무려면 어떤가."

 "자네는 시간에 맞춰 간다는 관념이 없군, 헤이스팅즈. 기차가 떠나는 시간보다 빨리 탈 수는 없는 걸세. 내가 옷을 버린다해서 살인을 막을 수 있는 건 아니잖나."

 그는 단호하게 내 손에서 슈트 케이스를 빼앗아 짐을 챙기기 시작했다.

 경찰국에서 역으로 사람이 나오게 되어 있어서 포아로는 편지와 봉투를 패딩턴까지 가져간다고 했다.

 우리가 역에 도착해 처음 만난 사람은 크롬 형사였다.

 무엇을 묻고 싶어하는 듯한 포아로의 눈길에 크롬 형사는 말했다.

 "아직 아무 보고도 없습니다. 모을 수 있는 사람은 모두 경비에 동원시켰습니다. C로 시작되는 이름을 가진 사람 모두에게 되도록 전화로 경고해 주고 있습니다. 아직 기회가 있다고 생각됩니다. 편지는 갖고 계십니까?"

 포아로는 편지를 건네 주었다. 크롬 형사는 그것을 들여다보면서 입 속으로 저주의 말을 내뱉었다.

"신통한 일은 하나도 없군. 운명까지 그자에게 유리하니."
내가 힌트를 주었다.
"어떨까요, 일부러 그렇게 했다고 생각되지는 않습니까?"
크롬 형사는 머리를 저었다.
"아니, 녀석은 자기 나름의 방식을 갖고 있습니다. 어리석은 방식이지만 그것을 굳게 지키고 있는 겁니다. 공정한 경고, 녀석은 그 점을 강조합니다. 거기에 녀석의 자존심이 있지요. 그렇습니다, 녀석은 틀림없이 화이트 호스 위스키를 마실 겁니다."
포아로가 그때 놀라움의 탄성을 질렀다.
"아, 그거 희한한 생각입니다. 활자체로 편지를 쓰는 그의 앞에 위스키 병이 놓여 있었던 게로군요."
"그렇지요. 우리도 흔히 그런 일이 있으니까요. 저도 모르게 눈앞에 보이는 것을 써버리고 말 때가 있지요. 녀석은 처음에 화이트라고 써놓고 그만 잘못해 그 뒤를 헤이븐 대신 호스라고 써버린 겁니다."
크롬 형사도 역시 기차로 떠나려던 참이었다.
"어떤 뜻밖의 행운으로 아무 일 일어나지 않는다 해도 처스턴은 지적된 장소니까요. 범인은 그곳에 있고, 없다 할지라도 오늘은 있었던 거지요. 무슨 일이 일어나면 제 부하 하나가 이리로 알려 오게 되어 있습니다."
마침 기차가 떠나려는데 한 사나이가 플랫폼으로 내려오는 게 보였다. 그는 크롬 형사가 있는 열차칸의 창 밑에 와서 뭐라고 말했다.
기차가 플랫폼을 떠나자 포아로와 나는 달려가 크롬 형사의 열차칸 문을 두드렸다.
포아로가 물었다.
"무슨 보고가 있었지요?"

크롬 형사는 조용히 말했다.

"나쁜 보고입니다. 카마이클 클라크(Carmichael Clarke)경이 머리를 얻어맞고 죽어 있는 게 발견됐습니다."

카마이클 클라크 경의 이름은 여느 사람들에게는 그리 알려져 있지 않지만, 명사의 한 사람으로 그 전성 시대에 이름을 떨친 인후과(咽喉科) 전문의였다.

재산을 모아 은퇴한 뒤로는 그 생애를 통해 크나큰 정열을 쏟았던 것 중의 하나인 중국 도자기 수집에 몰두해 있었다. 그 2, 3년 뒤 아저씨로부터 꽤 많은 유산을 물려받아 자신의 정열에 완전히 열중해, 이제는 중국 예술품의 저명한 소장가가 되었다.

그는 결혼했지만 아이는 없었다. 데븐셔 바닷가 언저리에 지은 집에 살며 어쩌다 이름 있는 물건이 경매에 나올 때나 런던에 나올 정도였다.

젊고 아름다운 베티 버너드 다음에 일어난 이 죽음이 몇년 만의 충격적인 기사가 되리라는 건 생각할 여지도 없는 일이었다. 8월이라 기사가 없어 신문이 애먹고 있는 때이니 만큼 더욱 심할 것 같았다.

포아로가 말했다.

"이로써 개인의 노력으로 이룩할 수 없었던 일을 대중의 힘이 해주는 셈일세. 이번엔 온 나라 안이 ABC를 찾아내 주겠지?"

"유감스럽게도 그것은 바로 녀석이 노리는 점일세."

"그렇네. 그러나 동시에 그자의 실패가 되는 것이기도 하지. 성공에 기분이 좋아져 손을 덜 쓰게 될 거야. 그것이 우리가 노리는 바지. 그자가 자기 두뇌의 현명함에 도취하게 되는 것 말일세."

나는 느닷없이 어떤 생각이 떠올라 소리쳤다.

"정말 이상하잖나, 포아로! 이것은 자네와 내가 함께 손댄 것으로는 처음 있는 경우 아닌가? 지금까지의 살인은 모두, 이를테면 개인적인 것이었지."

"그렇네, 자네 말이 맞아. 지금까지의 것은 언제나 내부에서 손을 대는 그런 종류의 사건이었지. 그러니 중요한 것은 피해자의 생활이었고, 중요한 점은 누가 그 죽음으로 해서 이익을 얻으며, 그의 주변 사람이 그 범죄를 저지르는 데 어떤 기회가 있었는가 하는 거였네. 언제나 내부의 범죄였지. 그런데 이번 것은 우리가 함께 시작한 뒤 처음 겪는 냉혹하기 이를 데 없는 비개인적인 살인일세. 외부로부터의 범죄인 거야."

나는 몸을 떨었다.

"무섭군."

"그렇네. 나는 처음부터, 첫번째 편지를 읽었을 때부터 무어라 말할 수 없는 악함과 괴이함이 있음을 느끼고 있었다네."

그는 초조한 듯한 몸짓을 했다.

"신경에 져서는 안 돼. 그렇다고 해서 이것이 평범한 범죄보다 각별히 악하다는 것은 아닐세."

"아니, 악하네."

"자기 주변의 친한 사람, 이를 테면 믿고 신뢰하는 사람의 생명을 뺏는 것보다 완전한 남의 생명을 뺏는 게 더 나쁘다고 할 수 있을까?"

"나쁘지, 광적이니까."

"아니, 헤이스팅즈, 보다 악하다는 것은 없네. 다만 보다 어렵다는 것뿐일세."

"아니, 난 동의할 수 없어. 한층 더 무서운 일이야."

에르퀼 포아로는 생각에 잠겨 말했다.

"광적인 것이라면 발견하기 더 쉬울 걸세. 똑똑한 제정신의 인간이 저지른 범죄 쪽이 훨씬 복잡하지, 여기서 그 개념을 생각해 낼 수 있다면……. 이 알파벳 사건에는 여러 가지 들어맞지 않는 데가 있어. 만일 그 개념이 파악된다면 모든 것은 명료하고 단순해질 걸세."
그는 한숨을 쉬며 고개를 저었다.
"이 범죄를 계속하게 해선 안 돼. 빨리 진상을 밝혀내야 하네. 자, 헤이스팅즈. 자러 가세, 내일은 할 일이 많으니까."

처스턴 살인

 처스턴은 한쪽은 브릭스햄, 다른 한쪽은 페인턴과 토키의 중간쯤에 자리잡아 토베이의 활처럼 휜 곳을 반쯤 돌아간 곳에 있었다. 10년쯤 전까지는 다만 골프장이 있었을 뿐으로, 골프장 아래에 바다로 이어진 녹색 전원이 펼쳐지고 집이라곤 농가가 한두 채 있을 따름이었다. 그러나 요즘 들어서는 처스턴과 페인턴 사이에 큰 건물이 즐비하게 들어서고, 바닷가에도 조그만 집이며 방갈로, 새로운 길 등이 차츰 만들어지게 되었다.
 카마이클 클라크 경은 바다가 내려다보이는 곳에 2에이커쯤 되는 땅을 가지고 있었다. 그의 집은 기분좋은 직사각형의 현대적 설계로 지어진 것이었다. 수집품을 두는 두 개의 커다란 진열실을 빼면 그리 큰 집이라고 할 수 없었다.
 우리는 오전 8시에 도착했다. 그곳 경관들이 우리를 마중나와 자세한 상황을 설명해 주었다.
 카마이클 클라크 경은 저녁 식사 뒤 산책하는 습관이 있었던 모양이다. 경찰이 전화를 걸자, 11시가 지났는데 아직 돌아오지 않았다는 이야기였다.

그의 산책길은 언제나 같은 코스였으므로 수사대는 곧 시체를 찾아낼 수 있었다. 뒷머리를 무언가 큰 기물로 세게 얻어맞고 죽어 있었던 것이다. 시체 곁에 ABC 철도 안내서가 펼쳐진 페이지를 밑으로 하고 놓여 있었다.

우리는 8시가 좀 지나 캠비사이드——그 집은 이렇게 불리고 있었다——에 닿았다. 나이들어 보이는 집사가 문을 열어 주었는데, 그 떨리는 손과 낭패한 얼굴이 그가 얼마나 충격을 받았는지 이야기해 주고 있었다.

경관이 말했다.

"안녕하오, 데버릴."

"안녕하십니까, 웰즈 형사님."

"런던에서 오신 분들이오."

"이리로 오십시오."

그는 아침 식사가 준비되어 있는 식당으로 우리를 안내했다.

"프랭클린 씨를 모셔 오지요."

잠시 뒤 볕에 그을은 얼굴에 머리칼이 아름다운 몸집이 큰 사나이가 방으로 들어왔다.

죽은 이의 오직 하나뿐인 동생 프랭클린 클라크였다.

그는 위급한 경우에 익숙한 결단력 있고 유능한 사나이로 보였다. 그는 인사를 했다.

"안녕하십니까, 여러분."

웰즈 형사가 일행을 소개했다.

"이쪽이 경찰국의 크롬 형사, 에르큘 포아로 씨, 그리고 저…… 헤이터 대위."

나는 쌀쌀한 어투로 바로잡았다.

"헤이스팅즈입니다."

프랭클린 클라크는 우리들과 차례로 악수를 했는데, 그는 악수할 때마다 날카로운 눈길로 상대를 보았다.

그가 말했다.

"자, 아침 식사를 들어 주십시오. 식사하시면서 상황을 생각해 보시지요."

이의를 말하는 사람은 아무도 없었다. 우리는 곧 맛있는 달걀과 베이컨과 커피로 충분히 식사를 했다.

프랭클린 클라크가 말했다.

"자, 시작하지요. 웰즈 형사가 어젯밤에 대충 설명을 해주셨습니다만, 정말 난생 처음 듣는 야만스러운 사건이라고 생각했습니다. 크롬 형사님, 가엾은 형님은 살인광에게 희생되었다고 하셨지요? 그리고 이것은 세 번째 살인으로 언제나 시체 곁에 ABC 철도 안내서가 있었다는데 그게 정말입니까?"

"네, 그렇습니다, 클라크 씨."

"그 까닭이 무엇일까요? 이런 범죄로 어떤 실제적인 이익이 얻어질까요. 가장 병적인 상상을 한다 해도 말입니다."

포아로는 그 말이 옳다는 듯 고개를 끄덕였다.

"단번에 핵심을 찌르는군요, 프랭클린 씨."

크롬 형사가 말했다.

"이 사건에서는 동기를 찾아도 헛일입니다, 클라크 씨. 상대는 정신이상자니까요. 저는 정신이상자의 범죄를 다룬 경험이 있습니다만, 동기가 대개 아주 불완전하지요. 자신의 개성을 드러내 보이고, 대중 앞에 화제를 불러일으키려는, 즉 이름없는 존재가 아니라 무엇인가가 되어 보려는 욕망이 원인입니다."

"그렇습니까, 포아로 씨?"

클라크는 믿을 수 없다는 얼굴이었다. 연장자에 대한 그의 이 물음은 크롬 형사에게 그리 좋은 인상을 주지 못했다. 그는 얼굴을 찌푸렸다. 내 친구는 대답했다.
"네, 그렇습니다."
클라크가 생각에 잠기며 말했다.
"아무튼 그런 남자라면 오랫동안 붙잡히지 않을 리 없겠지요."
"그렇게 생각합니까? 그런데 천만에요, 굉장히 교활합니다. 이런 자들은, 이런 자들은 웬만해서는 눈에 띄지 않는 외적 징후를 반드시 갖고 있습니다. 그는 분명 간과되고 잊혀지고 또는 웃음을 사는 유형에 속해 있습니다!"
크롬 형사가 대화를 막으며 말했다.
"두세 가지 묻고 싶습니다만, 클라크 씨."
"네, 좋습니다."
"형님은 어제 여느 때와 다름없었습니까? 무슨 뜻밖의 편지같은 것을 받지는 않았습니까? 정신을 흐트러지게 하는 그런 어떤 것을?"
"아니오, 여느 때와 조금도 다름없었습니다."
"전혀 냉정을 잃은 모습이 아니었습니까?"
"실례지만 크롬 형사님, 저는 그렇게 말한 게 아닙니다. 흥분하거나 초조해 있는 게 형님의 평소 상태입니다."
"어째서지요?"
"이미 아시리라 생각합니다만, 형수님이 병중이십니다. 더 자세히 말씀드리면, 형수님은 불치의 암을 앓고 있어 그리 오래 사시지 못합니다. 그 사실이 형님의 머리 속에 깊이 박혀 있습니다. 저는 동부에서 돌아온 지 얼마 안 되는데, 형님이 달라진 데 깜짝 놀랐습니다."

여기서 포아로가 물었다.

"클라크 씨, 형님이 총을 맞고 언덕 밑에 굴러 떨어져 있거나 또는 곁에 권총이라도 있었다면, 당신은 맨 먼저 어떻게 생각하시겠습니까?"

"분명히 말씀드립니다만, 저는 우선 자살이 아닐까 여겼을 겁니다."

"또 그렇군!"

"무슨 말씀이십니까?"

"같은 일이 되풀이된다는 겁니다. 그러나 대단한 건 아닙니다."
크롬 형사가 무뚝뚝하게 말했다.

"그러나 아무튼 자살은 아니었습니다. 그런데 클라크 씨, 저녁마다 산책 나가시는 게 형님의 습관이었나요?"

"그렇습니다. 늘 산책을 했습니다."

"날마다 나가셨습니까?"

"네, 물론. 비만 오지 않으면."

"집에 계시는 분들은 모두 이 습관을 알고 계시겠지요?"

"물론입니다."

"다른 사람은?"

"당신이 말하는 다른 사람이 누구를 가리키는 것인지 잘 모르겠습니다만, 정원사가 그걸 알고 있었는지 어떤지…… 글쎄, 잘 모르겠는데요."

"마을 사람들은 어떨까요?"

"엄밀히 말해서 마을은 없습니다. 처스턴 플레이스에 우체국과 집이 몇 채 있습니다만, 마을도 가게도 없습니다."

"낯선 사람이 그 언저리를 서성거리면 곧 눈에 띄겠지요?"

"그 반대입니다. 8월에는 이 근처가 사람으로 붐빕니다. 사람들이

브릭스햄이나 토키, 페인턴에서 자동차나 버스로 아니면 걸어서 옵니다. 저 아래 보이는 곳이……."
그는 손가락으로 가리켰다.
"블러드 샌즈입니다. 여기는 인기 있는 바닷가지요. 엘버리의 바닷가도 그렇습니다. 그쪽은 아름답기로 이름난 곳으로 많은 사람들이 피크닉을 오지요. 저는 사람들이 몰려오지 않으면 얼마나 좋을까 하고 생각합니다! 6월에서 7월 초에 걸쳐 이 언저리가 얼마나 멋있고 조용한지 잘 모르시겠지요."
"그래서 낯선 사람도 그리 눈에 띄지 않는다는 거로군요?"
"그 남자가 특별히…… 그렇지요, 정신이 돌아 있거나 하지 않는 한."
크롬 형사가 단호하게 말했다.
"그 남자는 정신이 돌지 않았습니다. 제가 무슨 말을 하려는 건지 아시겠지요, 클라크 씨. 그 남자는 미리 이 부근을 살펴보고 형님이 매일 저녁 산책 나가시는 것을 알고 있었던 겁니다. 그런데 카마이클 경을 찾아온 사람은 아무도 없었습니까?"
"제가 아는 한에서는 없습니다만, 데버릴에게 물어 보지요."
그는 벨을 눌러 집사를 불러서 물었다.
"아니오, 카마이클 경을 찾아오신 분은 아무도 없었습니다. 그리고 저택 주변을 왔다갔다하는 사람도 못 보았습니다. 심부름꾼들에게도 다 물어 보았지만, 역시 본 사람은 하나도 없습니다."
집사는 잠시 입을 다물고 있다가 물었다.
"이제 가도 좋습니까?"
"좋아, 데버릴. 가도 좋아."
집사는 나가다가 문가에서 젊은 여성이 오는 것을 보고 비켜섰다. 그 여성이 들어오자 프랭클린 클라크가 일어서서 말했다.

"여러분, 그레이 양입니다. 형님의 비서지요."

나의 온 신경은 그녀의 스칸디나비아 사람 같은 놀라운 아름다움에 사로잡히고 말았다. 머리칼은 거의 빛깔이 없는 회색이었다. 밝은 회색 눈, 그리고 노르웨이나 스웨덴 사람에게서 볼 수 있는 투명하고 눈부실 만큼 흰 살결. 나이는 27살쯤 되어 보였고 아름다울 뿐 아니라 유능해 보이기도 했다. 자리에 앉자 그녀는 물었다.

"제가 무슨 도움이 될까요?"

클라크가 커피를 한 잔 가져왔으나 그녀는 아무것도 먹고 싶지 않다고 말했다. 크롬 형사가 물었다.

"카마이클 경의 우편물을 다루고 있었습니까?"

"네, 모두 다루고 있었어요."

"ABC라는 서명이 든 편지를 받아 본 적은 없습니까?"

그녀는 머리를 저었다.

"ABC라고요? 아니오, 없었어요."

"요즘 저녁 산책 때 누군가 이 언저리를 서성거리는 사람이 있다는 이야기는 못 들었습니까?"

"아니오, 그런 말씀은 없었어요."

"당신이 낯선 사람을 본 일은 없습니까?"

"하릴없이 서성거리는 그런 사람은 못 보았어요. 물론 이맘때가 되면, 이렇다 할 목적 없이 돌아다니며 골프장을 지나간다든지 바닷가 길로 내려가는 사람이 많지요. 그러니까 1년을 통해 이즈음에 볼 수 있는 사람은 모두가 낯선 사람이라고 할 수 있어요."

포아로가 신중하게 고개를 끄덕였다.

크롬 형사는 카마이클 경이 저녁 산책을 나가는 곳으로 데려가 달라고 부탁했다. 프랭클린 클라크는 프렌치 도어를 지나 우리를 안내했다.

나는 그레이 양과 나란히 걸어가게 되어 말을 건넸다.

"여러분에게 큰 충격이었겠습니다."

"정말 믿을 수 없었어요. 어젯밤 경찰에서 전화가 걸려 왔을 때 저는 잠자리에 들어 있었어요. 아래층에서 말소리가 들리길래 내려가 무슨 일이 일어났는지 물었지요. 데버릴과 클라크 씨가 마침 불을 켜들고 나가려는 참이었어요."

"카마이클 경이 산책에서 돌아오시는 것은 보통 몇 시쯤이었습니까?"

"대개 10시 15분 전쯤이었어요. 언제나 옆문으로 들어오셔서 그대로 곧장 주무시는데 때로는 수집품이 있는 진열실에 들르시는 일도 있었지요. 그렇기 때문에 경찰에서 전화가 없었다면 아침에 깨워 드리러 갈 때까지 모르고 있었을 거예요."

"부인에게 큰 충격이었겠지요?"

"클라크 부인은 거의 늘 모르핀 주사를 맞고 계셔서 주위에서 일어나는 일을 아실 만큼 의식이 뚜렷하다고는 생각되지 않아요."

우리는 대문을 지나 골프장 쪽으로 갔다. 그리고 그 구석을 가로질러 가파르게 휘어진 길 쪽으로 나아갔다.

프랭클린 클라크가 설명했다.

"이 길은 엘버리 강 어귀로 통합니다. 그런데 2년 전에 큰길에서 블러드 샌즈를 지나 엘버리로 통하는 새 길이 생겨서 이 길이 지금은 거의 이용되지 않습니다."

우리는 길을 내려갔다. 그 기슭에 가시덤불이며 잡초 사이를 지나 오솔길이 바다로 이어져 있었다. 그리고 갑자기 바다와 자갈이 반짝이는, 모래톱이 내려다보이는 풀이 무성한 등성이가 나왔다. 둘레에는 암록색 나무들이 바다 쪽으로 우거져 있었다. 그곳은 멋진 장소였다. 희고 짙은 녹색 그리고 사파이어의 푸르름. 나는 소리쳤다.

"멋있군!"
클라크가 내 쪽을 돌아보며 정신없이 말했다.
"그렇지요? 사람들은 왜 외국의 리비에라 같은 곳에 가고 싶어하는 걸까요, 여기 이런 데가 있는데! 저도 전에 온 세계를 돌아다녔지만, 사실 여기처럼 멋진 데를 본 적이 없습니다."
그리고는 마치 자기가 정신나간 듯 말한 것을 부끄럽게 여기는 것처럼 좀더 사무적인 말투가 되었다.
"여기가 형님의 저녁 산책 길이었습니다. 여기까지 왔다가 오솔길을 되돌아 오른쪽으로 나가서 밭을 지나고 들을 거쳐 집에 돌아왔지요."
우리는 계속 걸어서 들을 반쯤 지난 곳에 있는 산울타리까지 왔다. 시체는 거기서 발견되었던 것이다.
크롬 형사가 머리를 끄덕였다.
"여기라면 쉬웠겠군요. 그 남자는 이 나무 그늘에 숨어 있었던 거지요. 형님은 타격이 가해질 때까지 모르고 계셨을 겁니다."
그레이 양이 내 옆에서 몸을 떨었다.
프랭클린 클라크가 말했다.
"침착하오, 소러. 아주 불쾌한 일이지만, 사실을 피할 수는 없으니까."
소러 그레이. 그녀에게 어울리는 이름이다.
우리는 집으로 돌아왔다. 시체는 사진을 찍고 실어 보낸 뒤였다. 넓은 층계를 올라가자 의사가 검은 가방을 끼고 방에서 나왔다.
클라크가 물었다.
"무언가 말씀해 주실 일이 있습니까?"
의사는 고개를 저었다.
"아주 단순한 경우입니다. 전문적인 점은 검시 보고서에서 밝히겠습니다만, 아무튼 고통은 없었습니다. 즉사임에 틀림없으니까요."
의사는 걸어가며 말했다.
"이제부터 클라크 부인을 만나 보겠습니다."
간호사가 복도 안쪽 방에서 나와 의사와 나란히 섰다.
우리는 의사가 나온 방으로 들어갔다. 나는 곧 되돌아 나왔다. 소러 그레이가 아직 층계 위에 서 있었다. 그 얼굴에 곤혹스러운 빛이 어려 있었다.
나는 멈춰 섰다.
"그레이 양, 왜 그러십니까?"
그녀는 나를 보았다.
"저는 생각하고 있었어요. D의 일을."
"D의 일을."
나는 멍하니 그녀의 얼굴을 보았다.
"그래요. 다음 살인 말이에요. 어떻게 하지 않으면 안 돼요. 못 하게 막아야 돼요."
클라크가 방에서 나와 내 뒤에서 말했다.
"뭘 못 하게 막는다는 거요, 소러?"
"이 무서운 살인을 말예요"
그의 턱이 공격적으로 내밀어졌다.
"정말이오. 언젠가 포아로 씨와 이야기해 보고 싶습니다만…… 크롬 씨는 믿을 만합니까?"
뜻밖의 말이었다. 나는 아주 촉망되는 경찰관이라고 말했다. 그러나 내 목소리는 그리 열성적이라고 할 수 없었으리라.
클라크가 말했다.
"그는 마음에 걸리는 불쾌한 태도더군요. 뭐든지 다 알고 있는 듯이 말입니다. 대체 뭘 알고 있는 걸까요? 내가 보기에는 아무것도 알지 못하던데."

그는 잠시 입을 다물고 있다가 말했다.

"저는 역시 포아로 씨께 기대를 걸겠습니다. 제게 계획이 있는데, 나중에 이야기해 드리고 싶습니다."

그는 걸어가 의사가 들어간 방의 문을 두드렸다.

나는 잠시 망설였다. 그레이 양은 앞을 보고 있었다.

"무슨 생각을 하고 있습니까, 그레이 양?"

그녀는 내 쪽으로 눈길을 돌렸다.

"지금 그는 어디 있을까 하고 생각하고 있었어요. 그 범인 말예요. 사건이 일어난 지 아직 24시간도 지나지 않았으니까요. 아, 그가 지금 어디서 뭘 하고 있는지 알 수 있는 진짜 천리안을 가진 사람은 없는 걸까요?"

나는 말했다.

"경찰이 찾고 있습니다."

너무도 평범한 내 말에 주문이 풀려 그레이 양은 제정신을 되찾았다.

"그래요, 물론."

그녀는 층계를 내려갔다. 이번에는 내가 거기에 선 채 그녀의 말을 머리 속에서 되풀이하고 있었다.

ABC……. 그는 지금 어디 있는 것일까?

삽화

앨릭잰더 보너퍼트 캐스트 씨는 다른 관객들과 함께 토키 극장에서 나왔다. 거기서 그는 《한 마리의 참새도……》라는 아주 감동적인 영화를 보았다.

오후의 햇빛 속으로 나오자 그는 눈을 좀 껌벅거리며 그 특유의 길 잃은 개 같은 몸짓으로 둘레를 둘러보았다.

그는 혼잣말을 했다.

"재미있는 착상이야."

신문팔이 아이들이 소리치며 지나갔다.

"최신 뉴스…… 처스턴의 살인광……."

그들은 '처스턴의 살인, 최신 뉴스'라고 씌어진 플래카드를 들고 있었다.

캐스트 씨는 주머니를 뒤져 신문을 샀다. 그러나 곧바로 그것을 보지는 않았다.

프린시스 공원으로 들어간 그는 토키 만에 면한 정자 쪽으로 천천히 걸어갔다. 그는 거기 앉아 신문을 펼쳤다.

제목이 보였다.

카마이클 클라크 경 살해되다.
처스턴의 무서운 참극.
살인광의 짓.

그 밑에는 다음과 같이 씌어 있었다.

한 달 전 영국은 벡스힐의 젊은 아가씨 일리저버스 버너드 살인 사건으로 충격을 받고 놀라움을 금치 못했었다.
이 사건에서 ABC 철도 안내서가 한 역할을 하고 있었던 일을 기억할 것이다. 그런데 ABC는 카마이클 클라크 경의 시체 옆에서도 발견되어, 경찰은 두 범죄가 한 인물에 의해 저질러진 것이라고 믿기에 이르렀다.
우리 바닷가 피서지에서 한 살인광이 마구 날뛰고 있다는 게 있을 수 있는 일일까?

캐스트 씨 옆에 앉아 있던 플란넬 바지에 화려한 파란 엘틱스 셔츠를 입은 젊은이가 말을 걸었다.
"좋지 않은 이야기군요, 그렇지요?"
캐스트 씨는 깜짝 놀랐다.
"네, 정말…… 정말로……."
그 손은 젊은이가 알아차릴 정도로 부들부들 떨리고 있어 당장 신문을 떨어뜨릴 것만 같았다.
젊은이는 계속 지껄여댔다.
"미친 사람은 결코 구별이 안 됩니다. 그들이 언제나 저능으로 보이는 건 아니니까요. 대체로 당신이나 나와 조금도 다름없어 보일 테니 말입니다."
"그럴 거라고 생각합니다."
"그렇고말고요. 그런데 그들의 상태를 이상스럽게 만든 게 전쟁일 수도 있습니다. 그 뒤로도 정상으로 돌아가지 않는 거지요."
'네…… 그럴 겁니다.'
"나는 전쟁이라는 게 도무지 마음에 들지 않습니다."
캐스트 씨는 젊은이 쪽으로 몸을 돌렸다.
"나는 돌림병이며 수면병이며 굶주림, 그리고 암도 마음에 들지 않습니다. 그러나 이런 것들은 역시 생기고 말지요!"
젊은이는 확신에 차서 말했다.
"전쟁은 막을 수 있습니다."
캐스트 씨는 웃었다. 그는 잠시 웃고 있었다.
젊은이는 얼마쯤 놀라며 생각했다.
'이 사람은 머리가 좀 돈 게 아닐까.'
그래서 큰소리로 말했다.
"실례지만 당신도 전쟁에 나갔었겠지요?"
"나갔습니다. 그래서…… 덕분에…… 머리가 이상해졌지요. 그 뒤로 내 머리는 정상으로 돌아가지 않습니다. 아프지요. 아주 아픕니다."
젊은이는 어색하게 말했다.
"호, 그거 참! 안됐군요."
"때때로 내가 하는 일을 모를 때가 있습니다."
"그렇습니까? 그럼, 나는 가봐야 할 데가 있어서……."
젊은이는 급히 그 자리를 떠났다. 그는 사람들이 자기 건강에 대해 이야기를 시작하면 어떻게 되는지 잘 알고 있었던 것이다.

캐스트 씨는 신문을 손에 든 채 뒤에 남았다.
그는 몇 번이고 되풀이 읽었다.
그 앞을 사람들이 오갔다.
그들은 대부분 살인 사건에 대해 이야기하고 있었다.
"무섭군요. 여기에 중국 사람이 관계되어 있다고는 생각되지 않습니까? 그 여급은 중국인 카페에 있었던 게 아닐까요?"
"사실은 골프장에서······."
"바닷가라고 들었는데요······."
"하지만 여보, 우리는 어제 엘버리에서 차를 마셨잖아요."
"경찰이 틀림없이 붙잡을 거야."
"지금쯤 벌써 잡았는지도 모르지."
"틀림없이 녀석은 토키에 있어. 그 여자, 자네가 말했던 그 여자를 죽인······."
캐스트 씨는 신문을 반듯이 접어 벤치 위에 놓았다. 그리고는 일어나 시내 쪽으로 조용히 걸어갔다. 아가씨들이 옆을 지나갔다. 흰색이며 분홍이며 푸른색으로 차려 입은 아가씨들, 여름 윗옷이며 헐렁한 바지며 짧은 바지를 입은 아가씨들. 그녀들은 웃기도 하고 킥킥거리기도 했다. 그 눈은 지나쳐 가는 남자들의 점수를 따지고 있는 것이었다.

그 눈은 한 번도, 한 순간도 캐스트 씨에게 머물지 않았다.
그는 조그만 테이블로 가서 앉아 차와 데븐셔 크림을 주문했다.

준비

카마이클 클라크 경 살인 사건 뒤로 ABC 사건은 아주 유명해졌다.

신문은 날마다 그 기사로 메워졌다. 그리고 온갖 종류의 단서가 드러났다고 보도되었다. 체포도 시간 문제인 것으로 알려졌다. 사건에 관계 있는 여러 인물이며 장소의 사진이 실렸다. 그리고 국회에서의 질문도 실렸다.

앤도버 살인 사건도 이제는 다른 두 살인 사건과 결부되었.

경찰국은 최대한으로 공개하는 것이 범인을 추적하는 데 가장 좋은 기회를 만들어 준다고 확신했다. 그 결과 영국의 모든 국민이 아마추어 탐정이 되었다.

〈데일리 프리커〉지는 다음과 같은 표제를 쓰는 멋진 구상을 생각해 냈다.

범인은 당신 이웃에 있다!

물론 포아로는 사건 한가운데에 있었다. 그에게로 보내져 온 편지는 복사되고 공표되었다. 그는 범죄를 막아내지 못한 이유로 크게 비난받고, 또 범인을 지적하는 데까지 이르렀다고 변호되기도 했다.
신문 기자들은 인터뷰로 그를 괴롭혔다.

　　포아로 씨, 오늘의 견해.

그리하여 페이지의 반쯤은 바보스러운 말로 채워져 있었다.

　　포아로 씨, 상황을 중시.
　　포아로 씨, 성공 직전에 있다.
　　포아로 씨의 친구 헤이스팅즈 씨, 본지 특파원에게 말하다!

나는 소리쳤다.
"포아로, 부디 믿어 주게. 나는 이따위 소리를 한 적이 없네."
친구는 웃으며 대답했다.
"알고 있네, 헤이스팅즈, 알고 있어. 이야기한 말과 씌어진 말 사이에는 놀랄 만한 거리가 있지. 조금만 문장을 고치면 처음 말과 완전히 반대의 뜻이 되고 마는 수도 있으니 말일세."
"내가 이런 말을 했다고 자네가 생각지 말아 주기를 바라는 걸세."
"걱정하지 않아도 되네. 이런 건 중요한 게 아니니까. 그러나 이런 바보스러운 게 도움이 되는 수도 있지."
"어떤 도움?"
포아로는 엄숙하게 말했다.
"오늘 〈데일리 프리커〉지에 실린 내가 이야기한 것으로 되어 있는 기사를 우리의 범인이 읽으면, 그는 적으로서 나에게 품고 있던 모든 존경을 버리게 될 걸세."

나는 그즈음 아마도 실제적인 조사는 아무것도 행해지고 있지 않은 듯한 인상을 받고 있었는지도 모른다. 그러나 경찰국과 각 지방 경찰에서는 어떤 조그만 단서라도 집요하게 추궁하며 노력을 계속하고 있었다.

범죄가 저질러진 장소 근처의 넓은 범위에 걸쳐 호텔, 여관, 하숙집 등이 철저하게 조사되었다.

이상한 모습의 겁먹은 눈을 한 사나이를 보았다든가, 인상나쁜 사람을 보았다든가 하는 상상력 풍부한 사람들의 많은 이야기들이 세부에 이르기까지 남김없이 조사되었다.

어떤 막연한 보고도 내버려두지 않았으며 기차, 버스, 전차, 짐꾼, 차장, 책방, 문방구점…… 모든 곳에 걸쳐 끊임없는 심문과 검증이 계속되었다.

적어도 20명쯤 되는 사람들이 문제의 날 밤의 행동에 대해 경찰이 납득하기까지 구금되어 심문을 받았다.

얻은 효과가 전혀 없었다고 할 수는 없었다. 그러나 그 반면에 어떤 진술은 가치있는 것으로 참작되고 기록되었지만, 그 이상의 증거가 없으면 어쩔 수 없었다.

크롬 형사와 그의 동료들이 쉴새없이 움직이고 있는 데 비해 포아로는 지나치게 태평스러워 보였다. 우리는 몇 번이나 말다툼을 했다.

"나더러 어떻게 하라는 건가, 자네는? 판에 박힌 심문 같은 건 경찰이 나보다 훨씬 잘 하네. 자네는 내가 개처럼 헤집고 다니기를 바라고 있나?"

"집에 가만히 들어앉아 있기보다는 그런 식으로…… 마치……."

"'현자(賢者)처럼'이라고 말하게! 내 힘은 내 머리 속에 있지 발에 있지 않네, 헤이스팅즈. 자네 눈에는 태평스러워 보여도 나는 늘 생각하고 있어."

나는 소리쳤다.

"생각하고 있다고? 대체 지금이 생각만 하고 있을 때인가?"

"그렇네. 몇 번이고 말해도 좋지만 그렇네."

"그러나 생각하고 있어서 뭐가 되는가? 자네는 세 가지 사건의 상세한 상황을 암기하고 있잖은가."

"내가 생각하는 건 그 사건에 대한 자료가 아니라 범인의 머리일세."

"미치광이의 머리 말인가!"

"그렇네. 그러니 금방은 알 수 없다네. 범인이 어떤 인간인 줄 알게 되면 그가 누구인가 하는 것도 알게 되는 걸세! 그리고 나는 차츰 알아차려 가고 있네. 앤도버 사건이 일어났을 때, 범인에 대해 얼마나 알고 있었는가? 거의 아무것도 몰랐네, 벡스힐 사건에서는? 앤도버 때보다 조금 더 알았지. 처스턴 살인사건에서는? 조금 더 많이 알았네. 이렇게 나는 알아가고 있네. 자네가 알고 싶어하는 그런 것, 얼굴이며 모습의 윤곽이 아니라 머리의 윤곽을 말일세. 그 머리는 어떤 뚜렷한 방향을 향해 움직이며 작용하고 있네. 다음 범죄 때에는……."

"포아로!"

친구는 싸늘하게 나를 보았다.

"그렇지만 헤이스팅즈, 또 하나의 범죄가 일어나리라는 건 거의 확실하네. 운은 기회에 달려 있지. 지금까지는 우리 미지의 손님에게 행운이 있었지만, 다음번에는 운이 그를 거역하게 될지도 모르네. 그러나 어쨌든 다음 범죄가 일어나면 좀더 여러 가지 것이 알려지겠지. 범죄는 모름지기 여러 가지를 나타내기 쉬운 걸세. 자네 좋을 대로 자네의 방법, 취미, 습관, 생각하는 방향 등을 바라보게.

그러면 자네 행동에 의해 자네의 정신이 나타날 걸세. 혼란된 징후는 있지. 때로는 마치 두 사람의 지능이 작용하고 있는 것처럼 보이기도 하네. 그러나 결국 윤곽이 뚜렷해져 올 걸세. 나는 알고 있어."

"그게 누구인가?"

"아, 헤이스팅즈, 그의 이름이며 주소를 알고 있다는 게 아닐세. 내가 아는 것은 그가 어떤 종류의 인간이냐 하는 거라네."

"그래서?"

"내가 낚아 올리는 거지."

내가 당혹해 있는 것 같이 보이자 그는 말을 이었다.

"알겠나, 헤이스팅즈? 숙련된 어부는 어떤 고기에 어떤 먹이가 알맞은지 정확하게 알고 있는 법일세. 나는 그 정확한 먹이를 찾아내려는 거야."

"그리고 나서는?"

"그리고 나서? 그리고 나서? 자네는 마치 언제나 '네, 그래서요?'라고 되풀이하는 크롬 형사처럼 머리가 나쁘군. 좋아, 그리고 나서 그가 먹이와 낚싯줄을 삼켜 버리면 우리가 낚아 올리는 걸세."

"그동안 사람들이 여기저기서 죽어 가고 있네."

"세 사람뿐일세. 교통 사고로 1주일에 140명쯤이나 죽고 있잖나."

"그것과 이건 전혀 다르네."

"죽어 가는 사람에게는 아마 똑같을 걸세. 다른 사람, 친척이나 친구들에게 있어서는. 아니 그렇지, 확실히 다르네. 그러나 적어도 한 가지, 이 사건에서 나를 기쁘게 해주는 것이 있다네."

"기쁘게 해주는 게 있다면, 어디 한 번 그것을 듣고 싶군."

"빈정거려도 헛일일세. 죄없는 사람을 괴롭히는 일이 전혀 없다는 게 나를 기쁘게 해주고 있네."
"그건 더욱 나쁘잖은가?"
"천만에, 결코 그렇지 않네! 혐의를 받는 분위기 속에 있는 일만큼 또 자기가 감시받고 있는 일이며, 사랑이 공포로 변해가는 것을 느끼는 일처럼 무서운 것은 없다네. 자기 둘레의 친한 사람들을 의심하는 일처럼 무서운 건 없지. 그것에는 독이 있어. 열병 속에 있는 것 같이. 그런 죄없는 인간의 생활을 짓밟는 일만은 적어도 ABC에게는 없다는 걸세."
나는 쓸쓸하게 말했다.
"자네는 지금 범인을 변호하고 있군!"
"왜 안 되는가? 그는 자신이 완전히 정당하다고 생각하고 있을지도 모르네. 모름지기 우리는 그의 생각에 동정해 버릴지도 모르는 걸세."
"농담 말게, 포아로!"
"흠! 아마 내가 자네를 놀라게 한 모양이군. 첫째로는 내 게으름으로, 둘째로는 내 생각으로."
나는 대답하지 않고 머리를 저었다.
잠시 뒤 포아로가 말했다.
"아무튼 자네를 기쁘게 해줄 계획이 하나 있네. 그것은 적극적이며 소극적인 것이 아니니까. 그리고 이것은 많은 대화를 필요로 하는데 그 반대로 사고력은 전혀 필요없다네."
나는 그의 돌려서 말하는 이런 태도를 좋아하지 않는다.
나는 조심스럽게 물었다.
"뭔가, 그건?"
"피해자의 친구며 친척이며 고용인에게 그들이 알고 있는 것을 다 이야기하게 하는 걸세."

"그럼, 자네는 그들이 뭔가 숨기고 있다고 생각하나?"
"그래서가 아닐세. 그러나 뭐든지 이야기한다는 건 언제나 선택이 포함되어 있는 법이지. 만일 내가 자네에게 어제 있었던 일을 묻는다면, '9시에 일어나 9시 30분에 아침 식사를 했다. 달걀과 베이컨을 먹고 커피를 마셨다. 그리고 나서 클럽에 갔다. 어쩌고 저쩌고……'라고 할 테지. '손톱을 잘못 손질했기에 잘랐다. 수염을 깎는데 더운 물이 필요해서 벨을 눌러 부탁했다. 테이블보에 커피를 엎질렀다. 모자를 솔질하고 썼다'는 것 같은 얘기는 하지 않을 게 아닌가. 무엇이나 다 말한다는 건 무리일세. 그러니 선택하는 거지. 살인사건의 경우에도 사람은 자기가 중요하다고 생각하는 것을 골라서 이야기하네. 그런데 대개는 그것이 잘못인 법이라네."
"그럼, 어떻게 하면 올바르게 조사할 수 있다는 건가?"
"지금 말한 것처럼 오직 대화를 통해서지. 이야기하는 것에 의해서 일세! 어떤 일, 어떤 인물, 또는 어떤 날의 일에 몇 번이고 되풀이 이야기하는 것에 의해서만 특별한 점이 나타나는 거라네."
"어떤 점이?"
"물론 내가 모르는, 내가 찾아내려고 생각하지 못했던 그런 점일세! 이젠 아무것도 아니던 일들이 진정한 제 뜻을 지니기에 충분할 만큼 시간이 지났네. 이 세 살인사건에 있어 사건에 의미를 갖는 듯한 사실 또는 말이 하나도 없다는 건 모든 수사의 법칙에 어긋나네. 어떤 하찮은 일이나 말 속에 사건을 해결할 열쇠가 될 만한 것이 있을 게 틀림없네! 그것은 확실히 마른 풀더미 속에서 바늘을 찾아내는 일이겠지만. 그러나 마른 풀더미 속에 분명 바늘이 있는 걸세. 나는 그렇게 확신하고 있네!"
나에게는 포아로가 말하는 것이 아주 막연하고 안개 속에 갇힌 것처럼 느껴졌다.

"자네는 모르겠나? 자네 머리는 하찮은 하녀만큼도 날카롭지 못하군."

그는 나에게 편지를 한 통 던져 주었다. 그것은 공립 초등학교의 어린이같이 반듯하고 깨끗한 글씨로 씌어 있었다.

  편지 드리는 실례를 용서해 주세요. 가엾은 이모님의 경우와 같은 무서운 살인 사건이 두 번 있고 나서 저는 여러 가지로 생각해 보았어요. 우리는 모두 같은 배에 타고 있는 거나 마찬가지예요.

  저는 그 아가씨 사진을 신문에서 보았어요. 그 아가씨란 벡스힐에서 살해된 처녀의 언니로, 저는 용기를 내어 그분에게 편지를 써서 런던으로 일자리를 찾으러 가 그분이나 그분의 어머니 계신 곳에서 일할 수 없을지 물었지요.

  한 사람보다 두 사람 쪽이 좋을 테고, 이 무서운 악마를 찾아내기 위한 일이니 보수는 많이 필요없으며, 둘이서 알고 있는 것을 합치면 잘되지 않겠느냐고 썼답니다.

  그분은 곧 반가운 회답을 보내 주었는데 자신의 일자리에 대해서며 하숙하고 있다는 것 등을 알려 주고, 제가 선생님께 편지 드리는 게 좋지 않겠느냐고 하며 그분도 저와 같은 생각을 갖고 있다고 했어요. 그리고 우리들은 같은 어려움을 겪고 있으니 함께 나누는 게 좋겠다고도 했지요.

  그래서 제가 런던에 와 있음을 편지로 알려 드리는 거예요. 주소는 밑에 적은 대로예요.

  폐가 되지 않기를 빌면서, 안녕히.

메리 드로워

포아로가 말했다.

"메리 드로워는 아주 똑똑한 아가씨야."

그는 또 다른 편지를 꺼냈다.

"읽어 보게."

그것은 프랭클린 클라크의 편지로, 이제부터 런던에 가니 지장없으면 내일 찾아가도 좋겠느냐고 씌어진 것이었다.

포아로가 말했다.

"자네 실망하면 안 되네, 바야흐로 행동이 개시되려 하고 있다네."

포아로의 연설

프랭클린 클라크는 다음날 오후 3시에 와서 곧 요점으로 들어가 얘기를 시작했다.

"포아로 씨, 저는 불만입니다."

"무슨 말씀이십니까, 클라크 씨?"

"크롬 형사는 아주 유능한 경관일지 모르지만, 솔직히 말해서 그에게 화가 납니다. 뭐든지 다 알고 있는 체하는 그 태도를 보면! 처스턴에 계실 때 친구분께 제 마음 속 이야기를 말씀드렸습니다만, 형님 일로 여러 가지 처리해야 할 것들이 있어서 지금까지 생각대로 되지 못했습니다. 포아로 씨, 제 생각은 발밑에 풀이 돋아나게 해서는 안 된다는 것으로……"

"헤이스팅즈가 언제나 그렇게 말하고 있지요."

"앞으로 나아가지 않으면 안 됩니다. 다음 범죄에 대비해야만 합니다."

"그럼, 다음 범죄가 있으리라고 생각하십니까?"

"그렇게 생각하지 않으십니까?"

"생각하고말고요."
"그렇다면 좋습니다. 저도 함께 일하고 싶습니다."
"당신 생각을 구체적으로 이야기해 주시겠습니까?"
"포아로 씨, 특별 수사대 같은 것——당신 지휘 아래 움직이는——살해된 사람들의 친구며 친척들로 이루어진 수사대 같은 것을 제안합니다."
"그거 좋은 생각이군요!"
"찬성해 주셔서 기쁩니다. 우리들의 머리를 한데 모아 부딪치면 무엇인가에 들어맞으리라 생각합니다. 그리하여 또 다음의 경고가 있으면 우리들 가운데 누군가가 거기 있게 되어——그런 일은 그리 쉽게 있을 것 같진 않지만——전의 범죄 현장에 가까이 있었던 누군가를 보게 될지도 모릅니다."
"잘 알겠습니다. 저도 찬성입니다. 그러나 다른 사건 피해자의 친척이나 친구분들은 당신과 같은 환경에 있지 못합니다. 그들은 모두 일자리를 갖고 있습니다. 어쩌면 짧은 휴가는 얻을 수 있을지 모르지만……"
프랭클린 클라크는 그 말을 가로막으며 말했다.
"그렇습니다. 저만이 돈을 낼 수 있는 위치에 있습니다. 나 자신은 그리 유복하지 못하지만, 형님이 부자셨으니 저도 결국 그렇게 되겠지요. 그래서 특별 수사대를 편성하면 그 대원에게 그들의 수입과 같은 금액은 물론 수당도 주겠습니다. 그러면 어떻겠습니까?"
"그 수사대는 어떻게 편성하면 좋으리라 생각하십니까?"
"그 점은 이미 생각하고 있습니다. 저는 미건 버너드 양에게 편지를 썼습니다. 사실 이 생각은 부분적으로는 그녀의 생각이기도 합니다. 저와 버너드 양, 죽은 아가씨의 약혼자였던 도널드 프레이저를 넣으면 어떨까요. 그리고 앤도버에서 살해된 부인의 조카딸이 있습니다. 버너드 양이 주소를 알고 있지요. 부인의 남편되는 사람은 도움이 될 것 같지 않습니다. 밤낮 술에 취해 있다니 말입니다. 그리고 버너드 부부도 적극적으로 수사에 참가하기엔 나이가 좀 많다고 생각됩니다."

"그 밖에는?"

"그렇지. 저…… 그레이 양도 있습니다."

그 이름을 말할 때 클라크는 얼굴을 좀 붉혔다.

"아, 그레이 양 말입니까?"

이 짧은 말에 포아로만큼 멋지게 부드러운 빈정거림의 말투를 담을 수 있는 사람은 없으리라. 35년쯤 되는 세월이 프랭클린 클라크에게서 사라지고, 그는 갑자기 수줍어하는 초등학생처럼 되어 버렸다.

"그렇습니다. 그레이 양은 형님 곁에 2년 넘게 있었습니다. 그녀는 그곳과 그곳 사람들을 다 알고 있습니다. 저는 1년 반 이상 집을 비우고 있었고요."

포아로는 가엾은 생각이 들었는지 화제를 바꾸었다.

"동양에 가 계셨습니까? 중국입니까?"

"네, 형님을 위해 물건들을 찾아다니고 있었지요."

"그거 재미있었겠습니다. 그런데 클라크 씨, 저는 당신 생각에 대찬성입니다. 어제도 저는 헤이스팅즈에게 관계자들의 단합이야말로 필요한 일이라고 말했지요. 모든 사람의 기억을 모아 요점을 비교하는 일, 결국은 하나의 사실을 서로 이야기하는 것이 필요합니다. 하찮은 이야기 속에서 단서가 잡힐지도 모르니까요."

2, 3일 뒤 이 특별 수사대는 포아로의 방에 모였다.

위원회 의장처럼 테이블 윗자리에 앉은 포아로 쪽을 보며 모두들 긴장하여 앉자, 나는 그들을 둘러보며 그들에 대한 첫인상을 확인하기도 하고 바로잡기도 했다.

 세 아가씨들이 가장 눈길을 끌었다. 소러 그레이의 뛰어난 아름다움, 인디언처럼 이상하게 움직이지 않는 표정을 가진 미건 버너드의 어두운 표정, 그리고 검은 코트와 스커트에 단정히 몸을 감싼 귀엽고 총명스러운 얼굴의 메리 드로워. 두 남자에 대해 말한다면, 몸집이 크고 검붉은 피부에 말수가 많은 프랭클린 클라크와 말없이 조용한 도널드 프레이저는 서로 흥미로운 대조를 이루었다.

 포아로는 물론 이 좋은 기회를 놓치지 않고 짧은 연설을 했다.
 "신사 숙녀 여러분, 오늘 여기에 모여 주십사 한 까닭은 잘 아시리라 생각합니다. 경찰은 온 힘을 다해 범인 수사에 임하고 있습니다. 저도 역시 방법은 다르지만 있는 힘을 다하고 있습니다. 그러나 제 생각으로는, 사건에 개인적인 이해 관계를 갖고 계신 분들——피해자에 대한 개인적인 지식을 갖고 있는 분들이라고 해도 좋습니다만——의 모임은 외부 조사로서는 도저히 얻을 수 없는 훌륭한 효과를 가져오리라 생각합니다. 우리는 지금 노부인과 젊은 아가씨와 나이든 신사를 숨지게 한 세 살인사건을 앞에 두고 있습니다. 오직 한 가지 사실만이 이들 세 사건을 연관시키고 있습니다. 그것은 한 인물이 이들을 살해했다는 겁니다. 이것은 다시 말해 이 한 인물이 다른 세 곳에서 틀림없이 많은 사람들에 의해 목격되었으리라는 겁니다. 이 사나이가 꽤 심한 미치광이라는 건 말할 나위도 없는 사실입니다. 그리고 그 겉모습이며 행동이 이 사실에 아무 암시도 주지 않고 있다는 것 역시 확실합니다. 이 인물——나는 이 사나이라고 말합니다만, 남자일지도 모르고 여자일지도 모릅니다——은 광기가 가진 모든 악마적인 교활함을 다 지니고 있습니다. 이 사나이는 지금까지 행적을 감추는 데 완벽하게 성공했습니다. 경찰은 어떤 막연한 증거를 잡고 있지만, 그것에 의해 행동을 개시하려면 아무것도 없는 것과 마찬가지가 되어 버립니다. 그러나 막연한 것이 아닌 확실한 증거가 없으면 안 됩니다. 한 가지 특별한 점을 들면, 이 살인귀는 한밤중에 벡스힐에 도착해 바닷가에서 B로 시작되는 이름의 아가씨를 안성맞춤으로 찾아낸 게 아닙니다."

"그 점을 파고들지 않으면 안 됩니까?"

도널드 프레이저였다. 그 말은 그를 마음속의 어떤 번민으로 혼란스러워 하는 것 같이 보이게 했다.

포아로는 프레이저를 보며 말했다.

"무엇이든지 그 핵심에 들어가 보는 것이 필요합니다, 프레이저 씨. 당신이 여기 있는 것은 세부에 이르는 점을 생각하기 거부하여 당신 마음을 다치지 않도록 하기 위해서가 아니라, 마음이 고통스럽더라도 필요하다면 사물의 밑바닥까지 파고들어가 보기 위해서라고 말할 수 있습니다. 앞에서도 말했듯 ABC에게 베티 버너드가 희생자로 제공된 것은 우연이 아니었습니다. 범인으로서는 깊이 잘 생각하고 난 다음에 한 선택이니만큼 미리 계획한 바가 반드시 있었을 겁니다. 다시 말해 그는 범행에 앞서 그곳을 살펴보았을 게 틀림없습니다. 그에게는 미리부터 알고 있던 사실이 있었습니다. 그것은 즉 앤도버에서 범행을 저지르기에 알맞은 시간, 벡스힐에서의 연출, 처스턴에서의 카마이클 클라크 경의 습관입니다. 따라서 나로서는 이 사나이의 정체를 잡아내는 데 도움이 되는 아무 증거도 없으며 아주 조그만 힌트조차도 없다고는 믿을 수 없습니다. 나는 억측을 합니다. 그것은 누군가, 어쩌면 여러분 모두가 자신은 스스로 깨닫지 못한 채 무엇인가를 알고 있다는 겁니다. 언젠가는 여러분 서로의 협력에 의해 무엇인가가 표면에 나타나 상상도 못했던 뜻을 지니게 되리라 생각합니다. 마치 하나의 그림 맞추기처럼. 여러분은 저마다 얼른 보아서는 아무 뜻도 없지만, 합하면 전체 그림의 한 부분을 뚜렷이 보여 주는 조각을 갖고 있다고 해도 좋을 겁니다."
미건 버너드가 말했다.
"말일 뿐이에요!"
"네?"
포아로가 묻듯이 그녀를 보았다
"당신이 지금 말씀하신 건 다만 말에 지나지 않아요. 아무 뜻도 없어요."
어떤 자포자기의 어두운 정열을 담아 말했으므로 나는 그녀의 인품을 잘 알 것 같은 기분이 들었다.
"아가씨, 말이란 사상의 겉옷에 지나지 않습니다."
메리 드로워가 말했다.
"그래요, 나는 뜻이 있다고 생각돼요. 정말 그렇게 생각해요, 미건 양. 같은 일에 대해 몇 번이나 되풀이 이야기하는 동안 갈 길이 뚜렷해지는 건 흔히 있는 일이에요. 어떻게 해서 그렇게 되는지 자기도 모르는 새 방향이 정해져 버리는 일이 흔히 있지요. 이야기한다는 것은 여러 가지 가능성들을 보여줘요."
프랭클린 클라크가 말했다.
"만일 '가장 조금 이야기하는 자가 가장 빨리 고쳐진다'면 우리는 여기서 대대적으로 이야기하지 않으면 안 되겠군요."
"프레이저 씨, 어떻습니까?"
"저는 오히려 당신이 말씀하신 일의 실제적인 응용이 가능할지 의문이군요, 포아로 씨."
클라크가 물었다.
"어떻소, 소러?"

"어떤 일에 대해 서로 이야기를 주고받는다는 원칙은 언제나 옳다고 생각해요."

포아로가 제안했다.

"이제 됐습니다. 사건이 일어나기 전의 시간에 대한 기억을 더듬어 봐 주십시오. 여러분, 먼저 클라크 씨에게 부탁할까요."

"형님이 살해된 날 아침 저는 배를 타고 바다로 나갔습니다. 고등어를 여덟 마리쯤 잡았지요. 바다는 실로 기분좋았습니다. 그리고 돌아와 점심을 먹었습니다. 그렇지요, 아일랜드 식 스튜를 먹었습니다. 그 뒤 해먹에서 한숨 자고 나서 차를 마셨습니다. 편지를 두세 통 썼지만, 편지를 모아 가는 시간에 대지 못해 자동차를 타고 페인턴까지 부치러 갔었습니다. 그리고 저녁 식사. 부끄러움을 무릅쓰고 말씀드립니다만, 그 뒤 어릴 때 아주 좋아했던 E. 네스빗의 책을 다시 읽었습니다. 그 다음에 전화가 걸려 와서……."

"좋습니다. 그럼, 클라크 씨, 잘 생각해 봐 주십시오. 아침에 바다로 가는 도중 누군가 만나지 않았습니까?"

"많이 만났습니다."

"그 사람들에 대해 뭘 기억하고 있습니까?"

"지금으로선 아무것도……."

"정말입니까?"

"저……잠깐만 기다려 주십시오. 굉장히 뚱뚱한 여자를 만났습니다. 무늬 있는 비단옷을 입고…… 어째서인지 저는 누구일까 하고 이상스럽게 생각했습니다. 아이가 둘 함께 있었지요. 그리고 바닷가에 폭스테리어를 데리고 나온 젊은이가 두 명 있었는데, 개에게 돈을 던져 주고 있더군요. 또 금발의 아가씨가 헤엄을 치며 웃고 있었습니다. 여러 가지가 생각나는 것은 재미있군요. 마치 사진 현상처럼……."

"당신은 좋은 실험 재료입니다. 그 뒤 좀더 시간이 지나 정원에서 나, 우체국으로 가는 도중에는 어땠습니까?"
"정원사가 물을 주고 있었습니다…… 우체국에 갔을 때 말입니까? 하마터면 자전거 탄 사람을 칠 뻔했습니다. 비쩍 마른 바보 같은 여자였는데, 친구에게 큰소리로 이야기하고 있었지요. 이것이 모두일 겁니다, 아마."
포아로는 소러 그레이를 돌아보았다.
"그레이 양은?"
소러 그레이는 밝고 또렷한 소리로 대답했다.
"아침에 카마이클 경과 통신물에 대한 일을 끝냈어요. 그리고 가정부를 만났지요. 오후에는 편지를 쓰고 나서 바느질을 했다고 생각해요. 아무래도 잘 생각나지 않는군요. 늘 똑같은 날이었으니까요. 일찍 잠자리에 들었어요."
놀랍게도 포아로는 더 이상 물으려 하지 않고 미건 버너드에게 말했다.
"버너드 양, 당신은 동생을 마지막으로 만났을 때의 일을 기억할 수 있습니까?"
"그 애가 죽기 2주일 전쯤이었다고 생각해요. 저는 토요일에서 일요일에 걸쳐 집으로 돌아가 있었지요. 아주 좋은 날씨여서 우리는 헤이스팅즈의 수영장으로 헤엄치러 갔었어요."
"그동안 주로 어떤 이야기를 했습니까?"
"제가 생각하고 있는 일을 이야기해 주었어요."
"다른 것은? 동생은 뭐라고 말했습니까?"
아가씨는 생각해 내려고 얼굴을 찌푸렸다.
"그 애는 돈에 쪼들린다고 했어요. 마침 모자와 여름 옷을 두 벌 막 사놓은 참이어서요. 그리고 도널드 이야기를 조금…… 그 애는 또 그 카페의 동료인 히글리 양이 싫다고 말했어요. 그리고 카페 주인인 메리언 이야기를 하며 함께 웃었지요…… 그밖의 일은 그다지 기억나지 않아요."

"동생은…… 미안합니다, 프레이저 씨…… 만나기로 되어 있던 남자 이야기를 하지 않았습니까?"

미건이 씁쓸하게 말했다.

"하지 않았어요."

포아로는 네모진 턱을 한 빨강 머리 젊은이 쪽을 보며 말했다.

"프레이저 씨, 한 번 과거 쪽으로 생각을 돌려봐 주십시오. 당신은 그 운명의 날 밤 카페에 갔지요. 당신의 처음 생각으로는 거기서 베티 버너드를 기다리려고 했었습니다. 당신이 거기서 기다리는 동안에 본 누군가를 생각해 낼 수 없겠습니까?"

"그 언저리에는 많은 사람들이 지나다니고 있었습니다. 그 속의 누군가를 생각해 낼 수는 없습니다."

"실례지만, 생각해 내려고는 하고 있습니까? 아무리 정신이 혼란해져 있더라도 눈은 깨닫지 못한 채 기계적으로 정확하게 보고 있는 법입니다."

젊은이는 고집스럽게 되풀이했다.

"아무도 생각해 낼 수 없습니다."

포아로는 한숨을 쉬고 메리 드로워 쪽을 보았다.

"이모님으로부터 자주 편지를 받고 있었지요?"

"네, 받고 있었어요."

"편지가 마지막으로 온 것은 언제입니까?"

메리는 잠시 생각하고 나서 입을 열었다.

"사건이 일어나기 이틀 전이었어요."

"뭐라고 씌어 있었습니까?"

"늙어빠진 악마가 왔기에 따끔하게 말해서 쫓아 보냈다. 죄송합니다, 이런 식으로 말해서…… 그리고 수요일에 기다리고 있겠다고. 제가 쉬는 날이거든요. 영화를 보러 가자고 씌어 있었어요. 그날이 마침 제 생일이었기 때문에……."

아마도 그 조그만 축제일 일을 생각해서이리라. 갑자기 메리의 눈에 눈물이 솟았다. 그녀는 흐느낌을 꾹 참으며 자신의 행동을 사과했다.

"용서하세요. 바보짓은 하고 싶지 않습니다만. 울어도 아무 소용없는 일이에요. 그러나 이모님 생각을 하면, 그리고 제 일을 생각하면…… 그날이 즐거웠으리라는 것을 생각하면 슬픔이 복받쳐요."

프랭클린 클라크가 말했다.

"아가씨 마음은 잘 알겠습니다. 마음을 사로잡는 건 언제나 조그만 일이지요. 특히 즐거운 일이라든지 선물이라든지 어떤 유쾌함 같은 자연스러운 일입니다. 저는 한 여자가 자동차에 치인 것을 본 적이 있습니다. 그 여자는 마침 새로 산 구두를 가지고 있었지요. 그런데 그녀가 쓰러져 있고, 찢어진 꾸러미에서 우스꽝스럽게 생긴 굽 높은 구두가 삐죽이 나와 있는 것을 보았을 때 저는 이상한 기분이 들었습니다. 그러한 것들이 굉장히 슬프게 보였습니다."

갑자기 미건이 열중하여 이야기를 시작했다.

"그것은 정말이에요. 무섭도록 진실이에요. 베티가 죽었을 때에도 그랬어요. 어머니가 그 애에게 주려고 양말을 샀었지요. 그것은 바로 사건이 일어난 날이었어요. 가엾게도 어머니는 좀 이상해지셔서 그 양말을 보고 우시는 거예요. 어머니는 계속 말하고 계셨지요. '베티한테 주려고 샀는데…… 베티한테 주려고 샀는데…… 그 애는 이걸 보지도 못했어'라고 말예요."

그녀의 목소리도 얼마쯤 떨리고 있었다. 그녀는 몸을 앞으로 내밀

듯이 하고서 프랭클린 클라크를 똑바로 쳐다보았다. 그들 사이에 급격한 연민이, 괴로움 속에서의 우애가 생겨나고 있었다. 그는 말했다.

"알겠습니다. 잘 알겠습니다. 그런 일은 좀처럼 잊혀지지 않지요."

도널드 프레이저는 불안스러운 듯 몸을 움직거리고 있었다.

소러 그레이가 화제를 바꾸었다.

"무슨 계획을 세우지 않아도 좋을까요, 앞으로의 일을 위해?"

프랭클린 클라크는 다시 여느 때의 태도로 돌아갔다.

"물론이지요. 기회가 오면, 이 말은 네 번째 편지가 온다면 하는 뜻입니다만, 우리는 힘을 합쳐야만 합니다. 그때까지는 아마 저마다의 운을 시험해 보는 편이 좋을지도 모르겠습니다. 포아로 씨, 조사에 무슨 도움될 일이라도 있으면 말씀해 주십시오."

포아로가 말했다.

"몇 가지 얘기해 드리지요."

"좋습니다. 적어 두겠습니다."

그는 노트를 폈다.

"어서 말씀하십시오, 포아로 씨. 첫째는?"

"웨이트리스 밀리 히글리 양이 어떤 도움이 될 일을 알고 있을지도 모릅니다."

프랭클린 클라크는 쓰기 시작했다.

"첫째, 히글리 양."

"두 가지 접근 방법이 있습니다. 버너드 양은 공격적인 접근 방법을 쓰면 좋을 겁니다."

미건이 씁쓸하게 말했다.

"그것이 제 성격에 맞는다고 생각하시는군요?"

"그 아가씨와 말다툼을 해보십시오. 그녀가 동생을 좋아하지 않은 걸 알고 있다고 이야기해 보십시오. 그리고 동생이 그녀에 대해 이야기했던 것을 모두 들려 주는 겁니다. 내 생각이 틀림없다면 크게 말다툼이 벌어지게 될 겁니다. 그녀는 동생에 대해 알고 있는 걸 모조리 내뱉겠지요! 거기서 어떤 도움이 될 만한 게 생겨날 겁니다."
"두 번째 방법은?"
"프레이저 씨, 당신은 그 아가씨에게 관심 있는 듯한 태도를 보이십시오."
"그럴 필요가 있습니까?"
"아니, 꼭 필요가 있는 건 아닙니다. 다만 수사의 가능성 가운데 하나지요."
프랭클린이 말했다.
"제가 해볼까요? 저는 저…… 꽤 경험을 갖고 있습니다, 포아로 씨. 그 아가씨한테 어떤 일을 할 수 있는지 한 번 시켜봐 주십시오."
소러 그레이가 좀 따끔하게 말했다.
"당신이 할 일은 따로 있을 거예요."
프랭클린의 얼굴이 좀 수그러졌다.
"그렇지요. 있겠지요."
포아로가 말했다.
"어쨌든 지금으로선 당신이 할 일이 그리 많을 것 같지는 않군요. 지금으로선 그레이 양이 훨씬 더 적합할 것 같은데요."
소러 그레이가 그 말을 가로막고 나섰다.
"하지만 포아로 씨, 저는 이미 데븐셔를 떠났어요."
"네? 무슨 말씀인지요?"
프랭클린이 말했다.

"그레이 양은 일의 뒤처리를 위해 내내 함께 있어 줬습니다만, 당연히 런던에서 새 직업을 찾으려 하고 있습니다."

포아로는 그곳에 있는 사람들 하나하나에게 날카로운 눈길을 보냈다. 그가 물었다.

"클라크 부인은 어떠십니까?"

나는 소러 그레이의 뺨이 살짝 붉어지는 것을 넋잃고 바라보던 참이라 하마터면 클라크의 대답을 놓칠 뻔했다.

"꽤 나쁩니다. 그런데 포아로 씨, 데븐셔로 오셔서 형수님을 좀 만나 주실 수 없을까요? 형수님은 제가 이리로 오기 전에 당신을 만나고 싶다고 하셨습니다. 그야 형수님은 이틀씩이나 계속해서 사람을 만날 수 없을 때도 있습니다만, 만일 와주신다면, 물론 비용은 제가 내겠습니다."

"좋습니다, 클라크 씨. 모레쯤 떠나면 어떨까요?"

"알겠습니다. 그럼, 간호사에게 연락해 두겠습니다. 그렇게 하면 알맞은 자극제를 처방해 줄 테니까요."

포아로가 메리 쪽을 보며 말했다.

"그런데 드로워 양, 아가씨는 앤도버에서 많은 일을 할 수 있을 겁니다. 아이들을 통해 알아보십시오."

"아이들이라고요?"

"그렇습니다. 아이들은 낯선 사람에게는 좀처럼 입을 열지 않습니다. 그러나 아가씨는 이모님이 사시던 마을에서 얼굴이 알려져 있지요. 그곳에서는 아이들이 놀고 있다가 이모님 가게에 드나들던 사람들의 얼굴을 보았을지도 모릅니다."

클라크가 물었다.

"그레이 양과 저는 무슨 일을 해야 될까요? 만일 벡스힐에 가지 않는다면 말입니다."

소러 그레이가 물었다.
"포아로 씨, 세 번째 편지의 소인은 어디로 되어 있었지요?"
"프트니입니다, 아가씨."
그녀는 생각에 잠기며 말했다.
"남서 제 15국 프트니였나요?"
"드물게도 신문이 정확하게 보도했지요."
"그렇다면 ABC는 런던 사람이라는 말이 되겠군요."
"편지로 봐서는 그렇습니다."
클라크가 말했다.
"녀석을 유인할 어떤 방법을 쓰면 어떨까요? 포아로 씨, 예를 들어 이런 광고를 내보면 어떨는지요. 'ABC, 급한 용건이 있음, HP가 자네를 뒤쫓고 있다. 내 침묵에 대해서 100파운드, XYZ' 그야 이렇게까지 노골적으로 하지는 않더라도. 하지만 착상은 아시겠지요? 그렇게 해서 녀석을 끌어들이는 겁니다."
"그것은 가능성이 있습니다. 좋겠지요."
"녀석을 유인해 놓으면 저를 쏘려고 할지도 모르겠군요."
소러 그레이가 날카롭게 말했다.
"그런 일은 위험하고 어리석다고 생각해요."
"포아로 씨 생각은 어떠십니까?"
"해봐도 그리 손해보지는 않겠지요. ABC는 꽤 교활하기 때문에 걸려들지 않으리라고 생각합니다만."
포아로는 조금 미소지었다.
"클라크 씨, 이렇게 말하면 뭣합니다만, 당신은 아이 같은 기분을 지닌 분이시군요."
프랭클린 클라크는 좀 부끄러운 듯했다. 그는 노트를 보면서 말했다.

"그럼, 일을 시작합시다. 첫째, 버너드 양은 히글리 양을 만나 본다. 둘째, 프레이저 씨는 히글리 양을 만나 본다. 셋째, 메리 양은 앤도버의 아이들을 만나 본다. 넷째, 신문 광고. 모두 그리 희망적이라고는 여겨지지 않습니다만, 기다리는 동안에 할 일이 있다는 건 나쁘지 않지요."

그는 일어섰다. 그리고 2, 3분 뒤 모임은 해산되었다.

에덴에서 온 사람

　포아로는 자리에 돌아와 혼자 콧노래를 부르고 있던 나를 보더니 중얼거리듯 말했다.
"그 아가씨는 너무 똑똑해서 불행해."
"누구 말인가?"
"미건 버너드, 미건 양 말일세. '말일 뿐이에요!' 하고 내뱉었지. 내가 하고 있는 말이 아무 뜻이 없다는 것을 바로 꿰뚫어본 거야. 다른 사람들은 모두 잘 듣고 있었는데 말일세."
"나한테는 지당한 말로 생각되었는데."
"지당하지, 암. 문제는 그것을 그 아가씨가 알아차렸다는 걸세."
"그럼, 그때 자네는 이야기하는 것과 다른 생각을 하고 있었단 말인가?"
"내가 이야기한 것은 하나의 짧은 말로 요약할 수 있는 거였네. 그것을 나는 멋대로 되풀이하고 있었지. 미건 양을 빼고는 아무도 그것을 알아차리지 못했네."
"왜 그렇게 했나?"

"그건…… 일을 진행시키기 위해서였네! 모두에게 할 일이 있다는 그런 인상을 주기 위해서였지. 뭐랄까, 대화를 하기 위해서였다네!"
"그렇게 해서 무엇인가에 이르리라고 생각하나?"
"아, 그건 언제나 있을 수 있는 일이지."
그는 소리죽여 웃었다.
"비극 한가운데에서 희극을 시작하는 셈일세. 음, 그렇지 않은가?"
"무슨 뜻인가?"
"인간 드라마라는 걸세, 헤이스팅즈. 글쎄 잠시 생각해 보게, 여기에 공통의 비극에 의해 묶여진 세 사건의 인물이 있네. 그러다가 제2의 드라마가 시작되네. 전혀 다른 것이 말일세. 자네는 영국에서의 내 첫 번째 사건을 기억하고 있나? 그렇지, 벌써 여러 해 전 일이로군. 나는 사랑하는 두 사람을 함께 있게 해줬지. 그 가운데 하나를 살인죄로 체포함으로써 말일세! 그러지 않고는 해결 방법이 없었을걸! 죽음의 한가운데에서 우리는 살고 있는 걸세. 헤이스팅즈, 나는 늘 생각하지만, 살인 사건은 위대한 결혼 중매인이라네."
나는 화가 나서 말했다.
"포아로, 그 사람들은 아무도 그런 생각을 하지 않을 걸세. 다만……"
"아니, 그럼 자네는 어떤가?"
"나?"
"그렇네. 모두들 흩어져 간 뒤 자네는 콧노래를 부르고 있지 않았나?"
"그리 무감각한 사람이 아니라면 누구나 그럴 수 있는 일 아닌가?"
"그렇지. 그러나 그 곡이 자네의 생각을 나타내고 있었네."
"정말인가?"
"그렇고말고. 콧노래를 부른다는 것은 위험한 일이라네. 그것은 의식 밑의 마음을 나타내거든. 자네가 입 속으로 중얼거리고 있던 곡은 확실히 전쟁 무렵에 유행하던 거였지. 다시 한번 해보겠나?"
나는 낮은 소리로 노래하기 시작했다.

　때로 나는 빨강 머리가 좋아
　때로 나는 금빛 머리가 좋아
　(에덴에서 스웨덴을 거쳐서 온 사람이야)

"이 이상 분명한 게 또 있나? 하기야 나는 금빛 머리 여자쪽이 빨강 머리 여자보다 강하다고 생각하지만."
나는 얼굴이 좀 빨개지며 소리쳤다.
"아니, 포아로!"
"아주 당연한 일이지. 프랭클린 클라크가 갑자기 버너드 양을 마구 동정하기 시작한 것을 보았겠지? 그 사나이가 몸을 얼마나 앞으로 내밀고 그녀 쪽을 보고 있었으며, 그때문에 소러 그레이 양이 얼마나 언짢아해 하고 있었는지 자네는 알아차렸을 걸세. 그리고 도널드 프레이저가……."
"포아로, 자네의 머리는 도저히 감당할 수 없을 만큼 감상적이로군."
"그것은 내 머리에 가장 없는 점일세. 감상적인 것은 자네라네, 헤이스팅즈."
나는 그 점에 대해 강력히 반박하려 했으나, 마침 그때 문이 열렸다. 놀랍게도 소러 그레이가 들어왔다.
그녀는 침착하게 말했다.
"다시 돌아와서 미안합니다, 포아로 씨. 당신에게 얘기해 두고 싶은 게 있어서……."
"알겠습니다, 그레이 양. 앉으십시오."
그녀는 의자에 앉아 잠시 알맞은 말을 찾는 듯 머뭇거렸다.
"포아로 씨, 아까 클라크 씨는 제가 제 의사로 캠비사이드를 떠난 듯 친절하게 말씀해 주셨어요. 그분은 아주 친절하고 훌륭하세요. 그러나 사실을 말하면 그렇지 않아요. 저는 그곳에 그냥 있을 생각이었어요. 골동품 수집에 대한 일이 무척 많았으니까요. 그런데 클라크 부인이 저한테 나가 달라고 말씀하셨어요! 하지만 그건 있을 수 있는 일이지요. 그분은 병이 많이 진행되어 처방약 때문에 머리가 혼란해져 계세요. 의심이 많아져 여러 가지 상상을 하시지요. 그분은 저를 얼마나 싫어하셨던지 끝내 저를 그 집에서 나오도록 하신 거예요."
나는 이 아가씨의 용기를 칭찬하지 않을 수 없었다. 그녀는 흔히 사람들이 하듯 사실을 꾸미려 하지 않고 더없는 솔직함으로 요점에 파고든 것이다. 내 마음은 그녀에 대한 찬탄과 동정으로 가득해졌다.
나는 말했다.
"이런 이야기를 하러 오다니 정말 훌륭합니다."
그녀는 조금 미소지으며 말했다.
"언제나 진실을 말하는 게 좋지요. 저는 클라크 씨의 기사도 정신 뒤에 숨어 있고 싶지 않아요. 그분은 정말 기사 같은 분이세요."
그 말에는 뜨거운 광채가 있었다. 확실히 그녀는 프랭클린 클라크에게 아주 열을 올리고 있는 모양이었다.
포아로가 말했다.

"정말 정직하게 잘 말씀해 주셨습니다, 그레이 양."
소러 그레이는 슬픈 듯이 말했다.
"제게는 큰 타격이었어요. 저는 클라크 부인이 저를 그토록 싫어하고 계시리라고는 생각도 못했었지요. 사실을 말하면 오히려 저는 늘 그분이 저를 좋아해 주고 계시다고 믿었었어요."
그녀는 얼굴을 찡그렸다.
"살아가는 동안에 참 여러 가지 것을 배우게 돼요."
그녀는 일어났다.
"이것만 말씀드리면 돼요. 실례했어요."
나는 그녀를 아래층까지 바래다 주었다.
방으로 돌아오자 나는 말했다.
"그 아가씨는 아주 훌륭해. 용기가 있어, 그 아가씨는."
"그리고 계산도."
"무슨 뜻인가, 계산이라는 것은?"
"앞을 내다보는 눈이 있다는 뜻일세."
나는 의심스럽게 포아로를 보았다.
"정말 아름다운 아가씨야."
"그리고 아주 아름다운 옷을 입고 있지. 그 모로코 크레이프와 은빛 여우 목도리는 최신 유행일세."
"자네는 마치 양품점 점원 같군, 포아로. 나는 다른 사람이 어떤 옷을 입고 있는지 알아차리지 못하네."
"자네는 발가벗고 사는 식민지로 가는 게 좋아."
내가 화가 나서 대꾸하려고 하자 그는 갑자기 화제를 바꾸었다.
"헤이스팅즈, 아무래도 나는 오늘 오후의 대화에서 벌써 어떤 뜻이 담긴 이야기가 나왔었다는 그런 인상을 털어 버릴 수가 없네. 이상해. 정확하게 어느 것이라고 끄집어낼 수는 없지만…… 머리 속을 스쳐 간 인상…… 그것이 무엇인지, 전에 들었던가 본 듯한 생각이 든단 말일세."
"처스턴에 대한 일인가?"
"아니, 처스턴이 아니야. 더 전의…… 뭐, 좋아, 그러다 생각이 나겠지."

그는 나를 보았으나――아마 내가 그리 주의하고 있지 않았던 모양이다――웃어 버리고 다시 콧노래를 부르기 시작했다.

"그 아가씨는 천사야, 그렇잖은가? 에덴에서 스웨덴을 거쳐서 온 사람 말일세."
"놀리지 말게, 포아로."

클라크 부인

 우리가 두 번째로 찾아갔을 때, 캠비사이드에는 깊숙이 가라앉은 우수에 찬 분위기가 있었다.
 그것은 어쩌면 날씨 탓이었는지도 모른다. 안개 짙은 9월 어느 날로, 소리없이 스며드는 가을 느낌이 있었다.
 또 다른 한편으로는 확실히 거의 침묵에 빠져든 듯한 그 집의 상태에서 오는 것임에 틀림없었다. 아래층 방들은 닫혀 있는 채였고, 우리들이 안내된 조그만 방은 축축한 냄새가 풍겼고 갑갑했다.
 부지런해 보이는 간호사가 풀이 빳빳한 소매를 잡아당기며 나왔다. 그녀는 활발하게 말했다.
 "포아로 씨시지요? 저는 캡스틱 간호사예요. 클라크 씨 편지로 오신다는 것을 알고 있었어요."
 포아로는 클라크 부인의 용태를 물었다.
 "결코 나쁘다고 할 수는 없어요. 여러 가지 점을 고려한다면 말예요."
 '여러 가지 점을 고려한다면'이라는 말은 죽음의 선고를 받고 있다는 점을 염두에 두면이라는 뜻이라고 나는 생각했다.
 "물론 좋아지시기를 바랄 수는 없지만, 새로운 조치를 취해 더욱 편안히 게실 수 있게 해드리고 있지요. 로건 선생님도 지금 용태에 만족하고 계세요."
 "그러나 이제 결코 회복될 수 없다는 게 확실합니까?"
 캡스틱 간호사는 이 노골적인 물음에 좀 놀란 듯했다.
 "오, 그런 뜻으로 뚜렷이 말씀드리는 것은 아니예요."
 "카마이클 경이 돌아가신 일이 부인에게 큰 충격이었겠지요?"
 "포아로 씨, 제가 말씀드리는 것을 이해하실지 모르겠지만, 건강과 체력을 함께 가진 분들과 마찬가지 뜻에서의 충격이란 그리 대단치 않아요. 클라크 부인 같은 용태에서는 사물이 불분명해지니까요."
 "이런 것을 질문해서 실례입니다만, 부인과 카마이클 경은 서로 깊이 사랑하고 계셨나요?"
 "그렇고말고요. 두 분은 아주 행복한 부부였어요. 클라크 경께서는 보기 딱할 정도로 부인 일을 걱정하고 계셨지요. 그래서 그분은 언제나 수심에 잠겨 계셨어요. 그럴듯하게 꾸민 희망으로 기운을 찾는 그런 분은 아니셨으니까요. 처음에는 아주 마음에 걸려 하시는 것 같았지요."
 "처음? 나중에는 그렇지 않았다는 이야기입니까?"
 "무슨 일에나 익숙해지게 마련이니까요, 그렇잖아요? 게다가 카마이클 경께서는 수집하는 취미가 있었으니 말예요. 취미란 남자분들에게 있어 큰 소일거리가 되지요. 쓸 만한 물건이 나오면 사러 가시고, 그 뒤에는 그레이 양과 함께 집안 진열실의 목록이며 진열을 바꾸는 데 정신을 쏟으셨어요."
 "아, 그래, 그레이 양이었지요. 그분은 여기를 떠났다지요?"
 "네, 정말 안됐다고 생각해요. 하지만 부인들이란 병중에 있으면 여러 가지 것을 상상하곤 하지요. 게다가 해명의 여지가 없었지요. 그대로 받아들이는 것이 오히려 나았어요. 그레이 양은 이해심이 있는 분이에요."

"클라크 부인은 내내 그녀를 싫어했습니까?"

"아니오. 싫어하셨다고는 할 수 없을 거예요. 사실을 말하면 처음에는 오히려 좋아하시는 듯했어요. 그런데 여기서 제 얘기로 지체하셔서는 안 되겠네요. 클라크 부인이 걱정하고 계실 테니까요."

그녀는 층계를 올라가 우리를 2층 방으로 데려갔다. 본디 침실이었던 곳을 쾌적한 거실로 바꾼 방이었다. 클라크 부인은 창 가까이의 커다란 안락의자에 앉아 있었다. 그녀는 안쓰러울 만큼 여위어 얼굴은 잿빛이었고 병고에 시달리는 사람의 바싹 마른 모습을 하고 있었다. 그녀는 꿈꾸는 듯한 눈길로 좀 먼 곳을 보고 있었는데, 나는 그 눈동자가 핀 끝쯤밖에 되지 않는 것을 알아차렸다.

캡스틱 간호사가 높고 밝은 목소리로 소개를 했다.

"만나고 싶어하시던 포아로 씨세요."

클라크 부인이 멍하니 바라보며 말했다.

"오, 포아로 씨세요?"

그녀는 손을 내밀었다.

"친구인 헤이스팅즈입니다, 클라크 부인."

"두 분 다 잘 와주셨어요."

우리는 그녀의 멍한 권유에 따라 의자에 앉았다. 침묵이 이어졌다. 클라크 부인은 꿈이라도 꾸고 있는 듯한 모습이었다.

잠시 뒤 그녀는 스스로를 격려하듯 말했다.

"카의 일 때문에 오셨었지요? 카가 죽은 일 때문이었지요? 네, 그랬었어요."

그녀는 한숨을 쉬고는 한층 더 멍하니 고개를 흔들었다.

"그렇게 되리라고는 생각지도 못했어요. 제가 먼저 가게 될 것으로 생각하고 있었는데……."
그녀는 잠시 무언가 생각에 잠겨 있는 것 같았다.
"카는 아주 건강했어요. 그 나이치고는 이상할 정도로요. 결코 앓는 일이 없었어요. 이젠 거의 60살이 다 되었지만 50살쯤으로 밖에 보이지 않았지요. 그래요, 정말 건강해서……."
그녀는 다시 꿈속에 빠져들었다. 포아로는 어떤 종류의 약 효능에 대해 알고 있었고, 그것이 사용자에게 얼마나 무한한 시간을 느끼게 해주는지도 알기 때문에 아무 말도 하지 않았다. 클라크 부인은 다시 갑자기 이야기하기 시작했다.
"그래요, 정말 잘 와주셨어요. 저는 프랭클린에게 말했지요. 시동생은 당신에게 이야기하는 것을 잊지 않겠다고 말했어요. 프랭클린이 바보짓을 하지 않으면 좋겠는데…… 그는 금방 말려들고 말아요. 그토록 세상을 두루 돌아다녔는데도 말예요. 남자란 모두 그렇지요, 언제까지나 어린아이같이. 프랭클린은 유난히 그렇답니다."
포아로가 말했다.
"그분은 아주 솔직하지요."
"그래요. 게다가 또 기사도적인 데가 있어요. 남자란 그런 식으로 바보랍니다. 카도 역시……."
그 목소리가 꺼져 갔다.
그녀는 열이 오르는 듯 신경질적으로 입술을 움직였다.
"모두 멍청해서…… 몸이란 귀찮은 것이에요, 포아로 씨. 특히 그것이 우세하게 될 때에는. 그만 다른 것은 생각지 못하게 되고 말지요. 이 괴로움이 없어지는가, 없어지지 않는가 그것만…… 다른 것은 아무래도 좋게 되고 말아요."
"알겠습니다, 클라크 부인. 이것이 인생의 비극적인 한 면입니다."

"그것이 저를 바보로 만들어 버려요. 당신에게 이야기하려던 것을 생각해 낼 수가 없군요."
"카마이클 경이 돌아가신 일에 대해서가 아니었습니까?"
"카가 죽은 일? 네, 아마도 그랬을 거예요. 가엾은 미친 사람, 그 살인범을 이야기하는 거예요. 요즘은 너무 소란떨며 스피드만 내기 때문이에요. 사람들이 견딜 수 없게 된 거지요. 저는 언제나 미친 사람을 측은하게 여기고 있었어요. 그 사람들의 머리는 이상하게 느끼고 있을 게 틀림없어요. 그리고 감금되어…… 얼마나 무섭겠어요. 하지만 달리 무엇을 할 수 있겠어요? 그들이 사람을 죽인다면……"
그녀는 고개를 흔들었다. 얼마쯤 불쾌한 듯이. 그리고 물었다.
"아직 잡히지 않았겠지요?"
"네, 아직 못 잡았습니다."
"그날 틀림없이 이 근처를 서성거리고 있었을 거예요."
"그렇지만 많은 피서객들이 있었습니다, 클라크 부인. 마침 여름 휴가 때라서요."
"그랬었지요. 잊고 있었어요. 하지만 피서객들은 바닷가에 있어서 집 쪽으로는 오지 않아요."
"그날 수상한 자는 집 가까이에 오지 않았습니다."
클라크 부인이 갑자기 기운차게 되물었다.
"누가 그렇게 말했지요?"
포아로는 좀 놀라는 듯했다.
"하인들과 그레이 양이 말했습니다."
클라크 부인은 아주 또렷하게 말했다.
"그 여자는 거짓말쟁이예요!"
나는 의자에서 벌떡 일어섰다. 포아로가 내 쪽을 흘끗 보았다.

"저는 그 여자가 싫었어요. 한 번도 좋아한 적이 없어요. 카는 완전히 믿고 있었지요. 그녀가 고아여서 이 세상에 오직 혼자뿐이라는 말을 늘 했었어요. 고아가 뭐 나쁘지요? 때로는 그것이 은근한 축복일 경우도 있어요. 아무 짝에도 쓸모없는 아버지나 주정꾼 어머니가 있어 봐요. 그렇게 되면 불만이 많아지지요. 그 여자가 용감하고 일을 잘한다고 했지만, 저더러 말하라면 그녀는 자기 일을 깨끗이 하고 있지 않았어요! 그 용감하다는 것도 어디서 나오는 것인지 알 게 뭐예요."
캡스틱 간호사가 끼여들어 말했다.
"그렇게 흥분하시면 안 돼요. 지치시면 안 됩니다."
"저는 곧 그 여자를 내쫓았어요! 프랭플린은 그 여자가 내 말벗이 될지도 모른다는 바보 같은 소리를 했지요. 정말이지 그런 말벗이라니! 빨리 없어져 주는 게 훨씬 낫지. 저는 그렇게 말해 주었어요! 프랭클린은 바보예요! 시동생이 그 여자한테 걸려들지 않기를 바래요! 프랭클린은 소년처럼 아무 분별이 없어요! 저는 '석 달치 월급을 주겠어요. 그 대신 곧바로 나가 줬으면 해요. 나는 하루도 그 여자가 이 집에 있기를 바라지 않아요!'라고 말해 줬지요. 병들어 누워 있는 일에도 좋은 점은 있어요. 사람들이 결코 거역하지 않으니까요. 프랭클린이 제 말대로 해서 그 여자는 나갔어요. 아마도 순교자처럼…… 더욱 온순하고 더욱 용감하게!"
"어머나, 그렇게 흥분하시면 안 돼요. 몸에 나빠요."
클라크 부인은 손을 흔들어 캡스틱 간호사를 비키게 했다.
"당신도 그 여자에 대해서는 다른 사람과 마찬가지로 바보예요."
"어머나, 그렇게 말씀하시면 안 돼요. 저는 그레이 양을 좋은 아가씨라고 생각하고 있었어요. 소설 속에서 빠져 나온 사람같이 로맨틱하고……"

클라크 부인은 힘없이 말했다.
"당신 같은 사람들은 견딜 수가 없어요."
"하지만 이젠 가버렸어요. 바로 나가 버렸지요."
클라크 부인은 신경질적으로 힘없이 고개를 흔들었으나 말은 하지 않았다. 포아로가 말했다.
"어째서 그레이 양이 거짓말쟁이라는 겁니까?"
"거짓말을 하니까 그런 거예요. 그 여자는 당신에게 집 쪽으로 수상한 사람이 오지 않았다고 말했다면서요?"
"네."
"그러니 말예요. 저는 이 눈으로 이 창문에서 봤어요. 정면 출입구 층계 있는 데서 그 여자가 전혀 본 적 없는 사람과 이야기하고 있는 걸 말예요."
"그게 언제 일입니까?"
"카가 죽은 날 오전…… 11시쯤이었어요."
"그 남자는 어떻게 생겼습니까?"
"흔한 인상으로, 특히 색다른 점은 없었어요."
"신사였습니까, 장사꾼이었습니까?"
"장사꾼은 아니지만 초라한 모습을 하고 있었어요. 잘 기억 못하겠지만."
갑자기 고통스러운 듯한 떨림이 그녀 얼굴에 나타났다.
"이제…… 그만 가주세요. 좀 피곤하니까요. 간호사?"
우리는 그녀의 말대로 작별을 고했다.
런던으로 돌아가는 기차 속에서 나는 포아로에게 말했다.
"이상한 이야기로군. 그레이 양과 낯선 남자에 대한 일 말일세."
"헤이스팅즈, 그러니 내가 말한 대로 아닌가. 언제나 무엇을 발견할 수 있는 법이라고."

"그녀는 왜 아무도 못 보았다고 거짓말을 했을까?"
"일곱 가지의 다른 이유를 들 수가 있지. 그 하나는 아주 간단해."
"그것은 나를 공격하기 위해서인가?"
"아마 자네 재능을 발휘해 줘야 되겠지. 그러나 지금 여기서 우리가 시끄럽게 떠들 필요는 조금도 없네. 가장 좋은 것은 그녀 자신에게 직접 묻는 거야."
"하지만 또 다른 거짓말을 하겠지."
"그렇다면 아주 재미있는 일이 되지 않겠나. 무척 암시적이지."
"그런 아가씨가 살인광과 관련있다는 건 상상도 할 수 없어."
"그렇네. 나도 그렇게는 생각지 않네."
나는 잠시 생각에 잠겨 있었다. 나는 마침내 한숨을 섞어 말했다.
"예쁜 아가씨라는 것도 매우 괴로운 일이군."
"그럴 리 있나. 그런 생각은 버려야 하네."
나는 우겼다.
"아니, 정말일세. 모든 사람의 손이 그녀가 예쁘다는 이유 하나만으로, 오직 그때문만으로 그녀에게 적의를 품고 내밀어지네."
"어리석은 소리 말게, 헤이스팅즈. 캠비사이드에서 누구의 손이 그녀에게 돌려져 내밀어졌나? 카마이클 경의 것이었나? 프랭클린의 것이었나? 아니면 캡스틱 간호사의 것이었나?"
"클라크 부인은 확실히 그랬네."
"자네는 젊고 예쁜 아가씨에 대한 일이라면 금방 동정심으로 가득 차 버리는군. 나는 오히려 병들어 누워 있는 노부인을 동정하고 싶네. 클라크 부인만이 사물을 잘 보는 사람이고, 그밖에는 그 남편도, 프랭클린 클라크 씨도, 캡스틱 간호사도 모두 박쥐처럼 눈이 멀었을 수도 있잖나. 그리고 헤이스팅즈 대위도, 알겠나, 헤이스팅즈, 여느 사건의 경과에서는 이 세 가지의 저마다 떨어진 드라마는 서로 연관을 가지는 일이 없는 법일세. 그것들은 서로 연관되는 일 없이 저마다의 경과를 가졌을 거야. 생의 교환, 결합이라는 것이지. 헤이스팅즈, 그렇게 생각하면 나는 매료되지 않을 수 없네."
"자, 패딩턴일세."
그것이 내가 할 수 있는 단 하나의 대답이었다.
누군가가 거품을 터뜨릴 때라고 나는 느꼈던 것이다.
화이트 헤이븐 저택에 닿으니 한 신사가 포아로를 만나고 싶다며 기다리고 있다고 했다.
나는 프랭클린이나 재프 경감일 거라고 생각했는데, 놀랍게도 그것은 다름아닌 도널드 프레이저였다.
그는 몹시 난처한 듯 말의 불명료함이 전보다 더 심해진 것 같았다. 포아로는 그가 찾아온 요점으로 그를 무리하게 끌고가려 하지 않고 샌드위치와 포도주 한 잔을 권했다.
포아로는 그것들이 오기까지 이야기를 혼자서 끌고 나가며 우리가 어디를 다녀왔는지 이야기했다. 그리고 그 병든 부인에 대해 친절과 동정을 나타내 보였다.
샌드위치와 포도주를 먹고 나자 그제야 겨우 그는 개인적인 화제로 들어갔다.
"벡스힐에서 왔습니까, 프레이저 씨?"
"그렇습니다."
"히글리 양 일은 잘되어 갑니까?"
"히글리 양이라고요? 히글리 양이라고요?"
프레이저는 그 이름을 이상스러운 듯 되풀이했다.
"아, 그 여자 말입니까? 아니오, 저는 아무것도 하지 않았습니다. 그것은……"
그는 말을 끊었다. 그리고 신경질적으로 손을 꼬았다.

그는 갑자기 소리쳤다.

"무엇 때문에 여기 왔는지 모르겠습니다."

포아로가 말했다.

"나는 알 것 같습니다."

"그럴 리 없습니다. 어떻게 아십니까?"

"당신이 여기 온 것은 누구에겐가 말하지 않으면 안 될 무엇이 있기 때문입니다. 당신은 옳았습니다. 나는 그런 일에 알맞은 사람이지요. 자, 이야기해 보십시오!"

안심시켜 주는 듯한 포아로의 태도가 효과를 거두었다. 프레이저는 감사하는 듯이 이상할 만큼 유순한 태도로 포아로를 바라보았다.

"그렇게 생각합니까?"

"물론 그렇게 생각하고말고요."

"포아로 씨, 당신은 꿈에 대해 아십니까?"

그가 그런 말을 꺼내리라고는 꿈에도 생각지 못했다. 그러나 포아로는 조금도 놀란 눈치를 보이지 않았다. 그는 대답했다.

"압니다. 꿈을 꾸셨군요?"

"그렇습니다. 그것은 아주 당연한 일이라고 말씀하시겠지요. 그렇지만 제가…… 그 일로 꿈꾼 것은 보통 꿈이 아닙니다."

"그렇다면?"

"저는 사흘 밤 동안 계속 꿈을 꾸었습니다…… 미칠 것 같습니다."

"이야기해 보십시오."

젊은이의 얼굴은 납빛이었다. 눈알이 얼굴에서 튀어나올 듯했고, 정말 미친 사람 같았다.

"언제나 같습니다. 저는 바닷가에 서서 베티를 찾고 있습니다. 그녀는 보이지 않습니다. 아시겠습니까? 그저 보이지 않는 겁니다. 그러나 그녀를 찾아야만 합니다. 저는 그녀에게 벨트를 주지 않으면 안 됩니다. 저는 그것을 손에 가지고 있습니다. 그러면……."
"그러면?"
"꿈이 바뀌어…… 저는 이미 그녀를 찾고 있지 않습니다. 그녀는 제 앞에 있습니다. 모래톱에 앉아 있는 겁니다. 그녀는 제가 다가가는 것을 모르고 있습니다. 그리고…… 아, 도저히 말할 수 없습니다."
"계속하십시오."
포아로의 목소리는 권위 있는 사람처럼 단호해져 있었다.
"저는 그녀 뒤로 돌아갑니다. 그녀는 모르고 있습니다. 저는 그 목에 벨트를 감아 잡아 당겨…… 오…… 잡아당겨……."
그 비명은 아주 처절했다. 나는 의자 팔걸이를 붙잡았다. 그의 이야기는 너무나 실감이 있었다.
"그녀는 숨이 막혀서…… 죽어 있습니다. 제가 목을 조른 겁니다. 그리고 제가 그녀의 목이 축 늘어져 있는 그 얼굴을 봅니다…… 그러면 그것은 베티가 아니라 미건 양입니다!"
그는 새파랗게 질려 떨면서 의자에 기댔다. 포아로는 포도주를 한 잔 더 따라 그에게 내밀었다.
"이건 무슨 뜻일까요, 포아로 씨? 어째서 이런 꿈을 꾸는 걸까요? 날마다 계속해서……."
포아로가 명령했다.
"포도주를 드십시오."
젊은이는 시키는 대로 하고 나서 얼마쯤 가라앉은 목소리로 물었다.
"어떻게 된 일일까요? 제가…… 제가 그녀를 죽인 것은 아닌데도요?"
포아로가 뭐라고 대답했는지 나는 모른다. 마침 그때 우편배달부의 노크 소리를 듣고 기계적으로 방을 나갔던 것이다.

그리고 내가 우편함에서 꺼낸 것은 도널드 프레저의 이상한 이야기에 대한 내 흥미를 모조리 날려 버리고 말았다.

나는 거실까지 달려갔다.

"포아로, 왔네. 네 번째 편지가!"

그는 뛰어 일어나 낚아채어 종이칼로 봉투를 잘라 테이블 위에 편지를 펼쳤다. 세 사람이 함께 그 편지를 읽었다.

아직 성공하지 못하는가? 흐흐! 흐흐! 너와 경찰은 뭘 하고 있느냐? 그야말로 재미있군. 자, 그럼, 다음에는 어디로 하면 좋을까?

가엾은 포아로여, 정말 안됐군그래.

처음에 성공 못했으니, 몇 번이고 되풀이해 봐.

길은 아직 멀다.

티패럴리? 아니, 그건 훨씬 뒤의 일, T의 차례가 되었을 때에.

다음 차례의 조그만 사건은 9월 11일 던캐스터(Doncaster)에서 일어날 것이다. 그럼, 안녕.

ABC

범인의 인상

 포아로가 인간적 요소라고 부르던 게 화면에서 사라지기 시작한 것은 이때부터인 듯 여겨진다. 그것은 마치 사람 마음이 엄청난 공포를 견딜 수 없어서 평범한 인간적 관심을 위해 잠시 사이를 둔 거나 다름없는 일이었다.
 우리는 모두 네 번째 편지가 D 살인 계획을 알려 오기까지 아무것도 할 수 없다고 생각하고 있었다. 그리고 그 기다리는 동안의 분위기가 긴장을 무너뜨려 가고 있었던 것이다. 그러나 이제 하얗고 딱딱한 종이의 비웃는 듯한 활자체와 함께 또다시 사냥이 시작되었다.
 크롬 형사가 경찰국에서 달려왔다. 그리고 그가 아직 있는 동안에 프랭클린 클라크와 버너드 양이 나타났다. 버너드 양은 자기도 벡스힐에서 왔다고 말했다.
 "클라크 씨께 여쭈어 보고 싶은 게 있었어요."
그녀는 자기 행동을 변명하고 설명하느라 열심인 것 같이 보였다. 나는 그리 중요한 일이 아닐 거라고 생각하면서도 그 사실을 마음에 두고 있었다.

편지 일로 내 머리 속이 가득 차서 다른 일은 자연히 머리에 들어오지 않았다.

크롬 형사는 이 드라마에 여러 인물이 등장하는 것을 그리 좋아하지 않는 듯 아주 사무적으로 행동하고 있었다.

"이 편지는 가져가겠습니다, 포아로 씨. 만일 복사한 게 필요하시다면……."

"아니, 필요없습니다."

클라크가 물었다.

"당신 계획은 어떤 것입니까, 크롬 형사님?"

"꽤 광범위합니다, 클라크 씨."

"이번에야말로 녀석을 잡지 않으면 안 됩니다. 우리는 이 사건을 해결하기 위해 우리들 스스로의 조직을 만들었습니다, 크롬 형사님. 관계자 수사대라는 거지요."

크롬 형사는 다만 정중하게 말했다.

"네, 그렇습니까?"

"당신은 아마추어에 대해 그리 비중을 두시지 않는 모양이군요, 크롬 형사님?"

"당신들에게는 우리와 같은 힘이 없잖습니까."

"우리들에게는 우리 나름의 생각이 있습니다. 그것도 무언가 도움이 되지요."

"네, 그렇습니까?"

"당신들 쪽 일도 그리 쉽지는 않은 모양이군요, 크롬 형사님. 사실 ABC한테 또 당한 꼴이 아닙니까."

크롬 형사는 자기 방법이 실패한 것 같을 때는 자극을 받아 연설조가 되는 모양이었다.

"이번에는 우리들의 조처에 대해 사람들이 그리 비평하지 않으리라 생각합니다. 그 바보 녀석이 이번에는 충분한 경고 기간을 주었지요. 11일은 다음 주 수요일입니다. 신문으로 널리 알릴 수 있는 충분한 시간이 있습니다. 던캐스터에 완전히 경고가 되겠지요. D로 시작되는 이름의 사람은 모두 조심할 겁니다. 그것은 꽤 효과적인 일입니다. 그리고 우리는 아주 대규모로 경관을 배치할 작정입니다. 이미 온 영국 경찰서장들의 동의를 얻어 준비가 됐습니다. 온 던캐스터가, 경찰도 시민도 한몸이 되어 이 한 사나이를 잡을 태세를 갖추고 있습니다. 그러니 지독한 불운만 따르지 않는다면 놈을 잡을 수 있을 겁니다!"

클라크가 조용히 말했다.

"당신이 경기를 그리 좋아하지 않는 분이라는 것을 곧 알 수 있군요, 크롬 형사님."

크롬 형사는 상대방을 쳐다보았다.

"무슨 뜻이지요, 클라크 씨?"

"다음 주 수요일에 던캐스터에서 세인트 레저 경마가 있는 것을 모르시는군요?"

크롬 형사의 턱이 처졌다. 이번에야말로 그의 입버릇인 '네, 그렇습니까?'가 나오지 않았다. 그는 말했다.

"그렇군요, 그렇지, 사태가 매우 복잡해지는군요."

"ABC는 바보가 아닙니다, 미치광이긴 하지만."

우리는 그 상황을 생각하며 잠시 침묵해 있었다. 경마장의 군중, 열광한 영국의 스포츠 팬들, 끝없는 복잡함이었다.

포아로가 중얼거렸다.

"좋은 착안이야, 역시 잘 생각하고 있군. 녀석은."

클라크가 말했다.

"제 생각에는 살인이 경마장에서 일어나지 않을까 여겨집니다. 아마도 경마가 한창 진행되고 있을 때……."

한순간 그 스포츠 팬의 본능이 머리 속에서 순간적인 쾌락을 즐기고 있는 듯했다.

크롬 형사는 일어나 편지를 집었다.

"세인트 레저라니 복잡하게 됐군요, 운이 나쁘구먼."

그는 돌아갔다. 복도에서 사람 목소리가 들렸다. 소러 그레이가 들어왔다. 그녀는 염려스러운 듯 말했다.

"또 새로운 편지가 왔다고 크롬 형사님이 말씀하셨는데, 이번엔 어디지요?"

밖에는 비가 내리고 있었다. 소러 그레이는 검은 외투에 스커트를 입고 털목도리를 하고 있었다. 그리고 그 금빛 머리에는 조그만 검은 모자가 얹혀 있었다.

그녀가 말을 건네고 있는 사람은 프랭클린 클라크였다. 그녀는 곧장 그에게로 가서 그 팔에 손을 얹고 대답을 기다리고 있었다.

"던캐스터! 그리고 세인트 레저가 있는 날입니다."

우리는 이야기를 나누기 위해 자리에 앉았다. 물론 모두 현장으로 달려갈 생각이었지만, 경마가 있다는 것은 분명 미리 가상해서 만들어 둔 계획을 복잡하게 했다.

나는 어쩐지 기운이 빠져 버렸다. 아무리 사건에 대해 관심이 크다 할지라도 이 여섯 사람의 조그만 힘으로 무엇을 할 수 있단 말인가? 날카로운 눈을 한 준민한 수많은 경관들이 여러 곳을 지키고 있다. 거기에 여섯 쌍의 눈이 더해졌다 해서 얼마나 효과가 있을 것인가?

마치 내 생각에 대답하듯 포아로가 목소리를 높였다. 그는 학교 선생같이 말했다.

"여러분, 우리는 힘을 분산시키면 안 됩니다. 우리들의 생각에 방법과 순서를 정리해 가며 이 사건에 다가가야 합니다. 외부에서뿐만 아니라 내부에서도 진실을 추구하며 찾아가야 되는 겁니다. 우리는 모두 저마다 자신에게 자기는 범인에 대해 무엇을 알고 있는지 물어 보지 않으면 안 됩니다. 그리하여 우리가 찾는 사나이의 몽타주를 만들어야 됩니다."
소러 그레이가 힘없이 한숨을 지었다.
"우리는 그에 대해 아무것도 아는 게 없어요."
"아니, 그렇지 않습니다. 우리들 모두가 그에 대해 무엇인가를 알고 있지요. 만일 우리가 스스로 알고 있는 게 무엇인지 알기만 한다면, 나는 그 해답은 거기에 있다고 확신합니다. 만일 우리가 그것을 손에 넣을 수 있기만 하다면."
클라크는 고개를 저었다.
"우리는 아무것도 알지 못합니다. 그 사나이가 나이가 들었는지 젊은지, 흰지 검은지! 우리들 가운데 아무도 그 사나이와 만난 적이 없으며 이야기한 일도 없습니다. 우리가 알고 있는 이야기는 몇 번이고 되풀이해서 모두 했습니다."
"모두 한 게 아닙니다. 예를 들어 그레이 양은 카마이클 경이 살해된 날 낯선 사람을 만나 이야기한 일이 전혀 없다고 했지요?"
소러 그레이는 고개를 끄덕였다.
"네, 그래요."
"정말 그렇습니까? 당신이 정면 출입구 층계 있는 데서 한 사나이와 이야기하고 있는 것을 클라크 부인이 창문으로 보았다고 하던데요."
"그분이 낯선 사람과 이야기하는 저를 보았다고요?"
그녀는 정말 놀란 모양이었다. 그 청순한 눈길은 분명 진실되게 여겨졌다.

그녀는 고개를 저었다.
"틀림없이 클라크 부인이 잘못 아셨을 거예요. 저는 결코……
오!"

그 외침은 느닷없이 그녀 입에서 새어 나왔다. 볼이 새빨갛게 물들었다.

"생각났어요! 어쩌면 이럴 수가! 깨끗이 잊고 있었어요. 하지만 중요한 일은 아니예요. 자주 양말 같은 것을 팔러 오는…… 뭐랄까, 군대에 갔다 온 그런 사람 가운데 하나였지요. 아주 귀찮게 굴었어요. 그래서 겨우 쫓아 보냈었지요. 마침 홀을 지나가는데 문가로 와서 벨도 누르지 않고 말을 걸더군요. 하지만 조금도 나쁜 일을 할 것 같은 느낌은 주지 않았어요. 그래서 잊고 있었던 거예요."

포아로는 머리를 감싸 쥐고 양옆으로 흔들었다. 그는 무언가 격렬하게 중얼거리고 있었으므로 모두들 말없이 그쪽을 보고 있었다.

"양말…… 양말…… 양말…… 양말…… 이거야…… 양말…… 양말…… 이것이 열쇠다. 그렇지…… 석 달 전…… 그리고 그날…… 그리고 지금. 그래, 알았어!"

그는 일어나 긴박한 눈길로 나를 보았다.

"기억하고 있나, 헤이스팅즈? 앤도버의 그 가게에서 2층으로 올라가 침실로 들어갔을 때, 의자 위에 새 양말이 한 켤레 있었지. 그리고 이제 이틀 전 내 주의를 불러일으켰던 게 무엇인지 알게 됐네. 그리고 당신이었지요, 미건 양?"

그는 미건 쪽을 돌아보았다.

"살해된 그날 베티에게 주려고 새 양말을 샀다고 하며 어머니가 울고 계셨다고 말한 것은."

그는 우리를 둘러보았다.

"아시겠지요! 세 번이나 되풀이된 같은 단서입니다. 이것은 우연의 일치가 아닙니다. 미건 양이 말했을 때, 나는 그것이 무엇과 연관이 있는 듯한 느낌이 들었습니다. 이제 그것을 알았습니다. 애셔 부인의 이웃에 사는 파울러 부인이 한 말입니다. 무슨 물건을 팔러 오는 사람들 이야기며 양말 이야기를 했었지요. 미건 양, 어떻습니까, 어머니가 양말을 사신 것은 가게가 아니고 집집을 찾아다니는 행상인에게서가 아니었을까요?"

"그래요…… 그래요…… 어머니는 그렇게 말씀하셨어요. 겨우 생각나는군요. 어머니는 이집 저집 돌아다니며 물건을 파는 사람들이 가엾다고 말씀하셨던 것 같아요."

프랭클린이 소리쳤다.

"그러나 어떤 연관이? 그런 남자가 양말을 팔러 왔다는 것이 어떻다는 겁니까?"

"알겠습니까, 여러분? 이것은 결코 우연의 일치일 수 없습니다. 세 가지 사건, 그때마다 한 남자가 와서 그곳을 살펴보고 간 겁니다."

그는 소러 그레이 쪽으로 빙그르르 돌아 앉았다.

"제발! 그 남자의 생김새를 이야기해 주십시오!"

그녀는 멍하니 그를 보았다.

"말할 수 없어요…… 어떻게 말해야 좋을지 모르겠어요. 안경을 쓰고 있었던 것 같아요. 그리고 초라한 외투를 입고 있었지요……."

"더 자세히, 소러 양."

"등이 구부정했어요…… 모르겠어요. 저는 거의 보지 않았는걸요. 주의를 끄는 사람이 아니었어요."

포아로는 신중하게 말했다.

"말씀대로입니다, 그레이 양. 이 살인사건의 모든 비밀은 당신이 그 범인의 생김새를 묘사해 주는 데 달려 있습니다. 왜냐하면 그 사나이가 분명 범인이기 때문입니다. 주의를 끄는 사람이 아니었다. 그렇습니다. 그것이 틀림없습니다. 당신이 살인범의 생김새를 말해 준 겁니다!"

삽화

앨릭잰더 보너퍼트 캐스트 씨는 조용히 앉아 있었다. 그의 아침 식사는 손대어지지 않은 채 그릇 속에서 차갑게 식어 있었다.

신문이 찻잔에 기대 세워져 있었다. 그것은 캐스트 씨가 타는 듯한 흥미를 가지고 읽고 있던 것이었다.

갑자기 그는 일어나 잠시 서성거리더니 창가의 의자에 앉았다. 그는 신음 소리를 죽이며 두 손으로 머리를 감싸 쥐었다.

그는 문 열리는 소리를 듣지 못했다. 집 주인 머벌리 부인이 문가에 서 있었다.

"저는 이렇게 생각해요, 캐스트 씨. 만일 당신이 어떤 희한한…… 아니, 왜 그러세요? 어디 불편하세요?"

캐스트 씨는 손으로 감싸 쥐고 있던 머리를 들며 말했다.

"괜찮습니다. 정말 괜찮습니다, 머벌리 부인. 왠지 오늘 아침엔 기분이 그리 좋지 않군요."

머벌리 부인은 아침 식사 쟁반을 들여다보았다.

"그런 것 같군요. 아침 식사에 손도 대지 않았으니. 또 머리가 아프기 시작했나요?"

"아니, 네, 조금……왠지 좀 기분이 좋지 않군요."

"그렇다면 조심하셔야겠네요. 그럼, 오늘은 쉬시겠지요?"

캐스트 씨는 갑자기 튀어 일어났다.

"아니, 아니, 가야 합니다. 일이니까요. 소홀히 할 수 없는…… 결코 소홀히 할 수 없는 일입니다."

그의 두 손이 떨리고 있었다. 그토록 흥분되어 있는 것을 보고 머벌리 부인은 그의 마음을 가라앉히려 했다.

"그렇군요, 꼭 나가서야만 한다면 어쩔 수 없지요. 오늘은 멀리 가시나요?"

"아닙니다. 가는 곳은……."

잠시 망설이다가 그는 말했다.

"첼테넘입니다."

그 말투에 무언가 이상하게 어울리지 않는 데가 있어서 머벌리 부인은 깜짝 놀랐다. 그녀는 이야기를 풀어 나가듯 말했다.

"첼테넘은 좋은 데지요. 저는 어느 해엔가 브리틀에서 그리로 갔었어요. 가게가 또 아주 깨끗하더군요."

"그렇겠지요…… 그럴 겁니다."

머벌리 부인은 구겨진 채 바닥에 떨어져 있는 신문을 주워 올리려고 엉거주춤 허리를 굽혔으나, 그 자세는 그녀의 몸집으로는 쉽지 않았다.

테이블에 그것을 올려놓기 전에 활자를 흘끔 보고 그녀는 말했다.

"요즘 신문은 살인사건 말고는 읽을 게 없어요. 등골이 오싹하다니까요, 정말. 나는 읽지 않아요. 모두 다 그 살인마 잭과 꼭 같아요."

캐스트 씨의 입술이 움직였으나 소리는 나오지 않았다.

"던캐스터, 이번에는 거기서 살인이 있을 거라더군요. 더욱이 내일이지요? 정말이지 소름끼쳐요. 만일 내가 던캐스터에 살고 이름이 D로 시작된다면 나는 첫 기차로 달아나겠어요. 네, 그러고말고요. 위험한 일은 하지 않는 게 좋아요. 뭐라고 말씀하셨지요, 캐스트 씨?"
"아니오, 머벌리 부인, 아무것도."
"경마가 있다더군요. 틀림없이 좋은 기회라고 생각했을 거예요. 많은 경찰들이 경비를 서게 된다나 봐요. 어머나, 캐스트 씨, 아무래도 편찮으신 것 같아요. 뭐 좀 마시는 게 좋지 않을까요? 정말이지 오늘은 나가지 않는 게 좋겠어요."
캐스트 씨는 일어섰다.
"가야 됩니다, 머벌리 부인. 저는 지금까지 제 계약을 꼭꼭 지켜 왔습니다. 사람들이 모두 신용해 주지 않으면 안 됩니다! 저는 무엇이든 한 가지 계획을 세우면 반드시 그것을 해내고야 맙니다. 일이란 그렇게 해야만 하지요."
"하지만 병이 났잖아요?"
"병이 아닙니다, 머벌리 부인. 그저 조금…… 여러 가지 개인적인 일로 우울해 있었을 뿐입니다. 잠을 잘 자지 못했지요. 이제는 괜찮습니다."
그의 태도가 너무나 단호했기 때문에 그녀는 하는 수 없이 아침 식사 쟁반을 들고 그 방을 나왔다.
캐스트 씨는 침대 밑에서 슈트 케이스를 꺼내 챙기기 시작했다. 잠옷, 세면 주머니, 예비 칼라, 가죽 슬리퍼 등등.
그리고 나서 벽장 문을 열고 길이 10센티미터, 폭 7센티미터쯤 되는 마분지 상자를 한 다스쯤 꺼내 가방에 옮겨 넣었다. 그 다음 테이블 위의 철도 안내서를 잠시 보고 나서 슈트 케이스를 들고 방을 나갔다.

슈트 케이스를 홀에 두고 모자와 외투를 입었다. 그리고 깊은 한숨을 쉬었는데, 그 소리가 너무도 커서 옆방에서 나온 아가씨가 걱정스레 그를 바라보았다.

"왜 그러세요, 캐스트 씨?"

"아무것도 아닙니다, 릴리 양."

"하지만 그토록 한숨을 쉬시면서!"

캐스트 씨는 별안간 말했다.

"당신은 예감 때문에 괴로워한 일 없습니까, 릴리 양? 뭔지 모르게 느껴지는 것 때문에?"

"네, 잘 알 수는 없지만…… 물론 모든 게 나쁘게만 생각되는 날이 있는가 하면, 좋게 생각되는 날도 있지요."

"그렇겠군요."

캐스트 씨는 다시 한숨을 쉬었다.

"그럼, 안녕, 릴리 양. 안녕. 당신은 언제나 친절히 대해 주셨지요."

릴리는 웃었다.

"어머나, 다시는 돌아오지 않을 것처럼 안녕이라니요."

"그야 물론 그런 일은 없습니다."

아가씨는 또 웃었다.

"금요일이면 다시 만나게 되는데. 이번에는 어디로 가세요? 또 바닷가인가요?"

"아니, 아니 저…… 첼테넘입니다."

"어머나, 멋져요. 하지만 토키 쪽이 좋아요. 아주 아름다운 곳이지요. 내년 휴가 때 가보고 싶어요. 그런데 당신은 그 ABC살인사건이 일어난 곳 가까이에 계셨지요. 그 사건은 당신이 그쪽에 계실 때 일어났었나요?"

"네, 그렇습니다. 하지만 처스턴은 6, 7마일이나 떨어져 있었지요."

"그래도 역시 스릴있었을 거예요. 당신은 살인범과 길에서 스쳐 지나갔을지도 모르잖아요! 바로 옆에 있었는지도 몰라요!"

"그렇습니다, 그럴지도 모르지요."

캐스트 씨가 아주 일그러진 웃음을 지었기 때문에 릴리 머벌리는 이상스럽게 여겼다.

"오, 캐스트 씨, 얼굴빛이 좋지 않으세요."

"괜찮습니다, 괜찮습니다. 안녕, 머벌리 양……"

캐스트 씨는 모자를 집고 슈트 케이스를 들어올려 급히 현관에서 나갔다.

머벌리 양은 동정하듯 말했다.

"이상한 사람이야. 무슨 일이 있는 걸까."

크롬 형사는 부하에게 말했다.

"양말 제조 회사 목록을 만들어 회람으로 돌려 주게. 그리고 대리점 목록도 부탁하네, 수수료를 받고 파는 사람이나 주문을 받으러 다니는 사람도 모두."

"ABC 사건 때문입니까?"

형사는 경멸이 담긴 목소리로 말했다.

"그렇네. 에르쿨 포아로 씨의 생각 가운데 하나야. 아마 도움될 건 없겠지만, 어떤 하찮은 일이건 기회를 놓칠 수는 없으니까."

"맞습니다. 포아로 씨는 전성기에 꽤 공적을 세웠지만 이제는 아무래도 한물 간 것 같습니다."

"그는 사기꾼이야. 늘 잘난 체만 하고. 어떤 이들은 속겠지만 나는 어림도 없어. 그건 그렇고, 던캐스터의 배치에 대해서는……."

톰 허티건이 릴리 머벌리에게 말했다.
"너희 집의 제대 군인을 오늘 아침 만났어."
"누구? 캐스트 씨 말이야?"
"그래, 캐스트 씨야. 유스턴에서 만났지. 언제나처럼 길잃은 수탉 같더군. 아무리 봐도 그 사람은 정신이 반 나갔어. 누가 시중을 좀 들어 줘야겠어. 처음에는 신문을 떨어뜨리고 다음엔 차표를 떨어뜨렸지. 내가 주워 줬는데, 그 사람은 떨어뜨린 걸 조금도 모르고 있지 뭐야. 급히 고맙다고 말했지만, 나를 알아본 것 같지는 않더군."
"그렇겠지. 홀을 지나며 봤을 뿐인걸. 어쩌다……."
두 사람은 홀을 한 바퀴 돌며 춤을 추었다.
"아주 예쁘게 추는데, 릴리."
"그만둬!"
릴리는 가까이 다가갔다. 두 사람은 계속 춤을 추었다.
갑자기 릴리가 물었다.
"유스턴이었어, 패딩턴이었어? 캐스트 씨를 만난 곳이?"
"유스턴이야."
"정말?"
"물론 정말이지, 왜 그래?"
"이상해. 패딩턴에서 첼테넘으로 간 줄 알았는데."
"네가 그렇게 생각한 거지. 그러나 캐스트 씨는 첼테넘으로 간 게 아니야. 던캐스터로 갔어."
"첼테넘이야."
"던캐스터야. 나는 잘 알아! 내가 차표를 주워 준걸."

"하지만 그 사람은 나에게 첼테넘으로 간다고 했어. 분명히 그렇게 말했는데."

"잘못 들은 거야. 틀림없이 던캐스터로 가는 길이었어. 운좋은 이들도 있는 법이니까. 나는 레저 경마의 파이어 플레이에 조금 걸었어. 그 말이 뛰는 걸 보고 싶은데."

"캐스트 씨가 경마하러 갔다고는 생각되지 않아. 그런 타입이 아닌 걸. 그 사람 죽지나 않으면 좋을 텐데…… 던캐스터에서 ABC 살인사건이 있다잖아."

"캐스트 씨는 염려없어. 이름이 D로 시작되지 않잖아."

"그 전에는 살해됐을지도 모르지? 전의 사건이 있었을 때 토키의 처스턴 가까이에 가 있었으니까."

"정말이야? 우연의 일치인데!"

그는 웃었다.

"설마 그 전에 벡스힐에 가 있었던 건 아니겠지?"

릴리는 눈썹을 찡그렸다.

"그 사람, 없었어…… 그래, 분명 이곳에 없었어…… 수영복을 잊고 갔지. 어머니가 손질해 줬는데, 어머니가 '아니, 캐스트 씨가 수영복을 갖고 가지 않았구나'라고 해서서 내가 '그런 낡아빠진 수영복을 챙길 때가 아니예요. 무서운 살인사건이 일어난걸요. 아가씨가 벡스힐에서 목졸려 살해됐대요'라고 말했어."

"흠, 수영복이 필요했다면 그 사람은 바닷가에 간 게 틀림없어. 이봐, 릴리."

그의 얼굴에 장난스러워 보이는 주름이 잡혔다.

"너희 집 그 제대 군인이 살인범 아닐까?"

릴리는 웃었다.

"그 가엾은 캐스트 씨가? 그는 파리도 죽이지 못해."

두 사람은 행복하게 춤을 추었다. 그 마음속에는 둘이 함께 있는 즐거움 외에는 더 이상 아무것도 없었다. 의식하지 않는 마음 속에는 무엇인가가 움직이고 있었지만.

9월 11일

던캐스터!
 나는 평생 9월 11일의 일을 잊지 못하리라.
 실제로 세인트 레저라는 말을 보거나 들을 때마다 내 마음은 절로 경마가 아닌 살인사건 쪽으로 달려가는 것이다. 내가 내 자신의 감각을 돌이켜볼 때 가장 두드러진 것은 병적인 불충분한 느낌이다. 우리들은 여기에, 그 장소에 있었다. 포아로, 클라크, 프레이저, 미건 버너드, 소러 그레이, 그리고 메리 드로워. 그러나 마지막 수단에 호소한들 우리들이 무엇을 할 수 있었을 것인가?
 우리는 실오라기 같은 희망에 매달려 있었다. 몇천의 군중 속에서 우연히도 두세 달 전에 언뜻 본 것 같은 하나의 얼굴과 모습을 찾아내려는.
 그러나 실제로 일어나는 일은 더욱 기묘한 것이다. 우리들 가운데에서 그것을 인정케 한 유일한 사람은 소러 그레이였다. 긴장 속에서 그녀의 맑고 투명함은 사라져 버렸다. 그 차분하고 확고했던 태도도 없어졌다. 그녀는 두 손을 마주 비비면서 거의 울 듯한 얼굴로 밑도

끝도없이 포아로에게 호소하고 있었다.
 "저는 그 사람을 자세히 보지 않았어요…… 왜 자세히 보지 않았을까요? 어쩌면 이토록 어리석을까요. 여러분들께서 모두 저를 믿고 계신데. 저는 여러분을 실망시키고 말 거예요. 다시 한 번 그 사람을 보더라도 알아보지 못할 테니까요. 저는 남의 얼굴을 기억하지 못해요."
 나에게 뭐라고 말했건 또 이 여자에 대해 얼마나 신랄하게 비평하고 있었건 포아로는 지금 아주 친절했다. 그의 태도는 무척 부드러웠다. 그래서 포아로가 불행한 미인에 대해 나보다 더 많은 관심을 가졌다는 사실이 나를 놀라게 했다. 그는 그녀의 어깨를 따뜻하게 두드렸다.
 "흥분하지 마십시오. 흥분하면 난처하니까요. 그 사나이를 보면 당신은 틀림없이 알 수 있을 겁니다."
 "어떻게요?"
 "오, 거기에는 여러 가지 이유가 있습니다. 예를 들면 검은 것 뒤에는 빨간 것이 온다는 말이 있으니까요."
 나는 소리쳤다.
 "그게 무슨 뜻인가?"
 "게임에서 쓰는 말을 한 걸세. 룰렛에서는 검은 것만 나오지. 그러나 끝내는 빨간 것이 나온다네. 우연의 수학적 법칙이라는 걸세."
 "운이 바뀐다는 말인가?"
 "그렇네, 헤이스팅즈. 그 점으로 보아 흔히 도박꾼은 앞을 내다보는 눈이 없는 셈이지. 그리고 살인자란 결국 자신의 돈 대신 목숨을 거는 도박꾼일세. 도박꾼은 지금까지 이겨 왔으니 계속 이긴다고 생각하고 있네. 바로 적당한 때 주머니를 불룩하게 채우고 테이블을 떠나려 하지 않는다네. 마찬가지로 범죄에 있어서도 성공한 살인범은 성공하지 못한다는 가능성을 생각지 않는 걸세! 자기는 어떤 일이 있어도 성공한다고 믿고 있지. 그러나 여러분, 아무리 용의주도하게 계획된 범죄도 운이 없이는 성공할 수 없는 겁니다!"
프랭클린 클라크가 이의를 말했다.
"그것은 좀 지나친 말씀이 아닐까요?"
포아로는 흥분한 듯 손을 흔들었다.
"그렇지 않습니다. 그건 불운 없는 기회라고 해도 좋은데, 그것이 자기 편이 되어 주지 않으면 안 됩니다. 생각해 보십시오! 범인이 애셔 부인의 가게를 떠나려 했을 때 누군가 들어올 수도 있었던 겁니다. 그 사람이 계산대 뒤를 볼 생각만 했다면 살해된 부인을 봤을 겁니다. 그리하여 그 자리에서 범인을 잡았을지도 모르고, 또는 경찰이 그를 잡을 수 있는 정확한 인상착의를 말할 수 있었을지도 모릅니다."
클라크는 인정했다.
"그렇습니다. 물론 그것은 있을 수 있는 일입니다. 그렇다면 범인은 기회를 잡지 않으면 안 된다는 이야기가 되겠군요."
"그렇습니다. 살인자란 언제나 도박꾼입니다. 많은 도박꾼과 마찬가지로 살인자도 언제 그만둬야 할지를 모릅니다. 범죄를 거듭할수록 자기 능력에 대한 자신이 커지지요. 균형의 개념이 무너집니다. 그는 '나는 똑똑하다. 그리고 운도 좋았다'라고 말하지 않습니다. 다만 '나는 똑똑하다!'라고 말할 뿐입니다. 그리하여 그 똑똑함에 대한 자신이 점점 커져서…… 여러분, 공은 돌고 판의 회전이 끝나 새로운 숫자 위로 공이 떨어져 숫자 읽는 사람이 '빨강!' 하고 소리치는 겁니다."
미건이 눈썹을 찌푸리며 물었다.

"이 사건에도 그런 일이 일어나리라고 생각하세요?"
"머지않아 틀림없이 일어날 겁니다! 지금까지는 행운이 범인에게 있었습니다. 그러나 머지않아 그것이 뒤바뀌어 우리에게로 올 겁니다. 이미 바뀌었다고 생각합니다. 한때 모든 것이 그에게 다행스럽게 움직였던 대신 이제는 모든 것이 그에게 불행스럽게 움직이려 하고 있습니다! 게다가 그는 드디어 실수를 저지르기 시작하고 있습니다."
프랭클린 클라크가 말했다.
"당신은 용기를 북돋워 주려고 그러시는 거지요. 우리는 모두 마음의 위안을 가질 필요가 있으니 말입니다. 오늘 아침에 일어나서 나는 뭔가 허전함을 느꼈습니다."
도널드 프레이저가 말했다.
"우리가 실제로 무슨 도움이 된다는 게 저로선 매우 의심스럽습니다"
미건이 주의를 주듯 말했다.
"패배주의자가 되어선 안 돼요, 돈."
메리 드로워가 얼굴을 좀 붉히며 말했다.
"저는 역시 알 수 없는 일이라고 생각해요. 그 악마가 여기 있고, 우리도 있어요. 그러다가 결국 묘하게 만나게 되는 일도 흔히 있을 수 있지요."
나는 몹시 화가 나서 말했다.
"무언가 좀더 할 일이 있었으면 좋겠군."
"들어 보게, 헤이스팅즈. 가능한 일은 경찰이 다 하고 있네. 특별 경관도 동원되어 있지. 선량한 크롬 형사는 초조해 하고 있지만 아주 유능하네. 앤더슨 서장은 행동적인 사람일세. 거리와 경마장의 경계에는 모든 대비가 갖춰져 있네. 곳곳에 사복 경찰도 배치돼 있지. 게다가 신문 보도가 나가 시민들에게도 충분히 경고가 되어 있네."

도널드 프레이저는 고개를 저었다. 그는 얼마쯤 희망적으로 말했다.

"그는 하지 않을 겁니다. 그런 짓은 제정신으로 할 수 있는 일이 아니니까요!"

클라크가 잘라 말했다.

"유감이지만, 그는 미치광이입니다! 어떻습니까? 포아로 씨? 녀석이 단념할까요, 해치울까요?"

"내 생각으로는, 그는 강박관념이 아주 강해져 그 공약을 지키지 않으면 안 된다고 생각하고 있습니다. 그것을 하지 않는다는 건 결국 실패를 인정하는 게 되고, 따라서 그의 병적인 이기주의는 그것을 받아들일 수 없을 겁니다. 이것은 또한 솜프슨 박사의 의견이기도 하지요. 우리들이 바라는 것은 그 범행 현장에서 그가 체포되는 일입니다."

도널드는 다시 고개를 저었다.

"녀석은 아주 교활한데요."

포아로는 시계를 흘끗 보았다. 우리는 그 암시를 알아차렸다. 오전 중에는 되도록 많은 거리를 돌아다니고 오후에는 경마장 요소요소에 서 있기로 우리는 하루 행동 계획을 미리 정해놓고 있었다.

나는 우리라고 했지만, 물론 나만의 경우를 들어 말한다면, 나로서는 ABC를 찾아낼 가망이 도저히 있을 것 같지 않다고 생각하고 있었기 때문에, 이러한 순시는 헛일이었다. 그리하여 처음의 작정으로는 가능한 한 널리 퍼져 있을 필요로 저마다 따로따로 떨어져 행동하기로 했지만, 남자와 여자가 한 명씩 서로 동행하는 게 어떠냐고 제안했다.

포아로는 동의했다. 눈을 얼마쯤 빛내긴 했지만.

아가씨들은 모자를 쓰러 갔다. 도널드 프레이저는 창가에 서서 무슨 생각인가에 잠겨 있었다.

프랭클린 클라크는 그를 흘끗 보았으나, 그가 말상대 해주기에는 너무 침울해 있었으므로 목소리를 낮추어 포아로에게 이야기했다.

"포아로 씨, 당신은 처스턴에 가서 형수님을 만나셨지요? 그분이 무슨 말씀을 하지 않던가요? 무슨 암시 같은 것이라도?"

그는 곤혹해 하며 입을 다물었다.

포아로가 전혀 아무것도 모르는 듯한 얼굴로 대답해서 나는 몹시 수상쩍다는 생각이 들었다.

"뭐라고요? 당신 형수님이 무슨 암시 같은 것을 주지 않았느냐고 묻는 겁니까?"

프랭클린 클라크의 얼굴이 붉어졌다.

"지금은 개인적인 이야기를 할 때가 아니지만……."

"천만에요!"

"저는 일을 분명히 해두고 싶은 겁니다."

"그것이 좋지요."

포아로가 아무렇지 않은 듯 꾸미고 있지만 정말은 마음 속으로 흥미를 갖고 있다는 것을 클라크가 이때 알아차리지 않았을까 나는 생각했다. 그는 얼굴을 몹시 찌푸렸다.

"제 형수님은 아주 좋은 분입니다. 저는 줄곧 아주 좋아했습니다. 그러나 그분은 병중에 있고, 병중일 때는 약이니 뭐니 하는 것 때문에 어쩐지…… 그렇습니다, 사람에 대한 일을 여러 가지로 상상하기 쉬운 법이니까요!"

"호?"

이번에는 분명 포아로의 눈에 장난스러운 번뜩임이 있었다.

그러나 플랭클린 클라크는 자기의 외교적인 임무에 마음이 쏠려 알아차리지 못했다.
"그것은 소리 그레이 양에 대한 일입니다."
"아, 당신이 이야기하는 것은 그레이 양 일입니까?"
포아로의 말투는 별뜻이 없는 놀라움을 나타내고 있었다.
"그렇습니다. 형수님은 어떤 종류의 생각을 갖고 있습니다. 아시다시피 소러 그레이 양은 아름다운 아가씨라서……."
포아로는 인정했다.
"그렇지요."
"게다가 여자란 아무리 훌륭한 사람이라도 다른 여자에 대해 좀 심술스러운 법입니다. 소러는 형님에게 매우 필요한 사람이었습니다. 그리고 형님은 그 아가씨를 좋아했지요. 물론 그것은 떳떳하고 공명정대한 일이었습니다. 소러는 결코 그런 여자는……."
포아로는 도움의 손을 내밀 듯 말했다.
"그렇겠지요."
"그러나 형수님은…… 그렇습니다, 질투심을 품고 있었다고 생각됩니다. 그것을 그리 드러내 보인 일은 없었습니다만. 하지만 형님이 돌아가시고 그레이 양이 남느냐 어쩌느냐 하는 문제가 일어나자, 샤럿은 강경해졌습니다. 물론 병이며 모르핀의 영향 때문이겠지요. 캡스틱 간호사도 말했습니다. 그런 생각을 갖고 있다고 해서 샤럿을 나무랄 수는 없다고."
그는 말을 끊었다.
"그래서요?"
"당신이 알아주셨으면 하는 것은, 거기에는 아무것도 없다는 겁니다, 포아로 씨. 병석에 누워 있는 여자의 망상입니다. 이것을 봐주십시오."

그는 주머니를 뒤졌다.
"이것은 제가 말레이지아에 있을 때 형님으로부터 받은 편지인데, 두 사람이 어떤 사이였는지 정확하게 알 수 있으니 읽어봐 주십시오."
포아로가 그것을 받자 프랭클린은 옆으로 와서 그 한 부분을 손가락으로 가리키며 소리내어 읽었다.

……이곳에서 우리는 별일없이 지내고 있다. 샤럿은 고통이 많이 덜해졌어. 더 많이 좋아졌다고 하고 싶지만.
 소러 그레이를 기억하고 있겠지? 아주 좋은 아가씨로, 나에게 크나큰 위안을 주고 있다. 이 고통스러운 때 그녀가 있어 주지 않았다면 어떻게 해야 할지 나는 몰랐을 거야. 그녀는 동정과 호기심이 아주 풍부해.
 그녀는 미술품에 대해 굉장한 취미와 감식력을 지녔으며, 중국 미술에 대한 내 정열을 잘 이해하고 있다. 그녀가 있어서 나는 아주 행복하구나. 자기 딸이라 한지라도 이토록 기꺼이 애정어린 반려로 있기는 어려울 게다. 그녀의 지금까지의 생활은 어려움이 많아 결코 행복했었다고 할 수 없지만, 이젠 가정과 진정한 애정을 만났다고 생각되어 나는 기뻐하고 있다.

프랭클린이 말했다.
"아시겠지요? 형님은 그녀에 대해 이렇게 느끼고 있었던 겁니다. 딸같이 생각하고 있었지요. 제가 불공평하게 여기는 건, 형님이 돌아가시자 형수님이 그녀를 집에서 쫓아낸 일입니다. 여자란 정말 악마 같군요, 포아로 씨."
"형수님이 병으로 몹시 고통받고 있다는 것을 잊지 마십시오."

"알고 있습니다. 그것은 언제나 제가 스스로에게 타이르고 있는 일입니다. 형수님을 나무라서는 안 됩니다. 그러나 저는 이것을 당신이 알아주셨으면 합니다. 형수님이 한 말로 소러에 대해 그릇된 인상을 가지지 않기 바라는 겁니다."
포아로는 편지를 돌려주고 미소를 떠올리며 말했다.
"누군가의 말을 듣고 그릇된 인상을 갖는 그런 일은 나 자신이 결코 허락지 않는다는 것을 보증합니다. 나는 스스로 판단을 내립니다."
클라크는 편지를 집어 넣으면서 말했다.
"하지만 역시 당신에게 보이기를 잘했다고 생각합니다. 자, 여자분들이 오셨군요. 떠나는 게 좋겠지요."
방을 나오자 포아로는 나를 불러 세웠다.
"함께 떠나기로 정했나, 헤이스팅즈?"
"음, 그렇게 정했네. 아무것도 하는 일 없이 남아 봐야 심심할 테니까."
"몸과 함께 머리도 써야 하네, 헤이스팅즈."
"그러나 그 일은 나보다 자네에게 어울리지."
"그래, 자네 말대로일세, 헤이스팅즈. 그런데 자네는 여자들의 기사 노릇을 할 참이었지?"
"그렇게 생각하고 있었네."
"그렇다면 어느 여자한테 청하려 했었나?"
"음…… 그건 아직 생각하고 있지 않았는걸."
"버너드 양은 어떤가?"
나는 반대했다.
"그녀는 독립형일세."
"그레이 양은?"

"그렇군. 그녀 쪽이 좋겠어."
"헤이스팅즈, 분명 자네는 우스울 만큼 정직하지 못한 사나이로군! 자네는 줄곧 그 금빛 머리 천사와 하루를 지낼 생각을 가지고 있었으면서!"
"아니, 포아로!"
"정말 안됐지만, 자네의 호위를 다른 쪽으로 바꿔 줘야 되겠네."
"아, 좋아. 나는 또 자네가 그 네덜란드 인형 쪽에 더 흥미를 가지리라고 생각했었지."
"자네가 호위해 줘야 할 사람은 메리 드로워일세. 그러니 그녀 곁을 결코 떠나지 말게."
"하지만 왜 그러는 건가, 포아로?"
"그 이유로 말할 것 같으면, 그녀 이름이 D로 시작되기 때문일세. 우리는 잠시도 마음놓아선 안 돼."

나는 그의 말이 옳다고 생각했다. 처음에는 억지스럽게 여겨졌으나, 만일 ABC가 포아로에게 광적인 증오를 갖고 있다면 포아로의 행동을 잘 알고 있을 게 틀림없고, 그리하여 이 경우에 메리 드로워를 죽이는 것은 실로 효과적인 제4타가 될 것이다.

나는 나에 대한 그의 믿음에 충실히 보답할 것을 약속했다. 나는 포아로를 창 옆의 의자에 남겨 둔 채 헤어졌다.

그의 앞에는 조그만 룰렛 판이 있었다. 내가 밖으로 나올 때 그는 그것을 돌리며 나에게 소리쳤다.

"빨강이군. 길조인데! 헤이스팅즈, 운이 바뀌었어!"

삽화

리드베터 씨는 조급해서 나지막이 투덜거렸다. 옆자리의 남자가 일어나 앞을 지나갈 때 헛디디면서 앞좌석에 모자를 떨어뜨려 줍기 위해 몸을 굽혔기 때문이다.

그것은 '한 마리의 참새도……'라는 영화의 클라이맥스 때였다. 이 옛 스타의 감동과 아름다움의 대드라마를 리드베터 씨는 1주일 전부터 보고 싶어하고 있었다.

캐서린 로열──리드베터 씨 의견에 의하면 세계 으뜸가는 영화배우다──이 출연하는 영화로, 금발의 여주인공이 마침 노여움으로 일그러진 쉰 목소리를 내고 있는 참이었다.

"안 돼. 그럴 바엔 굶어 죽는 게 낫지. 그러나 나는 굶어 죽지 않아. 이 말을 기억해 두란 말이야. 한 마리의 참새도 떨어지지 않아……."

리드베터 씨는 조급해서 고개를 양옆으로 움직였다. 이런 사람이 다 있담! 왜 영화가 끝나기를 기다리지 못한단 말인가. 더욱이 이토록 기막힌 장면에서 나가다니.

아, 겨우 제대로 됐다. 귀찮은 신사는 나가 버렸다. 리드베터 씨는 뉴욕의 팬 슈라이너 장 창가에 서 있는 캐서린 로열을 화면 가득히 볼 수 있었다.

그녀는 이번에는 기차를 타고 있었다. 그 팔에 어린아이가 안겨 있다. 미국에는 어쩌면 저토록 기묘한 기차가 있을까, 영국 기차와 조금도 비슷하지 않다.

아, 산의 오두막에는 아직 스티브가 있었다. 영화는 점점 진행되어 감동적이고 거의 종교적인 결말이 났다.

불이 들어오자 리드베터 씨는 만족스러운 한숨을 쉬었다.

그는 눈을 껌벅이며 천천히 일어났다.

그는 영화 속에서 재빨리 빠져 나오지 못했다. 여느 때의 산문적인 현실로 돌아오기까지 늘 얼마쯤의 시간이 걸렸던 것이다.

그는 주위를 둘러보았다. 그날 오후는 당연히 사람이 그리 많지 않았다. 모두 경마에 가 있었다. 리드베터 씨는 경마도 카드 놀이도 술도 담배도 좋아하지 않았다. 그러므로 영화를 보고 즐기는 정력이 남아 있었던 것이다.

사람들은 모두 나가느라 바빴다. 리드베터 씨도 그 뒤를 따르려 했다. 그러자 그의 앞 좌석에 앉아 있는 남자가 의자에 파묻혀 자고 있는 것이 보였다. 리드베터 씨는 '한 마리의 참새도……' 같은 영화가 상영되는 도중에 잠자는 사람이 있다는 것을 생각하자 화가 났다.

그의 다리가 길을 막고 있었으므로 화난 어느 신사가 잠든 남자에게 말했다.

"실례합니다."

리드베터 씨는 출구까지 와서 뒤돌아보았다. 무슨 소동이 일고 있는 것 같았다. 수위…… 그리고 몇 사람…… 그의 앞 좌석 남자는 자고 있었던 게 아니라 틀림없이 술에 취해 있는 것이리라.

그는 좀 머뭇거리다가 그대로 나가 버렸다. 그리하여 그날의 대사건, 세인트 레저에서 85대 1로 이기는 따위의 일보다 훨씬 큰 사건을 놓치고 말았던 것이다.

수위가 말을 걸고 있었다.

"왜 그러십니까, 손님…… 몸이 불편한 모양이군…… 여보시오, 여보시오, 왜 그러십니까?"

다른 한 사람이 소리지르며 손을 치웠다. 그리고 새빨갛고 진득한 반점을 보았다.

수위가 낮은 목소리로 외쳤다.

"피다!"

그리고 좌석 밑에 뭔가 누르스름한 게 떨어져 있는 것을 보았다.

"아니, 이것은! ab——ABC다!"

삽화

 캐스트 씨는 리걸 극장에서 나오자 하늘을 올려다보았다.
 아름다운 밤이다…… 참으로 아름다운 밤이다!
 브라우닝의 시 한 구절이 머리에 떠올랐다.

 하느님은 하늘에 계시니 세상은 평화롭도다.

 그는 이 구절이 좋았다.
 그러나 이것은 진실이 아니라고 느낄 때도 흔히 있었다.
 그는 혼자서 미소지으며 자기가 묵고 있는 '블랙 스완'까지 걸어갔다.
 그는 층계를 올라 침실로 갔다. 그곳은 2층의 좁은 방으로, 포장된 안뜰과 차고를 내려다볼 수 있었다.
 방에 들어가자 갑자기 그 미소가 사라졌다. 소매 끝 가까이에 더러운 것이 묻어 있다. 뭔가 싶어 만지니 그것은…… 축축하고 뻘건…… 피였다.

그는 주머니에 손을 넣어 뭔가를 꺼냈다. 길고 가느다란 칼이었다. 그 칼날도 찐득찐득하고 빨갛다.

캐스트 씨는 한참 동안 거기에 앉아 있었다.

그 눈은 쫓기는 짐승같이 한 번 방안을 둘러보았다.

그 혀는 열병 환자처럼 입술을 핥았다.

캐스트 씨는 말했다.

"내가 그런 게 아니야."

그는 마치 누구와 싸우고 있는 것 같았다. 초등학교 학생이 교장 선생님에게 호소하는 것 같았다.

그는 다시금 혀로 입술을 핥았다.

그리고 다시 소매 끝을 확인하듯 만져 보았다.

그 눈은 방 안쪽의 세면기를 보았다.

이윽고 그는 옛날식 주전자에 있는 물을 세면기에 따랐다. 외투를 벗고 소매 끝을 주의깊게 누르며 씻었다.

아! 물이 새빨갛게 되었다!

문 두드리는 소리가 났다.

그는 얼어붙은 듯 가만히 바라보고 있었다. 문이 열리고 뚱뚱하게 살찐 젊은 여자가 손에 주전자를 들고 들어왔다.

"실례합니다, 손님. 더운 물을 가져왔어요."

그는 그때에야 겨우 입을 열었다.

"고맙소…… 벌써 물로 씻어 버렸소."

왜 그는 이런 말을 했을까? 곧 여자의 눈이 세면기 쪽으로 갔다.

그는 화가 난 듯 말했다.

"손을…… 손을 베어서……."

그리고 나서 침묵이…… 그렇다, 꽤 긴 침묵이 이어진 다음 겨우 그녀는 말했다.

"네, 그러세요."

그녀는 문을 닫고 나가 버렸다.

캐스트 씨는 돌로 바뀌어 버린 것 같았다.

마침내 왔다!

그는 두 귀를 세웠다.

사람 목소리, 외침 소리, 층계를 올라오는 발소리라도?

그는 다만 자기 가슴의 고동 소리를 들었을 뿐이었다.

이윽고 그는 별안간 얼어붙은 듯한 부동 자세에서 활발한 동작으로 옮아 갔다.

그는 외투를 입고 소리나지 않게 문으로 다가가 열었다. 바에서 들려 오는 언제나의 소음 말고는 아무 소리도 들리지 않았다. 그는 층계를 기듯이 내려왔다.

아무도 없다. 그것은 행운이었다. 그는 층계 밑에서 멈춰 섰다. 어느 쪽으로 가야 좋을까?

그는 결심했다. 복도를 돌진해 가서 마당으로 통하는 문을 지나 밖으로 나왔다. 두 운전기사가 자동차를 수리하며 경마의 승부에 대해 이야기하고 있었다.

캐스트 씨는 급히 마당을 가로질러 거리로 나왔다.

처음 모퉁이를 오른쪽으로 돌아⋯⋯ 그리고 왼쪽으로⋯⋯ 그리고 또 오른쪽으로⋯⋯.

역으로 가는 위험을 무릅쓸 것인가?

그렇다. 여기에는 군중이 있다. 임시 열차가 있다. 만일 운이 좋으면 잘될 것이다. 만일 운이 좋으면⋯⋯.

삽화

크롬 형사는 리드베터 씨의 흥분된 이야기를 듣고 있었다.
"형사님, 생각해 보면 심장이 멈출 것 같습니다. 그놈은 줄곧 내 옆에 앉아 있었을 테니까요!"
크롬 형사는 리드베터 씨의 심장 상태에 대해서는 아주 무관심하게 말했다.
"분명히 말씀해 주실 수 없겠습니까? 그 사나이는 끝날 무렵에 나갔단 말이지요. 그 영화……."
리드베터 씨는 반사적으로 중얼거렸다.
"'한 마리의 참새도……'입니다, 캐서린 로열의."
"그는 당신 앞을 지나, 그리고 헛디더……."
"헛디딘 체해 보인 겁니다. 지금은 알겠습니다. 그리고 나서 모자를 주우려고 앞 좌석 쪽으로 몸을 굽혔지요. 그때 아마 그 가엾은 사람을 찔렀을 겁니다."
"아무 소리도 듣지 못했습니까? 부르짖는 소리라든지, 신음소리라든지?"

리드베터 씨는 캐서린 로열의 커다란 쉰 목소리밖에 듣지 못했지만 상상력을 발휘해 신음 소리를 하나 꾸며냈다.

크롬 형사는 그 신음 소리를 곧이듣고 상대방에게 다음 말을 재촉했다.

"그리고 나서 그는 나갔습니다."

"그 남자의 생김새를 말할 수 있습니까?"

"아주 컸습니다. 적어도 6피트는 되었을 겁니다. 큰 남자였지요."

"흰 편이었습니까, 검은 편이었습니까?"

"저……분명치 않습니다. 머리는 벗겨졌던 것 같습니다. 인상이 아주 나쁜 녀석이었지요."

"다리를 절지 않았습니까?"

"그렇군요. 네, 그 말을 듣고 보니 절고 있었던 것 같습니다. 검은 편이었으니 혼혈이었을지도 모릅니다."

"그 전에 불이 켜졌을 때는 자리에 있었습니까?"

"아니오, 영화가 시작되고 나서 들어왔습니다."

크롬 형사는 고개를 끄덕이고 공술서에 서명시킨 다음 리드베터 씨를 돌아가게 했다.

그는 비관적으로 말했다.

"저런 사람은 좋지 않은 증인입니다. 조금만 유도하면 어떻게든 말하지요. 문제의 남자가 어떤 생김새였는지 전혀 알고 있지 못합니다. 수위를 부릅시다."

수위는 긴장해서 군대식으로 들어와 부동 자세로 앤더슨 서장 쪽을 보았다.

"그럼, 제임스 씨, 당신 이야기를 들어 봅시다."

제임스 씨는 허리를 굽혔다.

"네, 알겠습니다. 영화가 끝났을 때였습니다. 몸이 불편한 손님이 있다는 말을 듣고 가보니 그 손님은 2실링 4펜스짜리 좌석에 파묻혀 있었지요. 다른 손님들이 주위에 서 있었습니다. 그 손님은 몸이 몹시 불편한 것 같았습니다. 곁에 서 있던 손님 한 분이 몸이 불편한 손님의 외투에 손을 갖다 대는 게 내 주의를 끌었습니다. 피였습니다. 그 손님은 분명히 죽어 있었지요, 칼에 찔려서. 그리고 나서 좌석 밑에 떨어져 있는 철도 안내서를 보았습니다. 실수가 없도록 하려고 건드리지 않고 곧바로 경찰에 사건이 일어났다고 신고했습니다."

"잘하셨습니다, 당신은 아주 훌륭하게 행동하셨습니다."

"고맙습니다."

"15분쯤 전 2실링 4펜스짜리 좌석에서 나가는 사람을 보지 못하셨습니까?"

"많이 있었습니다."

"그들의 인상을 말씀하실 수 있습니까?"

"아주 어렵군요. 한 분은 제프리 패널 씨였습니다. 그리고 젊은 분인 샘 베이커가 부인을 데리고 나갔습니다. 그 밖에는 특히 기억에 남는 사람이 없습니다."

"그거 유감이군요. 좋습니다, 제임스 씨."

"네."

수위는 인사를 하고 나갔다.

앤더슨 서장이 말했다.

"의사의 자세한 보고는 들었네. 이번에는 피해자를 처음 발견한 남자를 불러 주게."

그때 경관 한 사람이 들어와 경례했다.

"에르퀼 포아로 씨와 또 다른 한 분이 오셨습니다."

크롬 형사가 얼굴을 찌푸리며 말했다.

"그래, 좋아. 들어오려면 오라고 해."

던캐스터 살인

포아로 바로 뒤에 따라 들어갔기 때문에 나는 크롬 형사가 하는 말의 뒷부분을 들을 수 있었다.

그도 서장도 난감하여 침울해 있는 듯 보였다.

앤더슨 서장이 머리숙여 인사하며 말했다.

"잘 오셨습니다, 포아로 씨. 또 당했습니다."

아마도 그는 크롬의 말을 우리가 들었다고 생각했을 것이다.

"역시 ABC 살인입니까?"

"그렇습니다. 대담하기 이를 데 없지요. 뒤에서 덮치듯 등을 찔렀습니다."

"이번에는 찔렀습니까?"

"그렇습니다. 방법을 좀 달리했지요. 머리를 치고, 목을 조르고, 이번에는 칼을 썼습니다. 아주 재간많은 녀석입니다. 보시고 싶으시면, 여기 의사의 보고서가 있습니다."

그는 포아로 쪽으로 서류를 내밀며 덧붙였다.

"ABC가 피해자의 발치 쪽에 있었습니다."

포아로가 물었다.
"피해자의 신원은 파악됐습니까?"
"알아냈습니다. ABC 녀석, 이번에는 좀 실수를 했습니다. 글쎄, 그것이 우리들에게 위안이라면 위안일 수도 있습니다만, 살해된 건 얼스필드(Earlsfield), 조지 얼스필드라는 남자입니다. 직업은 이발사지요."
"이상하군요."
서장이 암시를 주었다.
"글자를 하나 건너뛰었는지도 모르지요."
내 친구는 이상한 듯 고개를 흔들었다.
크롬 형사가 말했다.
"다음 증인을 부를까요? 집에 가고 싶어합니다만."
"그렇군…… 그렇게 하게."
《이상한 나라의 앨리스》에 나오는 개구리의 하인을 꼭 닮은 중년 신사가 안내되어 들어왔다. 그는 몹시 흥분한 나머지 목소리를 높이고 있었다. 그는 날카롭게 말했다.
"이토록 놀란 적은 한 번도 없습니다. 나는 심장이 약합니다. 아주 약합니다. 하마터면 죽을 뻔했지요."
크롬 형사가 물었다.
"성함은?"
"다운즈(Downes)입니다. 로저 이매누얼 다운즈입니다."
"직업은?"
"하이필드 남학교의 교장입니다."
"그럼, 다운즈 씨, 사건을 한 번 들어 봅시다."
"나는 간단히 이야기할 수 있습니다. 여러분, 영화가 끝나서 나는 좌석에서 일어났습니다. 내 왼쪽 좌석은 비어 있었지만, 그 옆에 어떤 사람이 앉아서 자고 있는 것처럼 보였습니다. 그 사람의 다리가 방해되어 지나갈 수 없었기 때문에 좀 비켜 달라고 부탁했습니다. 그래도 그는 움직이지 않아서 나는 다시…… 네, 좀더 큰소리로 부탁했습니다. 그런데도 아무 대답이 없었지요. 나는 그 사람의 어깨를 잡아 흔들었습니다. 그러자 몸이 좌석에 한층 더 파묻혀 버렸기 때문에 아주 깊이 잠들었거나 몸이 불편한 게 아닐까 생각했습니다. 나는 '이분이 아픈가 봅니다. 수위를 불러 주십시오'하고 소리쳤습니다. 수위가 왔습니다. 내가 그 사람의 어깨에서 손을 떼자 손이 빨갛게 젖어 있었습니다…… 나는 그 사람이 칼에 찔려 죽었음을 알았습니다. 그때 수위가 ABC철도 안내서를 봤지요…… 여러분, 그 순간이 얼마나 무섭던지! 어떻게 되는 게 아닐까 생각했습니다! 나는 내내 심장이 나빴으니까요."
앤더슨 서장은 아주 신기한 듯 다운즈 씨를 보고 있었다.
"당신이 얼마나 행운아였는지 아시겠지요?"
"압니다. 다행히 심장마비를 일으키지 않았지요!"
"아직 내 말뜻을 모르는 모양이군요, 다운즈 씨. 당신은 자리를 하나 비워 두고 앉아 계셨다고 했지요?"
"처음에는 살해된 사람 바로 옆에 앉아 있었습니다만, 빈 자리 뒤에 앉으려고 한 칸 옮겼지요."
"당신은 피해자와 키가 비슷합니다. 게다가 같은 털목도리를 하고 계셨지요."
다운즈 씨는 긴장하며 말하기 시작했다.
"잘 기억나지 않습니다만……."
앤더슨 서장이 말했다.
"제 얘기는, 그 점이 당신에게 행운이었다는 겁니다. 아무튼 범인은 당신 뒤를 밟다가 잘못을 저지른 셈입니다. 그는 잘못 알고 다른 사람의 등을 찔렀습니다. 저는 무엇이든 걸겠습니다. 다운즈 씨, 만일 그 칼이 당신을 노리고 있었던 게 아니라고 한다면 말입니다!"

다운즈 씨의 심장은 처음 시련에는 견디어 냈으나 이번에는 어림도 없었다. 다운즈 씨는 의자 속에 파묻혀 입을 벌린 채 얼굴이 보랏빛이 되어 버렸다. 그는 헐떡였다.

"물…… 물……"

물컵이 와서 그것을 마시고 있는 동안 겨우 얼굴빛이 본래대로 돌아왔다. 그는 말했다.

"나를? 나를 왜 노립니까?"

크롬 형사가 말했다.

"아마도 그렇지 않을까 하는 겁니다. 그 이상은 달리 설명할 수가 없습니다."

"당신 말은 그러니까…… 음, 그 사나이…… 그…… 그 인간의 탈을 쓴 악마…… 피에 굶주린 미치광이가 내 뒤를 밟으며 기회를 엿보고 있었다는 말입니까?"

"아무래도 그런 것 같습니다."

교장 선생은 화를 내며 말했다.

"하지만 대체 어째서 나를?"

크롬 형사는 왜 당신이어서는 안 되냐고 하고 싶은 것을 참으며 말했다.

"유감스럽지만 미치광이가 하는 짓은 그 이유를 따져 봐야 헛일입니다."

다운즈 씨는 가슴을 쓸어 내리면서 말했다.

"아, 놀랐습니다."

그는 일어섰다. 그는 갑자기 나이를 먹어 노쇠해 버린 것 같이 보였다.

"더 볼일이 없다면 돌아가고 싶습니다. 아무래도 몸이 좋지 않은 것 같아서요."

"네, 좋습니다, 다운즈 씨. 경관을 시켜 모셔다 드리도록 하지요, 만일의 경우를 위해서."

"아, 아니…… 아니, 괜찮습니다. 그럴 필요없습니다."

앤더슨 서장은 무뚝뚝하게 말했다.

"그럼, 좋도록 하십시오."

그 눈은 옆을 보면서 말없이 크롬 형사에게 묻고 있는 것 같이 보였다. 크롬 형사도 다른 사람이 알아차리지 못하도록 고개를 끄덕여 보였다.

다운즈 씨는 벌벌 떨면서 나갔다. 앤더슨 서장이 말했다.

"눈치채지 못해 다행이었어. 두 사람이었지, 음?"

"네. 이곳의 라이스 형사가 수배해서 집 쪽을 감시하기로 되어 있습니다."

포아로가 물었다.

"ABC가 자신의 실수를 알게 되면 다시 범행을 저지르리라고 생각합니까?"

앤더슨은 고개를 끄덕이며 말했다.

"있을 수 있는 일입니다. ABC는 순서를 지키는 녀석인 것 같으니까요. 순서대로 되지 않으면 화가 나겠지요."

포아로는 주의깊게 고개를 끄덕였다.

앤더슨 서장이 초조해 하며 말했다.

"녀석의 생김새를 알 수 있으면 좋을 텐데요. 여전히 짐작도 되지 않으니."

포아로가 말했다.

"정말 그렇습니다."
"그렇게 생각합니까? 그건 사실 그렇지요. 정말이지 누군가 머리에 눈이 있는 사람은 없을까 여겨질 정도입니다."
포아로가 말했다.
"뭐, 기다리는 수밖에 없지요."
"자신이 있으신 것 같군요, 포아로 씨. 무슨 근거라도 있습니까?"
"있습니다, 앤더슨 서장. 녀석은 지금까지 실수를 하지 않았습니다만, 이제 곧 하게 될 겁니다."
"그 정도의 이야기라면……."
서장이 콧소리를 내며 입을 열려는데 방해물이 나타났다.
"'블랙 스완'의 볼 씨가 젊은 여자분과 함께 왔습니다. 얼마쯤 참고가 될 일을 이야기하겠다고 합니다."
"들여보내게, 들여보내. 참고되는 일이라면 무엇이든 좋아."
'블랙 스완'의 볼 씨는 몸집이 크고 머리가 둔해 보이는 둔중한 남자였다. 그는 맥주 냄새를 심하게 풍기고 있었다. 그와 함께 온 동그린 눈의 뚱뚱한 젊은 여자는 분명 흥분해 있었다.
볼 씨는 무거운 목소리로 천천히 말했다.
"귀중한 시간을 방해하는 게 아니라면 좋겠습니다만, 이 계집애는 메리라고 하는데 뭔지 알려 드릴 게 있다고 해서……."
그래도 메리는 아무렇지 않은 듯 소리죽여 웃고 있었다.
앤더슨 서장이 말했다.
"아가씨, 무슨 일이오? 아가씨 이름은?"
"메리, 메리 스트라우드예요."
"그럼, 메리 양, 말해 보오."
메리는 동그란 눈을 주인 쪽으로 보냈다. 볼 씨가 거들었다.
"손님 방에 더운 물을 가져다 드리는 게 이 아이의 일이지요. 우리

집에는 손님이 여섯 분쯤 계셨습니다. 경마에 온 손님과 장사하러 오신 분들이지요."
앤더슨 서장이 초조해 하며 다그쳤다.
"그래서?"
볼 씨가 말했다.
"그럼, 이제 네가 말해. 무서워할 것 없어."
메리는 가쁜 숨을 몰아쉬고 신음까지 하면서 숨이 끊어질 듯 말을 꺼냈다.
"문을 두드렸는데 대답이 없었어요. 다른 때는 손님께서 '들어와요' 하시지 않으면 들어가지 않습니다만, 아무 말도 없으시기에 들어가 보니 손을 씻고 계셨어요."
그녀는 잠시 사이를 두고 깊은 숨을 쉬었다.
앤더슨 서장이 말했다.
"계속하오, 아가씨."
메리는 주인 쪽을 보았다. 그리고 그가 천천히 고개를 끄덕이자 거기에서 용기를 얻은 듯 다시 말하기 시작했다.
"'실례합니다, 손님. 더운 물을 가져왔어요' 하고 제가 말하자 '고맙소…… 벌써 물로 씻어 버렸소'라고 대답하셨어요. 그래서 무심코 세면기 안을 보니, 글쎄 굉장했어요, 속이 새빨갰지요."
앤더슨 서장이 날카롭게 물었다.
"새빨갰다고?"
볼 씨가 끼여들었다.
"이 애가 그 남자는 외투를 벗어 소매 끝을 손에 들고 있었는데, 그것이 푹 젖어 있더라는 거예요. 응, 그렇지?"
"네, 그래요, 아저씨."
그리고 아가씨는 다시 이야기를 계속했다.

던캐스터 살인 225

"그리고 그 손님 얼굴을 보니 아주 이상했어요. 너무나도 이상해서 전 깜짝 놀랐지요."
앤더슨 서장이 다시 날카롭게 물었다.
"그게 몇 시였지?"
"5시 15분 좀 지났었다고 생각돼요."
앤더슨 서장이 덤빌 듯 말했다.
"세 시간이나 전의 일이란 말이오? 왜 곧바로 말하러 오지 않았소?"
볼 씨가 말했다.
"그걸 그때 바로 듣지 못해서요. 또다시 살인이 있었다는 뉴스를 듣고 나서야 이 애가 세면기 속의 것은 피였을지도 모른다고 떠들어대서, 내가 무슨 일이냐고 물어 겨우 이 사실을 알았던 겁니다. 이상하게 생각되어 2층으로 올라가 보니 방에는 아무도 없었지요. 그래서 몇 사람에게 물어 보자 가운데 마당에 있던 젊은이가 거기를 몰래 빠져 나가는 한 사람을 봤다는 겁니다. 인상을 물어 보니, 역시 그 사람이었습니다. 그래서 나는 메리가 경찰에 알리는 게 좋겠다고 아내에게 말했습니다. 그런데 메리도 아내도 찬성하지 않았기 때문에 내가 함께 오게 된 겁니다."
크롬 형사는 종이를 한 장 그쪽으로 밀어 놓으며 말했다.
"그 남자의 인상을 말해 주시오. 되도록 빨리. 시간이 없으니까요."
"중키에 허리가 구부정하고 안경을 쓰고 있었어요."
"옷차림은?"
"검은 계통의 양복을 입고 테 넓은 중절모를 쓰고 있어 초라한 느낌이었지요."
그녀는 더 이상 보태지 못했다.

크롬 형사는 캐묻지 않았다. 여기저기로 전화가 걸려졌지만, 형사도 서장도 그리 낙관하고 있지 않았다.

크롬 형사는 그 남자가 가운데 마당을 빠져 나갈 때 가방도 슈트 케이스도 갖고 있지 않았다는 사실을 생각해냈다.

그는 말했다.

"거기에 단서가 있어."

두 경관이 '블랙 스완'으로 파견되었다.

볼 씨는 우쭐한 기분과 남에게 인정받은 인물이 된 듯한 만족감으로, 그리고 메리는 얼마쯤 울 듯한 기분이 되어 그들을 따라갔다.

경관은 10분쯤 뒤 돌아왔다.

"숙박계를 가져왔습니다. 서명이 있더군요."

우리는 그 둘레에 모여 섰다. 글씨는 조그맣고 끄적끄적 씌어져 읽기 어려웠다.

서장이 말했다.

"ABC 케이스——아니면 캐시인가?"

크롬이 의미심장하게 말했다.

"ABC입니다."

"짐은 어떻게 됐나?"

"꽤 큰 슈트 케이스가 하나 있었는데, 조그만 마분지통이 잔뜩 들어 있었습니다."

"마분지통? 안에 뭐가 들어 있었지?"

"양말입니다. 비단 양말입니다."

크롬 형사는 포아로 쪽을 돌아보았다.

"축하합니다. 당신 예감이 들어맞았군요."

삽화

크롬 형사는 경찰국의 자기 방에 있었다.

책상 위의 전화가 나즉하게 조심스러운 소리를 냈다. 그는 급히 수화기를 집어 들었다.

"제이콥입니다. 젊은 남자가 하나 와서 들어 두시는 게 좋을 듯한 이야기를 하고 있습니다."

크롬 형사는 한숨을 쉬었다. ABC사건에 대한 중요한 정보라고 하며 찾아오는 사람이 하루 평균 스무 명쯤 되었다. 그 가운데 일부는 아무 해로움 없는 미치광이였고, 또한 진짜로 자기 정보가 도움이 된다고 믿고 있는 선의의 사람들도 있었다. 대부분의 사람은 자기에게 남겨 두고, 들을 만한 인물만 골라 상관에게로 보내는, 사람들을 체로 거르는 역할을 하는 것이 제이콥 경찰의 일이었다.

잠시 뒤 형사실 문을 노크하고 제이콥 경찰이 꽤 키가 크고 잘생긴 젊은이를 안내해 들어왔다.

"톰 허티건 씨입니다. ABC사건과 관계가 있는 듯한 일을 말씀드리고 싶답니다."

크롬 형사는 쾌활하게 일어나 악수했다.

"안녕하십니까, 허티건 씨, 어서 앉으십시오. 담배는?"

톰 허티건은 어설프게 앉아 높으신 분으로 여겨지는 사람을 좀 황송한 눈길로 쳐다보았다. 그러나 형사의 풍채는 어쩐지 그를 실망시켰다. 여느 사람과 조금도 다름없지 않은가!

크롬 형사가 말했다.

"자, ABC사건에 관계 있을 듯한 이야기를 해주시겠다고요. 시작해 주십시오."

톰은 신경질적으로 이야기하기 시작했다.

"물론 아무것도 아닌 일일지 모릅니다. 그저 제가 좀 생각한 겁니다. 시간 낭비가 되실지도 모르겠습니다만."

크롬 형사는 다시금 눈치채이지 않게 한숨을 쉬었다. 사람들을 안심시키기 위해 헛되이 보내는 많은 시간의 낭비!

"그것은 우리가 판단합니다. 아무튼 사실을 이야기해 주십시오, 허티건 씨."

"알았습니다. 실은 어떤 젊은 아가씨를 알고 있는데, 그 어머니가 방을 세놓고 있습니다. 캠든 타운 위 거리입니다. 2층 구석방을 벌써 1년이 넘도록 캐스트라는 사람에게 빌려 주고 있습니다."

"캐스트라고요? 네?"

"그렇습니다. 중년의 좀 멍청하고 순한 사람인데, 무슨 장사를 하고 있는 모양이지만 파리도 한 마리 죽일 것 같지 않은 인물로, 어떤 이상한 일만 없었다면 나쁜 일 같은 건 전혀 상상도 할 수 없는 사람입니다."

그리고 나서 톰은 좀 혼란에 빠져 한두 번 같은 말을 되풀이하며 유스턴 역에서 캐스트 씨를 만난 일이며 차표를 떨어뜨린 일 등을 이야기했다.

"그래서 형사님은 어떻게 생각하실지 모르겠습니다만, 어쩐지 좀 이상하게 여겨졌습니다. 릴리는——제가 알고 있는 아가씨인데——그가 첼테넘으로 간다고 말했다고 하고, 그 어머니도 그렇게 말합니다. 그가 아침에 떠나면서 분명 그렇게 말했다는 겁니다. 물론 그때는 저도 그리 주의하지 않았습니다. 릴리는 던캐스터 같은 데 가서 ABC 녀석한테 잡히지 않으면 좋겠다고 말했지요. 그리고 또 그 전의 사건 때 처스턴에 있었던 것도 우연의 일치라고 말했습니다. 그래서 제가 웃으며 그 전에 벡스힐에는 있지 않았느냐고 하자, 어디가 있었는지는 모르지만 바닷가로 간 것은 지금도 잘 기억하고 있다는 것이었습니다. 제가 그 남자가 ABC라면 재미있을 거라고 말하니 그녀가 가엾은 캐스트 씨는 파리도 죽이지 못한다고 해서, 그때는 그것으로 이야기가 끝났습니다. 우리는 더 이상 그 일을 생각하지 않았지요. 그러나 마음 속은 어쩐지 꺼림칙했습니다. 그래서 이 캐스트라는 인물은 아무 해로운 데가 없어 보이지만 결국은 좀 이상한 사람이 아닌가 의심되기 시작했습니다."

톰은 숨을 돌리고 나서 말을 이었다. 크롬 형사도 지금은 열심히 귀를 기울이고 있었다.

"그리고 던캐스터의 살인 뒤 모든 신문에 AB 케이스 또는 캐시라는 인물에 대해 아는 사람이 있으면 보고하라는 기사가 실렸고, 신문에 난 인상이 그와 아주 똑같았습니다. 첫 비번날 밤, 저는 릴리한테 가서 캐스트 씨의 이니셜을 물었습니다. 처음에 그녀는 기억하지 못했습니다만 어머니가 알고 있었는데, 확실히 AB라는 것이었지요. 그래서 우리는 맨 처음 앤도버의 살인이 있었을 때 캐스트 씨가 집을 비웠던가 어쨌던가를 생각해 봤습니다. 아시다시피 석 달이나 지난 그때의 일을 생각해 내기란 쉽지 않았지요. 꽤 어려운 일이었지만 끝내 알아냈습니다. 머벌리 부인의 남동생 배트가 6월

21일에 캐나다에서 왔는데, 너무 갑작스럽게 와서 잘 데가 마땅찮아 걱정하고 있었기 때문에, 릴리가 캐스트 씨가 없으니 그의 방에서 자면 된다고 했던 겁니다. 그러나 머벌리 부인이 그것은 하숙인에게 좋지 않은 일이니 언제나 정직하고 절제있게 하는 게 좋다고 하며 찬성하지 않았답니다. 배트가 타고 온 배가 사우샘프턴 항구로 들어온 날이 바로 그날이니 날짜는 확실합니다."
크롬 형사는 이따금 뭔가 적어 넣으며 주의깊게 듣고 있었다. 그는 물었다.
"그게 전부입니까?"
"네, 전부입니다. 아무것도 아닌 얘기만 잔뜩 늘어놓았다고 여기지 않으셨으면 좋겠습니다."
톰의 얼굴이 좀 빨개졌다.
"그렇지 않습니다. 와주셔서 무척 고마웠습니다. 물론 아주 막연한 증언이긴 합니다. 날짜도 우연의 일치일지 모르고, 이름 역시 그렇습니다. 그러나 확실히 캐스트 씨를 만나 볼 필요는 있을 것 같습니다. 집에 있을까요?"
"네."
"언제 돌아왔습니까?"
"던캐스터의 살인이 있었던 그날 저녁입니다."
"돌아와서 뭘 했지요?"
"대체로 집에 있었습니다. 그런데 아주 이상하다고 머벌리 부인이 말하고 있습니다. 신문을 많이 사들이고 있답니다. 아침 일찍 나가 아침 신문을 사오고, 어두워지면 또 저녁 신문을 사온답니다. 머벌리 부인은 그가 혼잣말만 하며 점점 이상해져 간다고 말하고 있습니다."
"머벌리 부인의 주소는?"

톰은 주소를 가르쳐 주었다.
"고맙습니다. 아마 오늘 안으로 갈 겁니다. 그리고 특별히 주의드릴 것까지는 없습니다만, 그 캐스트라는 인물을 만나면 당신 태도를 조심해 주십시오."
그는 일어나 악수했다.
"당신은 이리로 와서 올바른 일을 한 것이니 마음놓으십시오. 그럼, 안녕히 가십시오, 허티건 씨."
잠시 뒤 제이콥이 들어와서 물었다.
"어땠습니까? 쓸 만한 이야기였습니까?"
크롬 형사는 말했다.
"쓸 만해. 단 그 남자가 말한 게 사실이라면. 양말 제조업자 쪽은 아직 진척이 없지만 이제 서서히 무언가 잡힐 때야. 그리고 처스턴 사건의 수사 기록을 좀 내주게."
그는 잠시 자기가 바라는 것을 그 안에서 찾아내려고 했다.
"아, 있군. 토키 경찰에서 들어 둔 진술서 속에 있는데, 힐이라는 이름의 젊은이가 토키 극장에서 '한 마리의 참새도……'라는 영화를 본 뒤 이상한 몸짓을 하는 남자를 보았다는 거야. 그 남자가 혼잣말을 하고 있는 것을 들었다는데, '그거 좋은 생각이야'라고 했다는군. '한 마리의 참새도……'는 던캐스터의 리걸 극장에서 상영된 영화지?"
"네, 그렇습니다."
"뭔가 있을 것 같군, 그때는 아무것도 아니었지만. 다음 범죄를 위한 방법이 그때 떠올랐다고도 할 수 있지. 힐의 이름과 주소도 적혀 있군. 그의 진술은 그리 분명치 않지만 메리 스트라우드며 톰 허티건의 진술과 아주 일치하고 있어. 많이 뜨거워져 오는데."
크롬 형사는 이렇게 말했지만 그리 정확하다고는 할 수 없었다. 그 자신은 늘 차가웠기 때문이다.

"무언가 지시하실 게 있습니까?"

"두 사람쯤 보내 캠든 타운 거리의 집을 감시해 주게. 그러나 너무 놀라게 하고 싶지는 않아. 수사과장에게 말해 보겠네. 그리고 나서 캐스트를 이리로 데려와 자백할지 어떨지 신문해 봐야지. 금방 털어놓을 것 같긴 하지만."

한편 톰 허티건은 강변 길에서 그를 기다리고 있는 릴리 머벌리와 만났다.

"잘됐어, 톰?"

톰은 고개를 끄덕였다.

"크롬 형사를 만났어. 이 사건 담당이야."

"어떤 사람인데?"

"좀 조용하고 거만한 사람이야. 내가 생각했던 것 같은 탐정은 아니더군."

릴리는 존경하는 마음을 담아 말했다.

"트렌처드 경 같은 사람이지? 그런 사람은 거만한 법이야. 그래, 뭐라고 해?"

톰은 간단히 이야기했다.

"그럼, 정말로 그 사람이라고 생각하는 걸까?"

"그럴지도 모른다고 했어. 아무튼 와서 물어 보겠다고 했지."

"가엾은 캐스트 씨."

"가엾은 캐스트 씨니 뭐니 해봐야 소용없어. 만일 그 사람이 ABC 라면 가공할 살인을 네 번이나 저질렀으니까."

릴리는 한숨을 쉬며 머리를 흔들었다.

"무서워."

"이제 점심먹으러 가자. 만일 내가 한 말이 옳다면 내 이름이 신문에 날 거야!"
"어머나, 톰, 정말이야?"
"그럴걸. 그리고 너도, 그리고 네 어머니도, 사진도 날지 몰라."
"어머나, 톰."
릴리는 꿈꾸는 듯한 얼굴로 톰의 팔을 꽉 잡았다.
"코너 하우스에서 점심먹는 게 어떻겠어?"
릴리는 더 세게 잡았다.
"가자!"
"좋아. 그렇지만 잠깐만 기다려. 역에서 전화 한 통만 걸고 올게."
"누구한테?"
"만나기로 약속했던 여자 친구."
그녀는 길을 건너가더니 조금 뒤 얼마쯤 발그레해진 얼굴로 돌아왔다.
그녀는 그의 팔짱을 끼었다.
"자, 됐어, 톰. 경찰국 이야기를 좀더 해줘. 다른 사람은 만나지 않았어?"
"다른 누구?"
"그 벨기에 신사. ABC가 늘 편지를 보내는 사람."
"아니, 그 사람은 없었어."
"그럼, 다 이야기해 줘. 톰이 안으로 들어갔을 때 어땠는지, 누가 톰한테 말을 걸고, 톰이 또 뭐라고 말했는지……."

캐스트 씨는 조용히 수화기를 내려놓았다.
그는 호기심에 가득 찬 얼굴로 문가에 서 있는 머벌리 부인 쪽으로 돌아섰다.

"전화가 다 오고 웬일이에요, 캐스트 씨?"
"네, 그렇습니다, 부인. 어쩌다 왔군요."
"나쁜 소식은 아니겠지요?"
"아니, 아닙니다."
어쩌면 이 여자는 이렇듯 끈덕지게 달라붙을까. 그는 자기가 들고 있는 신문 기사로 눈길을 떨어뜨렸다. 출생, 결혼, 사망……
"누이동생이 지금 아기를 낳아서……"
그런 말이 입에서 나왔다. 누이동생은 있지도 않은데!
"어머나, 그래요, 참 잘됐군요."
그러나 마음 속으로는 '지금까지 한 번도 누이동생 이야기를 하지 않았는데'라고 생각하고 있었다.
"여자 목소리가 캐스트 씨를 대달라고 했을 때, 나는 깜짝 놀랐어요. 처음에는 우리 집 릴리의 목소리인가 해서 말이지요. 좀 닮았던걸. 얼마쯤 점잔빼는 투는 있었지만. 캐스트 씨, 축하해요. 처음인가요, 또 다른 조카나 조카딸이 있나요?"
"아니, 처음입니다. 지금까지도 또 앞으로도 단 하나뿐일 겁니다. 아무튼 곧 가보지 않으면 안 되겠습니다. 저를 만나고 싶다는군요. 서두르면 기차 시간에 대어 갈 수 있을 겁니다."
급히 2층으로 올라가는 캐스트 씨 등뒤에 대고 머벌리 부인이 물었다.
"오래 계실 거예요, 캐스트 씨?"
"아니, 2, 3일…… 정도입니다."
그는 침실로 사라졌다. 머벌리 부인은 부엌으로 들어가 귀여운 아기 생각을 하며 감상적이 되었다.
그녀는 갑자기 양심의 가책을 느끼기 시작했다. 지난 밤에 톰이며 릴리와 함께 한통속이 되어 날짜 등을 맞춰보다니! 캐스트 씨가 그 무서운 괴물 ABC가 아닌지 확인해보려 했다니! 그저 이니셜이며 몇 가지 것이 들어맞는다고 해서.

'그 애들도 정말로 그런 건 아니겠지. 지금은 스스로 부끄러워하고 있을지도 몰라.'

그녀는 이렇게 생각하며 자신을 달랬다. 뭐라고 잘 설명할 수는 없었지만, 누이동생이 아기를 낳았다는 캐스트 씨의 말은 머벌리 부인이 하숙인의 성실성에 대해 가졌던 의심을 깨끗이 사라지게 해버렸던 것이다. 머벌리 부인은 릴리의 속치마를 다림질하기 전에 뺨으로 다리미의 열기를 재보며 생각했다.

'누이동생이 너무 고생하지 않으면 좋으련만. 가엾게도……'

그녀의 생각은 그녀가 잘 아는 해산의 경과를 절로 더듬고 있었다.

캐스트 씨는 구두를 손에 들고 조용히 층계를 내려왔다. 그 눈이 한순간 전화 있는 데를 보았다.

아직 그 짧은 대화가 머리 속에서 울리고 있었다.

"캐스트 씨지요? 경찰국 형사가 당신을 만나러 간답니다."

그는 뭐라고 말했던가? 생각해 낼 수 없었다.

"고맙소, 고맙소. 정말…… 친절하게도……."

그렇게 말한 것 같았다.

그녀는 왜 전화를 걸어 준 것일까? 그 일을 안 것일까? 아니면 형사가 오기로 해서 자기가 있는지 어떤지 확인하려고 한 것일까?

하지만 형사가 온다는 것을 어떻게 알고 있었을까?

게다가 그 목소리…… 그녀는 자기 어머니가 못 알아듣도록 목소리를 바꾸고 있었다.

아무래도 그녀는 알고 있는 모양이다.

그러나 알고 있다 해도 설마…….

그러나 그녀는 그렇게 했을지도 모른다. 여자란 묘하다. 뜻밖에 가혹하기도 하고 친절하기도 하다. 언젠가 그는 릴리가 쥐덫에서 쥐를 꺼내 주는 것을 본 적이 있었다.
 친절한 아가씨.
 친절하고 예쁜 아가씨.
 그는 현관의 양산이며 외투가 걸려 있는 곳에서 멈춰 섰다. 나갈 것인가?
 부엌에서 조그만 소리가 났으므로 일은 결정되었다. 시간이 없다.
 머벌리 부인이 나올지도 모른다.
 그는 현관문을 열고 밖으로 나와 다시 닫았다.
 어디로……?

경찰국에서

또 회의. 수사과장, 크롬 형사, 포아로 그리고 나.
수사과장이 입을 열었다.
"포아로 씨, 양말 장수에 대한 당신의 추리가 딱 들어맞았습니다."
포아로는 손을 펼쳐 보였다.
"그것은 필요했던 일입니다. 그러나 그 남자는 정식 대리상은 아니었습니다. 주문을 받는 게 아니라 행상을 하고 다녔지요."
"거기까지 모두 알아냈나, 크롬 형사?"
"네, 그렇습니다."
크롬 형사는 수사 서류를 들여다보았다.
"날짜 순서로 지명을 댈까요?"
"그래, 말해 보게."
"처스턴, 페인턴 및 토키에 대한 조사를 끝냈습니다. 그가 양말을 팔러 간 사람들의 목록도 만들어졌습니다. 꽤 완벽하게 했습니다. 돌 역에 가까운 피트라는 조그만 여관에 들었는데, 살인사건이 있었던 날 밤에는 10시 30분쯤 여관에 돌아와 있었습니다. 처스턴에서 10시 5분 기차를 타고 페인턴에서 10시15분에 갈아타면 됩니다. 기차 안이나 역에서 그를 보았다는 사람은 없습니다. 그날은 화요일이고, 다트마우스의 보트 경주가 있어 킹스웨어에서 오는 기차가 만원이었던 겁니다. 벡스힐의 경우도 같습니다. 본디 이름으로 그로브에 묵었습니다. 버너드 부인 및 '진저 캣'을 포함한 열두어 집쯤에 양말을 권했습니다. 저녁 일찍 이 여관을 떠나 다음날 오전 11시 30분쯤 런던에 돌아왔습니다. 앤도버의 경우도 같습니다. 페더스에 묵으며 애셔 부인의 이웃인 파울러 부인 댁 등 여섯 집쯤에 양말을 갖고 갔습니다. 애셔 부인이 산 한 컬레를 그 조카딸인 드로워 양에게서 얻었는데, 캐스트가 파는 것과 같은 제품입니다."

수사과장이 말했다.

"거기까지는 그것으로 됐네."

크롬 형사는 계속했다.

"들어온 정보를 바탕으로 저는 허티건에게서 들은 숙소로 가보았습니다만, 그는 반 시간쯤 전에 집을 나가고 없었습니다. 전화를 받았다고 합니다. 전화가 온 건 그에게 처음 있는 일이라고 집 주인 아주머니가 말했습니다."

수사과장이 암시했다.

"공범이 있는 걸까?"

포아로가 말했다.

"없을 겁니다. 이상하군요, 아니면……."

문득 말을 끊었으므로 우리는 뒷말을 재촉하듯 그를 보았으나, 그는 머리를 저었을 뿐이었다.

크롬 형사가 다시 말을 이었다.

"그가 살고 있던 방을 샅샅이 조사해 보았는데, 이 수사로 이미 의심의 여지가 없어졌습니다. 문제의 편지가 씌어진 것과 똑같은 편지지 한 권, 그리고 많은 양말이 발견되었습니다. 양말이 들어 있던 벽장 속에 같은 크기의 봉투가 있었는데, 그것은 양말이 아니라 여덟 권의 새 철도 안내서였습니다."
수사과장이 말했다.
"확증이로군."
"또 다른 것도 발견했습니다."
크롬 형사의 목소리는 승리로 말미암아 인간미를 띠었다.
"오늘 아침에 막 발견했기 때문에 보고할 틈이 없었습니다. 그의 방에는 칼이 없었습니다만……."
포아로가 말했다.
"그런 것을 갖고 돌아오는 건 어리석은 짓이니까요."
"하지만 그는 이성적인 사람이 아닙니다. 아무튼 저는 그가 그것을 갖고 왔을지도 모르며, 포아로 씨가 말씀하시다시피 그것을 방에 숨기는 데 위험을 느껴 다른 데를 찾았을지도 모른다고 생각했습니다. 집안에서 그가 생각해 낼 만한 곳은 어디인가? 저는 곧 알았습니다. 현관의 우산꽂이입니다. 거기라면 아무도 건드리지 않습니다. 그래서 가까스로 움직여 보니…… 역시 있었습니다!"
"그 칼이?"
"그 칼입니다. 의심할 여지가 없습니다. 피가 말라붙어 있었습니다."
수사과장은 만족스러운 듯 말했다.
"수고했네, 크롬. 남은 것은 단 하나뿐일세."
"무엇입니까, 그것은?"
"그 남자 자신일세."
"붙잡힐 겁니다, 걱정없습니다."

크롬 형사의 말투는 자신으로 넘치고 있었다.
"포아로 씨, 어떠십니까?"
포아로는 꿈에서 깨어난 듯 놀랐다.
"뭐라고 하셨습니까?"
"범인 체포는 다만 시간 문제라고 말했습니다. 당신도 찬성하십니까?"
"오, 그렇겠지요, 틀림없습니다."
그의 말투가 아주 방심하고 있는 것처럼 들렸으므로 다른 사람들은 이상한 듯 그를 보았다.
"마음에 걸리는 일이라도 있으십니까?"
"아주 마음에 걸리는 일이 있습니다. 그것은 '왜?'라는 것입니다. 동기가 무엇이냐는 것 말입니다."
수사과장이 초조한 듯 말했다.
"그 남자는 미치광이입니다."
친절하게도 크롬 형사가 도움의 손길을 뻗었다.
"포아로 씨가 말씀하시는 뜻은 알겠습니다. 말씀대로입니다. 뭔가 분명한 강박관념이 없으면 안 됩니다. 저는 이 사건의 밑바닥에는 강한 열등의식이 있다고 생각합니다. 피해망상이 있을지도 모릅니다. 만일 그렇다면 그는 거기에 포아로 씨를 연관시킬지도 모릅니다. 그는 포아로 씨가 자기를 잡아 내기 위한 목적으로 고용된 탐정이라는 망상을 갖고 있을지도 모릅니다."
수사과장이 말했다.
"흠, 그것은 요즘 흔히들 말하는 잠꼬대야. 옛날엔 미치광이는 미치광이였을 뿐이지, 그것을 설명하기 위해 과학적인 용어같은 것을 찾는 일 따윈 하지 않았어. 요즘 유행하는 의사 나리들은 ABC 같은 남자를 요양소에 넣어 45일만 지나면, 훌륭한 인간이 되었다며 사회의 책임 있는 한 사람으로 서슴지 않고 다시 내보낼 것이네."
포아로는 미소를 지었으나 대답하지는 않았다.
회의는 끝났다. 수사과장이 말했다.
"그럼, 크롬, 그를 체포하는 것은 시간 문제겠구먼."
"그가 평범한 사람이 아니었다면 벌써 체포했을 겁니다. 너무나 많은 죄없는 시민을 괴롭혔으니까요."
"대체 녀석은 지금 어디 있을까?"

삽화

캐스트 씨는 야채 가게 앞에 서 있었다.
그는 길 건너쪽을 지켜 보고 있었다.
그렇다, 저곳이다.
애셔 부인, 신문과 담배를 파는 가게…….
유리창에 글씨가 씌어 있다.
셋집.
공허하고…… 사람 그림자도 없다…….
야채 가게 아주머니가 레몬을 집으려다가 말했다.
"미안합니다, 손님."
그는 사과를 하고 옆으로 비켜섰다.
천천히 다리를 끌며 큰길 쪽으로 걸어갔다.
큰일이다…… 아주 큰일이다. 이제 남은 돈도 없다.
하루 종일 아무것도 먹지 않으면 어쩐지 이상하게 머리가 가벼운 느낌이 든다.
그는 신문 가게 정면에 나붙어 있는 게시문을 보았다.

ABC 사건. 살인범, 아직 체포되지 않음. 에르퀼 포아로 씨와의 회견.

캐스트 씨는 혼잣말을 했다.

"에르퀼 포아로, 그 사람은 알 수 있을까."

그는 다시 걷기 시작했다.

너무 오래 게시문을 보는 것은 좋지 않다.

그는 생각했다.

'너무 멀리는 못 가겠어.'

발 앞에 발…… 걷는다는 건 어쩌면 이토록 우스울까.

발 앞에 발…… 우습다.

정말 우습다.

하지만 인간이란 아무튼 우스운 동물이다.

그리고 앨릭잰더 보너퍼트 캐스트는 특히 우습다. 그는 언제나 그랬었다.

사람들은 언제나 그를 보고 웃었다.

그 사람들을 나무랄 수는 없다.

그는 어디로 가는 것인가? 그는 모른다. 그는 이제 끝에 와버렸다. 그는 자기 발밖에 보지 않았다.

발 앞에 발…….

그는 쳐다보았다. 눈앞에 불빛이, 그리고 글씨가…….

경찰서.

캐스트 씨는 말했다.

"이상한데."

그는 좀 소리 죽여 웃었다.

그리고 안으로 갔다. 그는 갑자기 비틀거리며 앞으로 쓰러졌다.

포아로의 질문

 활짝 갠 11월 어느 날이었다. 솜프슨 박사와 재프 경감이 앨릭잰더 보너퍼트 캐스트 씨 사건에 대한 경찰 신문 결과를 알려주러 포아로를 찾아왔다.
 포아로는 가벼운 기관지염 때문에 거기에 참석하지 못했던 것이다. 다행히도 그는 나에게 참석해 달라고 고집을 부리지 않았다.
 재프 경감이 말했다.
 "신문을 하고, 마침내 끝났습니다."
 내가 말했다.
 "이 단계에서 변호사를 붙이다니 드문 일 아닙니까? 나는 죄수란 끝까지 변호를 미뤄 두는 거라고 생각했었는데요."
 재프 경감이 말했다.
 "그리 특이한 일도 아닙니다. 그 루커스라는 젊은 사람이 마구 끌고 나가려는 거겠지요. 그는 기회라고 여기는 겁니다. 광기라는 것이 변호의 단 하나뿐인 핵심이지만 말입니다."
 포아로가 어깨를 으쓱했다.

"미치광이를 풀어 내보낼 수는 없지요. 폐하의 뜻이 사형 반대에 있는 한 감금이겠지만요."
재프 경감이 말했다.
"루커스는 승산이 있다고 생각하고 있습니다. 벡스힐 살인에 제1급 알리바이라도 있으면 사건 전체가 약화될지도 모르니까요. 그는 이 사건이 얼마나 뚜렷한 것인지 모르는 모양입니다. 아무튼 루커스는 색다른 짓을 할 겁니다. 아직 젊은 데다 사람들 앞에서 주목받고 싶어하니까요."
포아로는 톰프슨 박사 쪽을 보며 물었다.
"어떻습니까, 박사님?"
"캐스트 씨에 대해서 말입니까? 글쎄요, 어떻게 말해야 좋을지 모르겠군요. 그는 여느 사람같이 행동하고 있습니다만, 물론 간질병 환자입니다."
내가 말했다.
"놀라운 클라이맥스였습니다."
"그 남자가 앤도버 경찰서에서 발작을 일으키며 쓰러진 일 말입니까? 그렇지요, 그것은 그 드라마에 알맞는 극적인 종말이었습니다. ABC는 언제나 꼭 효과를 노리고 있었지요."
나는 물었다.
"범죄를 저지르고 그것을 깨닫지 못하는 일이 있을 수 있을까요? 그 남자의 부정에는 어떤 진실한 울림이 있으니 말입니다."
톰프슨 박사는 조금 미소지었다.
"그 연극적인 '신에 맹세코'라는 태도에 속아선 안 되지요. 캐스트 씨는 살인을 저지른 것을 완전히 알고 있다는 게 제 의견입니다."
재프 경감이 말했다.
"열중해서 한 일은 대개 기억하고들 있지요."

솜프슨 박사는 말을 이었다.

"당신의 질문에 대해 말씀드린다면, 간질병 환자가 몽유 상태에서 어떤 행위를 하고서 그것을 전혀 모르는 경우는 확실히 있을 수 있습니다. 그러나 그런 행위라도 깨어 있는 상태 때의 그 자신의 의사에 반대되게 일어나는 일은 없다는 게 일반적인 견해입니다."

그리고 그는 큰 악과 작은 악에 대해 이야기했는데, 사실대로 말하면 학식있는 사람이 자신의 전문 주제에 열중할 때 듣고 있는 사람이 흔히 그렇듯, 나는 뭐가 뭔지 모르게 혼란만 느끼고 말았다.

"하지만 저는 캐스트가 자신이 스스로 깨닫지 못하면서 이들 범죄를 저질렀다는 데 반대입니다. 편지 일만 없다면 그 의견을 인정할 수도 있겠지요. 그러나 편지가 그 의견을 완전히 무너뜨리고 있습니다. 그것은 범죄의 예비성과 용의주도한 계획을 보여 주고 있으니까요."

포아로가 말했다.

"뿐만 아니라 편지에 대한 충분한 설명이 아직 없습니다."

"그것이 당신에게 흥미를 갖게 하는군요?"

"물론 그렇지요. 그 편지는 저한테 보내 온 것이니까요. 그리고 편지 이야기만 나오면 캐스트는 끈질기게 입을 다물고 있습니다. 이들 편지가 저한테 씌어진 이유가 밝혀지지 않는 한 저는 사건이 해결되었다고 생각지 않습니다."

"그렇지요. 당신 생각은 알겠습니다. 그가 당신에게 왜 맞섰느냐는 것에 대해 짐작되는 이유가 전혀 없다는 거지요?"

"전혀 없습니다."

"한 가지 짚이는 것을 이야기하겠는데, 당신 이름입니다!"

"제 이름이?"

"그렇습니다. 캐스트는 분명 그 어머니의 기호로 말미암은 이름이지요. 거기에는 확실히 오이디푸스 콤플렉스가 있습니다. 두 개의 극단적으로 과장된 이름, 즉 앨릭잰더(알렉산더)와 보너퍼트(보나파르트)라는 이름을 짊어지고 있습니다. 제 말뜻을 아시겠습니까? 알렉산더는 끝없이 세계를 정복하기 갈망했던, 패배라는 것을 생각한 일이 없었던 인물입니다. 그리고 보나파르트는 프랑스의 위대한 황제지요. 그는 상대를 구하고 있는 겁니다. 즉 자기 수준에 걸맞는 상대를. 그렇습니다, 당신이 그 강대한 헤라클레스(에르퀼)인 겁니다."

"당신 이야기는 꽤 암시적이군요, 박사님. 여러 가지 생각을 하게 합니다."

"아니, 그냥 떠오른 생각에 지나지 않습니다. 그럼 이만 실례해야 겠군요."

솜프슨 박사는 돌아가고 재프 경감은 남았다.

포아로가 물었다.

"그 알리바이 문제로 곤란을 겪고 있습니까?"

재프 경감은 인정했다.

"얼마쯤. 그러나 저는 믿지 않습니다. 그건 사실이 아니니까요. 하지만 뒤집는 게 여간 어렵지 않습니다. 스트레인지라는 사나이가 고집이 굉장히 세어서요."

"그 인물에 대해 설명을 좀 해주십시오."

"40살쯤 된 남자로 고집이 세고 자신만만하여 자기 주장을 꺾으려 하지 않는 광산 기사입니다. 이 남자는 증인으로 나서겠다며, 조만간 칠레에 가야 하기 때문에 빨리 끝내 주기를 바란다고 말합니다."

내가 말했다.

"지금까지의 사람들 가운데 가장 단호하군요."

포아로가 진지하게 말했다.

"자기 잘못을 인정하지 않으려는 타입의 사람이지."

"자기 말을 고집하여 적당히 다룰 수가 없습니다. 그는 7월 24일 밤 이스트본의 화이트 크로스 호텔에서 캐스트를 만났다고 단호히 주장하고 있습니다. 그는 혼자서 심심하여 말상대를 찾고 있었고, 캐스트는 확실히 이상적인 말상대였겠지요. 그는 조금도 상대방의 방해가 되지 않았던 겁니다! 저녁 식사 뒤 그와 캐스트는 도미노를 했습니다. 스트레인지라는 남자는 도미노 솜씨가 뛰어난데, 그런 그가 놀랄 정도로 캐스트 역시 제법 솜씨가 좋았다는 겁니다. 이상한 게임이지요, 이 도미노라는 것은. 하고 있는 동안에는 아주 정신없이 몇 시간이고 계속합니다. 스트레인지와 캐스트의 경우도 마찬가지여서, 캐스트가 그만 자자고 해도 스트레인지가 놓아주지 않았답니다. 그래서 그냥 밤중까지 했던 모양입니다. 그러다가 두 사람은 새벽 0시 10분이 지나서야 헤어졌다더군요. 그러니까 만일 캐스트가 25일 새벽 0시 10분이 지나서 이스트본의 화이트 크로스 호텔에 있었다면, 새벽 0시에서 2시 사이에 벡스힐 바닷가에서 베티 버너드의 목을 조를 수 없었다는 이야기가 됩니다."

포아로가 신중한 얼굴로 말했다.

"이 문제는 확실히 다루기 어렵군요. 좀더 생각해 봐야만 합니다."

"크롬 형사도 그 점을 생각하고 있습니다."

"그 스트레인지라는 남자는 아주 단호하게 주장하고 있단 말이지요?"

"그렇습니다. 마치 악마처럼 고집불통입니다. 그런데다 어디에 헛점이 있는지 도무지 알 수가 없습니다. 스트레인지가 잘못 알고 있다 하더라도, 그 사람이 캐스트가 아니었다면 무엇 때문에 캐스트라고 우기는지. 호텔 숙박계의 서명도 확실히 캐스트의 것입니다.

공범이 한 짓이라고 할 수 없습니다. 살인광의 광기에는 공범이 없는 법이지요! 아가씨 쪽이 더 늦게 죽은 건지도 모르지만 의사는 증언에 확신을 갖고 있습니다. 아무튼 캐스트가 이스트본의 호텔을 나와 남의 눈에 띄지 않게 벡스힐에 가 닿으려면 시간이 걸릴 게 아닙니까. 14마일이나 떨어져 있으니까요."
"문제로군요, 확실히."
"물론 엄밀히 말하면, 그런 건 아무래도 좋습니다. 던캐스터의 살인에서 그를 체포한 것이니까요. 피묻은 외투, 칼, 여기에는 빠져 나갈 길이 없습니다. 어떤 배심원도 그를 무죄로 할 수 없습니다. 그러나 그 점이 얼마쯤 방해가 됩니다. 그는 던캐스터에서 살인을 했습니다. 처스턴의 살인도 그의 짓입니다. 그리고 앤도버의 살인도 했습니다. 따라서 벡스힐의 살인도 그의 짓임에 틀림없습니다. 다만 어떻게 했는지를 알 수가 없습니다."
그는 고개를 저으며 일어섰다.
"다음은 당신이 나설 차례입니다. 크롬 형사는 오리무중입니다. 당신의 그 유명한 회색 뇌세포를 움직여 주십시오. 그가 어떤 방법으로 했는지 밝혀 주십시오."
재프 경감은 돌아갔다.
내가 물었다.
"어떻게 생각하나, 포아로? 그 조그만 회색 뇌세포가 이 일을 감당할 수 있겠는가?"
포아로는 대답하는 대신 다른 것을 물었다.
"헤이스팅즈, 자네는 사건이 끝났다고 생각하나?"
"그렇지. 실제적인 이야기로는 끝났다고 여기네. 범인을 잡았고, 증거도 대부분 나왔으니까. 다만 좀더 보태기만 하면 되겠지."
포아로가 고개를 저었다.

"사건이 끝났다고? 이 사건이? 헤이스팅즈, 사건은 이 남자일세. 이 남자에 대해 모든 것을 알기까지는 수수께끼가 마냥 깊은 걸세. 그를 잡았다고 해서 이긴 건 아니야!"
"그 사나이에 대해 꽤 알고 있잖은가?"
"아무것도 아는 게 없어! 우리는 그가 태어난 곳을 알고 있지. 전쟁에 나가 머리에 상처를 좀 입고, 간질병 때문에 제대했으며, 머벌리 부인 집에 2년 가까이 하숙했던 것도 알고 있어. 조용하고 내성적이어서 눈에 띄지 않는 남자라는 것도 알고 있네. 아주 현명하게 계획한 살인을 실행했다는 것도 알고 있네. 그가 믿기 어려운 어떤 바보스러운 실책을 했다는 것도 알고 있어. 그가 무자비하게 참혹한 살인 방법을 썼다는 것도 알고 있네. 그리고 또 그가 자기가 저지른 범죄 때문에 다른 사람에게 누명이 돌아가지 않도록 배려할 만큼 친절한 사나이라는 것도 알고 있네. 만일 그가 거침없이 죽으려고 생각했다면, 그 자신의 범죄 때문에 다른 사람을 괴롭히는 일이 얼마나 쉬웠겠는가, 모르겠나. 헤이스팅즈, 그가 얼마나 모순덩어리의 남자인지를? 어리석으면서 교활하고, 가혹하면서 너그럽네. 그의 이 두 가지 성격을 융합시킬 수 있는 어떤 지배적인 인자(因子)가 없으면 안 되는 걸세."
"그야 물론 그를 심리학적인 대상으로 취급한다면 그렇지."
"이 사건은 처음부터 어땠는가? 나는 줄곧 이 살인자를 알려고 애쓰며 탐색해 왔네. 그런데 보게. 지금껏 나는 그에 대해 아는 게 아무것도 없어! 나는 지금 어떻게 했으면 좋을지 모르고 있네."
"권력에 대한 욕망이라든지……."
"그래, 그렇게도 설명되겠지. 하지만 나는 만족할 수 없어. 내가 알고 싶다고 여기는 게 있네. 왜 그는 이런 범죄를 저질렀는가? 왜 특히 이런 사람들을 골랐는가?"

"ABC 순서로……"
"베티 버너드는 벡스힐에서 B로 시작되는 단 한 사람이었는가? 베티 버너드…… 나는 어떤 일을 생각하고 있었네. 그것은 진실이어야 해. 진실이 아니면 안 돼. 그러나 만일 그렇다면……"
그는 잠시 입을 다물고 있었다. 나는 그를 방해하고 싶지 않았다. 사실 나는 잠들어 있었던 모양이다.
포아로의 손이 내 어깨에 와 닿아 눈을 떴다.
포아로가 정답게 말했다.
"친애하는 헤이스팅즈, 나의 천재인 헤이스팅즈."
이 갑작스러운 친밀함에 나는 당황했다.
포아로는 말을 이었다.
"정말 그렇네. 언제든지…… 언제든지 자네는 나의 구세주일세. 행운을 갖다 주네. 영감을 안겨 준단 말일세."
"내가 어떻게 영감을 준다는 건가?"
"내가 자문자답을 하고 있을 때, 나는 자네의 말, 아주 뚜렷하게 빛나는 듯한 말을 생각해 낸 걸세. 자네는 명백한 일을 말하는 재능이 있다고 전에 이야기한 적이 있지. 내가 잊었던 것은 이 뚜렷한 것일세."
"나의 빛나는 듯한 말이라는 것이 뭔가?"
"그것은 결정체처럼 모든 것을 분명하게 해주네. 내 질문에 대한 해답이 거기에 있어. 애셔 부인에 대한 이유, 이것은 전에 언뜻 생각해 본 일이 있었지만, 카마이클 클라크 경에 대한 이유, 던캐스터의 살인에 대한 이유, 그리고 마지막으로 가장 중요한 에르큘 포아로에 대한 이유……."
"설명해 주지 않겠나?"
"지금은 안 돼. 좀더 알아낼 필요가 있어. 그것은 우리 특별 수사대로부터 손에 넣을 수 있을 테지. 그렇게 되면…… 그리하여 어떤 질문의 해답을 얻으면 나는 ABC를 만나러 갈 걸세. 우리는 마침내 대결하는 거야. ABC와 에르큘 포아로, 적과 적이."
"그리고?"
"그리고 이야기하는 거지! 헤이스팅즈, 대화에 있어 무언가 숨기고 있는 것만큼 위험한 것은 없네. 프랑스의 어느 나이든 현인(賢人)이 나에게 말한 일이 있지. 말이란 생각하는 것을 방해하기 위한 발명이라고. 그리고 또 사람이 숨기려고 하는 것을 발견하기 위한 정확한 방법이기도 하네. 헤이스팅즈, 인간이란 자기 자신을 나타내고 그 개성을 표현하기 위해 대화가 주는 기회에 어쩔 수 없이 털어놓게 마련이라네."
"캐스트가 무엇을 말하리라고 생각하나?"
에르큘 포아로는 미소를 지으며 말했다.
"거짓을. 그리고 그것에 의해 진실을 아는 걸세!"

여우를 잡아라

 그로부터 2, 3일 동안 포아로는 몹시 바빴다. 어디론지 사라지는가 하면, 거의 말을 하지 않고, 혼자서 얼굴을 찌푸리고 있었으며, 더욱이 내가 과거에 발휘했다고 그가 이야기한, 빛나는 말에 대한 나의 당연한 호기심을 만족시켜 주기를 단호히 거절했다.
 그는 내게 들락날락거리는 그의 비밀스러운 출입에 함께 다니기를 권유하지 않았다. 이 사실은 나에게 얼마쯤 서운함을 느끼게 했다.
 그러나 그 주일이 끝날 무렵 그는 나와 함께 벡스힐을 찾아갈 생각이라고 말했다. 말할 나위도 없이 나는 기꺼이 승낙했다. 나중에 알았지만 이 초대는 나에게만 한 게 아니었다. 우리 특별 수사대의 대원들도 모두 초대되었던 것이다. 그들 또한 나와 마찬가지로 포아로의 음모에 걸려든 것이다. 그러나 그날이 끝날 무렵에는 아무튼 포아로의 생각이 어느 방향으로 기울어져 있는지 알게 되었다.
 그는 우선 버너드 부부를 찾아가, 그 부인으로부터 캐스트 씨가 그녀를 찾아왔던 시간과 그가 말한 대화의 정확한 내용을 들었다.
 그리고 나서 캐스트 씨가 묵은 호텔로 가서 그의 출발에 대해 자세한 이야기를 들었다. 내가 판단할 수 있는 한 그 질문으로 어떤 새로운 사실을 끄집어낼 수는 없었으나, 그 자신은 아주 만족하는 것 같았다.

다음에는 베티 버너드의 시체가 발견된 바닷가로 갔다. 그는 거기서 잠시 주의깊게 모래를 살피고 동그라미를 그려 가며 돌아보았다. 그곳은 하루에 두 번씩 조수가 밀려와 씻기기 때문에 그가 무엇을 찾아내려는 것인지 나는 알 수 없었다. 그러나 나는 지금까지의 경험에 의해 포아로의 행동은 아무리 무의미하게 보여도 언제나 분명한 생각을 바탕으로 이루어지고 있음을 알고 있었다.

그리고 그는 바닷가에서 자동차를 세울 수 있는 가장 가까운 지점까지 걸어서 갔다. 그리고 또 이스트본으로 가는 버스가 벡스힐에서 떠나는 곳까지 갔다.

마지막으로 그는 우리 모두를 '진저 캣' 카페로 데려갔다.

우리는 거기서 그 뚱뚱한 웨이트리스 히글리 양이 날라 온 좀 곰팡내나는 차를 대접 받았다. 포아로는 그녀의 동그스름한 복사뼈가 프랑스 인형을 닮았다고 칭찬했다.

"영국 사람의 다리는 일반적으로 모두 너무 가늘지요! 그런데 아가씨는 완벽한 다리를 갖고 있군요!"

히글리 양은 요란스레 웃으면서 그런 소리 말라고 했다. 프랑스 신사분들이 어떤지 잘 안다는 것이었다.

포아로는 그의 국적에 대한 그녀의 잘못을 지적하려 하지 않았다. 그는 다만 내가 깜짝 놀랄 만한 몸짓으로 그녀에게 추파를 던졌을 뿐이었다. 포아로가 말했다.

"자, 이것으로 됐습니다. 벡스힐은 이제 끝났습니다. 이제부터 이스트본으로 떠납니다. 거기서 조금 조사하면, 그것으로 끝납니다. 여러분이 함께 가실 필요는 없습니다. 그때까지 호텔로 돌아가 각

테일이라도 드십시다. 그 컬튼 차는 너무 지독했으니까요!"
모두 함께 칵테일을 마시고 있을 때 프랭클린 클라크가 이상한 듯 말했다.
"당신이 무엇을 찾고 있는지 알 듯합니다. 당신은 그 알리바이를 깨뜨리려는 거지요?"
"그렇습니다. 당신 말대로입니다."
"그래서 어떻게 하실 겁니까?"
"글쎄요, 참아야 합니다. 이제 잘될 겁니다, 시간만 있으면."
"아무튼 만족하고 계신 모양이군요."
"지금으로선 제 판단에 그리 어긋난 게 없으니까요."
그의 얼굴이 진지해졌다.
"제 친구 헤이스팅즈가 젊은 시절에 '진실 놀이'라는 게임을 한 이야기를 해준 적이 있습니다. 그것은 번갈아 가며 세 번씩 질문하는 게임인데, 그 가운데 두 개만은 진짜 대답을 하지 않으면 안 됩니다. 질문은 당연히 노골적이 됩니다. 그러니 처음에 반드시 진실을, 모두 진실만을 이야기한다고 맹세하지 않으면 안 됩니다."
그는 잠시 사이를 두었다. 미건이 물었다.
"그래서요?"
"그래서 실은 그 게임을 하고 싶습니다. 세 가지나 질문할 필요는 없습니다. 하나로 충분합니다. 여러분 한 사람 한 사람에게 질문을 하나씩만."
클라크가 초조해 하며 말했다.
"물론 무엇이든 대답하지요."
"네, 그러나 좀더 진지해지지 않으면 안 됩니다. 여러분은 모두 진실을 말한다고 맹세하시겠습니까?"
그가 너무나 엄숙하게 말했으므로 어리둥절했던 다른 사람들도 저마다 정색을 했다. 그들은 모두 요구받은 대로 맹세했다.
 포아로는 무뚝뚝하게 말했다.
"좋습니다. 그럼 시작합시다."
소러 그레이가 말했다.
"좋아요."
"어, 여성이 먼저면 이 경우 오히려 예의바른 말을 할 수가 없습니다. 다른 분부터 시작합시다."
그는 프랭클린 클라크 쪽을 향했다.
"클라크 씨, 올해 애스컷 경마에서 여성들이 쓴 모자에 대해 어떻게 생각하고 계신지요?"
프랭클린 클라크는 그의 얼굴을 쳐다보았다.
"농담입니까?"
"아니오, 결코."
"정말로 진지한 진실입니까?"
"그렇습니다."
클라크는 씁쓸하게 웃었다.
"그렇군요, 포아로 씨. 저는 애스컷에 가지 않았습니다만 자동차에 타고 있는 사람들을 본 인상을 말한다면, 애스컷 여성들의 모자는 다른 모자들보다 훨씬 우스꽝스럽다고 생각합니다."
"꼴불견으로 만들었다고 생각하시는군요?"
"아주 꼴불견입니다."
포아로는 미소를 지으며 도널드 프레이저 쪽을 보았다.
"당신은 올해 언제 휴가를 얻었습니까?"
이번에는 프레이저가 눈을 크게 떴다.
"휴가 말입니까? 8월 초의 2주일 동안입니다."
그의 얼굴이 갑자기 경련을 일으켰다. 나는 그 질문이 그가 사랑하는 여인을 잃은 일을 생각나게 했기 때문임을 알았다. 그러나 포아로는 그 대답에 그리 주의를 기울이지 않는 듯했다. 그는 소러 그레이 쪽을 보았는데, 그 목소리에 조그만 변화가 있는 것 같았다. 그것은 긴장한 느낌으로 질문이 날카롭고 뚜렷했다.

"소러 양, 만일 클라크 부인이 돌아가셨을 경우 구혼을 받았다면 당신은 카마이클 경과 결혼했겠습니까?"

그녀는 펄쩍 뛰었다.

"어째서 그런 질문을 하시지요? 실례예요!"

"그럴지도 모릅니다. 그러나 당신은 진실을 말하겠다고 맹세했습니다. 어떻습니까? '네'입니까, '아니오'입니까?"

"카마이클 경은 저에게 아주 친절히 대해 주셨어요. 그분은 마치 딸에게 하듯 해주셨지요. 그래서 저도 그분에게 애정을 갖고 감사하고 있어요."

"실례지만 그것으로는 대답이 되지 않습니다. 소러 양, '네'입니까, '아니오'입니까?"

그녀는 망설이고 있었다.

"그 대답은 '물론' 아니오예요."

"고맙습니다, 그레이 양."

그는 아무것도 덧붙이지 않았다.

이번에는 미건 버너드 쪽을 돌아보았다. 그녀의 얼굴은 몹시 핼쑥했다. 무서운 시련과 맞서고 있는 듯 거친 숨소리가 들려왔다. 포아로의 목소리가 채찍같이 울렸다.

"미건 양, 내 수사 결과가 어떻게 되기를 바라십니까? 내가 진실을 발견하기를 바랍니까? 아니면 그렇지 않기를 바랍니까?"

그녀의 고개가 뽐내듯 뒤로 젖혀졌다. 나는 그녀의 대답에 확신을 갖고 있었다. 미건은 진실에 대한 광적인 열정을 가지고 있었던 것이다.
 그런데 그녀가 또렷하게 다음과 같이 대답해서 나는 놀라 버렸다.
 "바라지 않아요!"
 우리는 모두 놀랐다. 포아로는 몸을 앞으로 내밀고 그녀의 얼굴을 보았다.
 "미건 양, 아가씨는 진실을 바라지 않는 셈입니다만, 그러나 그것을 말할 수는 있겠지요!"
 그는 문 쪽으로 걸어가다가 생각난 듯 드로워 양에게 말했다.
 "드로워 양, 당신은 좋아하는 남자가 있습니까?"
 걱정스러운 듯한 표정을 하고 있던 메리는 놀란 듯 얼굴을 붉혔다.
 "오, 포아로 씨, 전…… 전…… 모르겠어요."
 그는 미소지었다.
 "그것으로 좋습니다, 드로워 양."
 이번에는 내 쪽을 향했다.
 "자, 헤이스팅즈, 이스트본으로 가봐야겠네."
 자동차가 기다리고 있었으므로 우리는 얼마 뒤 페번시를 지나 이스트본으로 가는 바닷가를 달리고 있었다.
 "자네한테 물어도 되겠나, 포아로?"
 "지금은 안 돼. 내가 하는 일을 보고 나서 자네는 결론을 내려 주게."
 나는 다시 침묵에 빠져들었다.
 포아로는 기분이 매우 좋은 듯 콧노래를 흥얼거리고 있었다. 페번시를 지날 때 그는 자동차를 세우고 성을 보고 가자고 말했다.
 자동차 있는 쪽으로 돌아올 때는 아이들이 둥글게 서서 놀고 있는 것이 보였다. 그 옷차림으로 소년소녀단 아이들임을 알 수 있었는데, 그들은 높은 목소리로 박자가 엉망인 노래를 부르고 있었다.

여우를 잡아라
상자 속에 넣어라
놓쳐선 안 된다

포아로가 되풀이했다.
"여우를 잡아라, 상자 속에 넣어라, 놓쳐선 안 된다!"
그리고는 얼굴이 갑자기 굳어지며 엄숙해졌다.
"무섭군, 헤이스팅즈."
그는 잠시 말이 없었다.
"여기서 여우 사냥을 할까?"
"아니, 사냥할 여유가 있겠는가. 더구나 이런 데서는 그리 잡힐 게 있을 것 같지도 않은데."
"아니, 일반적인 영국 이야기를 하고 있는 거라네. 우스운 놀이가 아닌가. 덤불 쪽에서 기다리고 있다가 휘이 소리치고, 그렇지? 그리고 사냥이 시작되네. 야산을 가로질러 울타리며 도랑을 넘어서. 그러면 여우도 달리지. 때로는 되돌아오기도 하고. 그러나 개가……"
"사냥개일세."
"사냥개가 뒤쫓아 마침내 여우를 잡네. 그렇게 해서 여우는 죽지. 아주 재빠르고 가혹해."
"가혹한 것 같이 보이지만, 실제로는……"
"여우가 즐기고 있다는 건가? 바보 같은 소리 말게. 그러나 그쪽이 좋아, 재빠르고 가혹한 죽음 쪽이. 저 아이들이 노래하고 있는 것보다는…… 상자 속에 갇혀서 영원히…… 아니, 그건 정말 견딜 수 없는 일이야."

그는 머리를 흔들었다. 그리고 말투를 바꾸어 말했다.
"내일 나는 캐스트라는 남자를 만나 보겠네."
그리고 운전기사에게 말했다.
"런던으로 돌아가 주게."
나는 소리쳤다.
"이스트본에는 가지 않는 건가?"
"무엇 때문에? 이젠 충분할 만큼 다 알았네."

포아로냐 ABC냐

 포아로와 이상한 인물, 앨릭잰더 보너퍼트 캐스트 씨의 대면에 나는 입회하지 않았다.
 그와 경찰의 관계며 사건의 특수한 상황 때문에 포아로는 내무부 허가를 쉽게 얻었지만 허가가 나에게까지 나오지 못했고, 더욱이 포아로의 생각에 따르면 대면은 아주 내밀히, 두 사람만이 서로 마주앉아 이루어져야 할 필요가 있었던 것이다. 그러나 포아로가 그 대면의 자초지종을 자세히 말해 주었기 때문에, 마치 내가 함께 있었던 것처럼 정확하게 그 상황을 쓸 수 있다.
 캐스트 씨는 오그라들어 버린 것 같이 보였다. 그 굽은 등은 한층 더 굽어 보였고, 그 손가락은 공연히 외투를 잡아당기고 있었다.
 잠시 동안 포아로는 이야기를 꺼내지 않았다. 그는 앉아서 자기 앞에 있는 남자를 보고 있었다. 그때의 공기는 부드럽고 가라앉은 듯하며 무한한 평안이 있는 것 같이 느껴졌다.
 그 긴 드라마 속의 두 적수의 회견은 확실히 극적인 순간임에 틀림없었으리라. 내가 포아로였다면 극적인 스릴을 느꼈을 것이다.

그러나 포아로는 현실 바로 그 자체였다. 그는 상대방 남자에게서 어떤 것을 끄집어내려고 몰두해 있었다.

마침내 그는 부드럽게 말했다.

"내가 누군지 알겠습니까?"

상대는 고개를 저었다.

"아니오…… 아니오…… 안다고 할 수 없습니다. 당신이 루커스 씨의…… 뭐라던가요…… 아무튼 젊은 쪽 분이 아니라면, 그렇지 않으면 메너드 씨 쪽에서 오신 겁니까?"

메너드 앤드 콜인은 변호사 사무소 이름이었다.

그 말투는 정중했지만 그리 흥미를 느끼는 것 같지 않았다. 그는 마음 속의 어떤 생각에 정신을 빼앗기고 있는 것 같았다.

"나는 에르퀼 포아로입니다."

포아로는 그 말을 아주 부드럽게 했다. 그리고 그 효과를 지켜 보았다.

캐스트 씨는 약간 얼굴을 들고 말했다.

"아, 그렇습니까?"

그는 크롬 형사도 말했듯 아주 자연스럽게 말했다. 그러나 그리 거만스러운 데는 없었다.

그리고 1분쯤 있다가 다시 말했다.

"네, 그렇습니까?"

이번에는 말투가 달라져 있었다. 흥미가 끌리는 모양이었다. 그는 고개를 들고 포아로를 보았다.

에르퀼 포아로는 그 눈과 마주치자 한두 번 부드럽게 머리를 끄덕여 보였다.

"그렇습니다. 나는 당신이 편지를 주신 바로 그 사람입니다."

곧 대화가 이어졌다. 캐스트 씨는 눈길을 떨어뜨리고 신경질적이 되어 초조하게 말했다.

"나는 당신에게 편지를 쓴 일이 한 번도 없습니다. 그 편지는 내가 쓴 게 아닙니다. 나는 몇 번이고, 몇 번이고 거듭 말했습니다."

"알고 있습니다. 그러나 당신이 쓴 게 아니라면 누가 썼을까요?"

"적입니다. 나한테는 적이 있는 게 틀림없습니다. 모두들 나한테 적의를 갖고 있지요. 경찰은…… 모두들…… 나에게 적대감을 갖고 있습니다. 무서운 음모입니다."

포아로는 대답하지 않았다.

캐스트 씨는 말했다.

"모두들 나에게 적의를 갖고 있습니다, 언제나."

"어릴 때부터입니까?"

캐스트 씨는 생각하는 듯했다.

"아니오…… 아니오, 그때는 그랬다고 할 수 없습니다. 어머니는 나를 굉장히 사랑하셨습니다. 그러나 어머니는 야심가여서, 굉장한 야심가셨지요. 그래서 나에게 이런 우스꽝스러운 이름을 붙여 주신 겁니다. 어머니는 내가 이 세상에 이름을 떨치리라는 어리석은 생각을 갖고 계셨고, 언제나 자신을 내세우도록 나를 채찍질하셨습니다. 의지의 힘에 대해 가르쳐주시고, 누구나 자기 운명의 주인이 되어야 한다고 말씀하시며, 나는 무엇이나 할 수 있다고 하셨습니다!"

그는 잠시 입을 다물고 있었다.

"물론 어머니는 완전히 잘못 생각하고 계셨습니다. 나는 곧 그것을 알 수 있었지요. 나는 이 세상에서 성공할 수 있는 사람이 아닙니다. 언제나 바보스러운 짓을 해서 나 자신을 어리석어 보이게 했습니다. 나는 겁쟁이였습니다. 사람이 무서웠던 겁니다. 학교에서도 지독한 꼴을 당하곤 했습니다. 같은 반 아이들이 내 이름을 가지고 마구 놀려댔지요. 나는 학교에서 형편없었습니다. 게임에서도 공부에서도 또 다른 것에서도……."

그는 머리를 흔들었다.

"가엾은 어머니는 돌아가시기를 잘했습니다. 완전히 실망하셨던 겁니다. 상업 학교를 다닐 때도 나는 바보였습니다. 타이프나 속기를 배울 때도 다른 아이들보다 훨씬 오랜 시간이 걸렸습니다. 그러면서도 내가 바보임을 알지 못했던 겁니다. 내 말뜻을 아실지 어떨지 모르겠습니다만……."

그는 갑자기 상대방에게 호소하는 듯한 눈길을 던졌다.

포아로가 말했다.

"말씀하시는 뜻을 알겠습니다. 자, 어서 계속해 주십시오."

"다른 사람들이 모두 나를 바보로 여기는 것 같이 느껴졌습니다. 무능하다는 느낌입니다. 회사에 들어가고 나서도 마찬가지였습니다."

"그리고 훨씬 뒤…… 전쟁에서는?"

캐스트 씨의 얼굴이 별안간 밝아졌다.

"전쟁 때는 기뻤습니다. 전쟁에서 느낀 것은 우선 그것이었습니다. 나는 비로소 다른 사람과 차이가 없다는 것을 느꼈습니다. 우리는 모두 같은 처지에 있었습니다. 나도 다른 사람들과 마찬가지로 쓸모가 있었지요."

그 미소가 사라졌다.

"그리고 머리를 다쳤습니다. 내가 발작을 일으킨다는 것을 알았습니다. 물론 내가 무엇을 하는지 나로서도 모르는 때가 있음을 알았지요. 실신 상태인 겁니다. 한두 번 쓰러진 때도 있었고요. 그러나 그 때문에 제대하게 되리라고는 생각도 못했습니다. 아니, 그것이 좋은 일이었다고는 생각지 않습니다."

"그리고 나서는?"
"점원 일을 했습니다. 물론 그때는 돈도 벌었습니다. 그래서 전쟁 뒤에는 그리 나쁘지 않았습니다. 물론 적은 월급이었습니다만…… 그리고 나서 어쩐지 잘되어 나가지 않았습니다. 언제나 진급에서 떨어지고 만 겁니다. 잘되지 않았지요. 점점 어려워졌습니다. 정말 어려워져서…… 불경기가 되자 더욱 그랬지요. 사실대로 말하면 내 마음과 몸을 의탁하는 데 필요한 충분한 돈이 들어오지 않았습니다. 더욱이 점원으로서 정상으로 보이지 않으면 안되었는데도요. 마침 그때 이 양말 일을 하게 되었습니다. 월급 말고도 수수료가 있어서……."
포아로는 부드럽게 말했다.
"그러나 당신이 고용된 회사에서 그것을 부인하고 있는 것을 압니까?"
캐스트 씨는 다시 흥분했다.
"모두가 음모를 꾸미고 있기 때문입니다. 음모를 꾸미고 있음에 틀림없습니다. 나에게는 증거가 있습니다. 서면으로 된 증서가 있시요. 나에게는 어디 어디로 가라는 지시를 주는 편지며, 내가 찾아갈 사람들의 목록이 있습니다."
"서면으로 된 증거라기보다는 타이프로 친 증거겠지요?"
"마찬가지입니다. 큰 회사에서는 문서를 타이프로 치니까요."
"캐스트 씨, 타이프라이터도 식별된다는 것을 압니까? 그 편지는 모두 하나의 특정한 기계로 타이프된 겁니다."
"그것이 어떻다는 겁니까?"
"그 기계는 당신 것, 당신 방에서 발견된 것이었습니다."
"내가 일을 시작할 때 회사에서 보내 준 겁니다."
"그렇습니다. 그런데 이들 편지는 그 뒤에 받았습니다. 그러니 당신 자신이 쳐서 보낸 것으로 여겨지지는 않습니까?"
"아니, 아닙니다! 그것은 모두 나에 대한 음모입니다!"
그리고 느닷없이 덧붙여 말했다.
"서류도 같은 종류의 기계로 쳐진 것이겠지요?"
"같은 종류지만 같은 기계는 아닙니다."
캐스트 씨는 완고하게 되풀이했다.
"음모입니다!"
"그리고 당신 벽장 속에서 발견된 ABC 철도 안내서는?"
"나는 아무것도 모릅니다. 나는 모두 양말인 줄 알았습니다."
"왜 당신은 앤도버의 사람들 리스트 속에서 애셔 부인 이름에 표시를 해뒀을까요?"
"거기서부터 시작하려고 생각했기 때문입니다. 어딘가부터에서 시작해야 되니까요."
"그렇지요, 그 말대로입니다. 어딘가에서부터 시작하지 않으면 안 되지요."
"그런 뜻으로 말한 게 아닙니다! 당신이 말하는 것 같은 뜻으로 한 게 아닙니다!"
"그렇다면 당신은 내가 무슨 뜻으로 말했는지 알았군요."
캐스트 씨는 아무 말 하지 않았다. 그는 떨고 있었다.
"내가 한 게 아닙니다! 나는 전혀 모릅니다. 모두 잘못입니다. 그리고 두 번째 범죄를 생각해봐 주십시오, 그 벡스힐에서의 사건을. 나는 이스트본에서 도미노를 하고 있었습니다. 그것을 인정해 주지 않으면 안 됩니다!"
그의 목소리는 승리에 차 있는 것 같았다.
포아로가 말했다.
"그렇지요."

그의 목소리는 신중하고 부드러웠다.

"그러나 하루 틀리는 일은 있을 수 있습니다. 당신이 스트레인지 씨처럼 고집스럽고 단호한 사람이라면 틀릴지도 모른다는 가능성은 생각지 않겠지요. 당신이 말한 것을 끝내 고집할 겁니다. 그 사람은 그런 타입의 사람이지요. 게다가 그 호텔 숙박부는 당신이 서명할 때 다른 날짜를 쓴다는 것은 쉬운 일입니다. 아무도 그것을 알아차리지 못할 겁니다."

"그날 밤, 나는 도미노를 하고 있었습니다!"

"당신은 도미노를 잘한다지요?"

캐스트 씨는 그 말에 좀 놀랐다.

"나는…… 나는…… 글쎄요, 그럴지도 모릅니다."

"그것은 숙련을 요하며 열중해야 하는 게임이지요?"

"네, 꽤 솜씨가 있어야 하는 게임입니다. 아주 솜씨가 있어야 하지요! 도시에 있을 때 점심 식사 뒤면 곧잘 했었습니다. 도미노 게임을 하면서 전혀 모르는 사람과 알게 되는 일이 무척 많습니다."

그는 소리죽여 웃었다.

"나는 한 남자를 기억하고 있습니다. 그 남자가 나한테 한 말 때문에 잊을 수가 없지요. 우리는 커피를 마시며 이야기하다가 도미노를 했습니다. 그렇습니다. 그로부터 20분쯤 지나자 나는 그 남자를 평생 알고 있었던 것 같이 느끼기 시작했습니다."

포아로가 물었다.

"그 사람이 어떤 말을 했습니까?"

캐스트 씨의 얼굴이 어두워졌다.

"그 일이 나에게 변동을 일으킨 겁니다. 나쁜 변동이지요. 손에 운명이 나타나 있다는 겁니다. 자기 손을 내보이며 두 번 물에 빠지고도 살아나는 금이 있다면서. 실제로 두 번 살아난 일이 있다더군요. 그리고 나서 내 손을 보고 놀라운 말을 했었습니다. 죽기 전에 나는 영국에서 가장 유명한 인물이 된다는 겁니다. 온 나라 사람들이 내 이야기를 한다는 거지요. 그리고 그는 말했습니다. 그는……."

캐스트 씨는 축 늘어져 버렸다. 그는 떨고 있었다.

"그래서요?"

포아로의 눈길에는 조용한 힘이 담겨 있었다. 캐스트 씨는 그를 보고 눈을 돌렸다가는 붙잡힌 토끼처럼 또다시 보았다.

"그는 말했습니다. 내가 어떤 참혹한 죽음을 당한다고. 그리고 나서 웃으며 '아무래도 당신은 단두대에서 죽을 것 같이 보이는군요'라고 말하더니, 또 웃으며 농담이라고 했습니다."

그는 갑자기 입을 다물었다. 그 눈이 포아로에게서 떠나…… 여기저기로 움직였다.

"머리가…… 머리가 아주 아픕니다. 가끔 두통이 몹시 심해지지요. 그리고 정신이 없어지며 아무것도 모를 때가 옵니다."

그는 축 늘어져 버렸다.

포아로는 몸을 앞으로 내밀고 아주 조용하게 확신을 가지고 말했다.

"그러나 당신은 살인을 저지른 것은 알고 있지요?"

캐스트 씨는 쳐다보았다. 그 눈길은 아주 단순하고 솔직했다. 모든 저항이 없어졌다. 그는 이상할 만큼 평화로워 보였다.

"그렇습니다. 알고 있습니다."

"그러나…… 내가 하는 말은 틀리지 않지요? 당신은 왜 그런 일을 저질렀는지 모르는 거지요?"

캐스트 씨는 고개를 흔들며 말했다.

"그렇습니다. 모릅니다."

결론

 우리는 이 사건에 대한 포아로의 마지막 설명을 듣기 위해 긴장하여 주의를 기울이며 앉아 있었다.
 포아로는 말했다.
 "지금까지 나는 줄곧 이 사건이 일어난 동기에 대해 생각을 모아 있습니다. 헤이스팅즈는 전날 나에게 이 사건은 끝났다고 말했습니다. 나는 그에게 사건은 '이 남자'라고 대답했습니다! 수수께끼는 살인의 수수께끼가 아니라 ABC의 수수께끼인 것입니다. 그는 왜 그들을 죽여야 했는가? 왜 그는 나를 적수로 골랐는가? 이 남자가 정신적으로 미쳤기 때문이라는 것은 대답이 되지 않습니다. 미치광이이기 때문에 광적인 짓을 한다는 것만으로는, 단순히 무지와 어리석음을 나타내는 데 지나지 않습니다. 미치광이는 그 행동에 있어 정상적인 사람과 마찬가지로 논리적인 이유를 갖고 있는 법입니다. 그 기묘한 편파적인 생각만 밝혀 낼 수 있다면. 예를 들어 어떤 사람이 허리만 가리고 밖에 나가 웅크리고 있겠노라고 고집을 부린다면, 그 행동은 아주 기이하게 보일 것입니다. 그러나 일단 그 남자가 자기는 마하트마 간디라고 믿고 있다는 것을 알게 되면, 그 행위는 논리적이고 이유가 있는 게 됩니다. 이 사건에 있어서 필요한 것은, 네 번이나 또는 그 이상의 범죄를 저지르고 그것을 미리 에르퀼 포아로에게 편지로 알리는 게 논리적이며 또한 이유있는 일이라고 생각하게 되는 두뇌를 상상하는 일입니다. 내 친구 헤이스팅즈는 그 첫 번째 편지를 받았을 때부터 내가 당황하고 난처해 했음을 알고 있습니다. 나는 그때 반사적으로 이 편지에는 무언가 크게 잘못된 것이 있다고 느끼고 있었던 겁니다."
프랭클린 클라크가 쌀쌀맞게 말했다.
"사실 그랬으니까요."
"그렇습니다. 그러나 그때 출발점에서 나는 중대한 실책을 저질렀습니다. 나는 내 느낌, 이 편지에 대한 나의 강력한 느낌이 단순한 인상에 지나지 않는 거라고 생각했습니다. 나는 그것을 육감에 지나지 않는 것으로 다루었지요. 균형이 잘 이루어진 추리적인 두뇌에는 육감 같은 것, 막연한 짐작 같은 것이 없는 법입니다! 물론 추측은 할 수 있습니다. 그리고 그것은 옳거나 틀립니다. 그것이 맞았을 때는 직감이라고 하고, 틀리면 그것에 대해 더 이상 말하지 않습니다. 그러나 직감이란 무엇인가. 그것은 실제로 논리적인 추론이나 체험에 그 바탕을 둔 인상입니다. 숙련된 사람이 그림이나 가구나 또는 수표의 서명 같은 데에서 어떤 이상한 것을 느낄 때에는, 많은 하찮은 징후라든지 세부적인 것의 느낌에 바탕을 두고 있는 겁니다. 그는 그것을 자세히 조사할 필요는 없습니다. 그 경험이 그것을 필요로 하지 않는 겁니다. 그 진정한 결과는 뭔가 이상하다는 결정적인 인상인 겁니다. 그런데 나는 첫 번째 편지를 그리 중요시하지 않았습니다. 그것은 나를 아주 불안하게 했습니다. 나는 앤도버에서 살인이 일어난다고 확신하고 있었습니다. 그리고 아

결론

시다시피 살인은 일어났던 겁니다. 그때는 아직 그 범인이 누구인지 알 도리가 없었습니다. 오직 하나, 나에게 열린 길은 어떤 종류의 인간이 이런 짓을 했는지 이해하는 일이었습니다. 확실히 얼마쯤의 실마리는 있었습니다. 편지, 범죄 방법, 살해된 피해자……내가 발견할 것은 범죄의 동기, 그리고 이 편지의 동기입니다."
클라크가 입을 열었다.
"선전이겠지요."
소러 그레이가 덧붙였다.
"확실히 열등의식이 있어요."
"그것은 물론 명백한 사실입니다. 그러나 왜 나에게? 왜 에르큘 포아로에게? 경찰국으로 보내는 편이 더 선전이 될 텐데요. 신문사에 보내면 더욱더 선전이 되지요. 첫 번째 편지는 싣지 않을지 몰라도, 두 번째 범죄가 일어나기까지 ABC는 신문이 할 수 있는 모든 선전에 부족함을 느끼지 않았을 겁니다. 그럼, 왜 에르큘 포아로를 택했는가? 개인적인 이유에서인가? 편지에는 얼마쯤 외국 사람을 싫어하는 경향이 보입니다. 그러나 그것은 설명으로서 만족할 만하지 않습니다. 그리고 두 번째 편지가 오고, 벡스힐의 베티 버너드 살해가 이어졌습니다. 이미 내가 느끼고 있었던 대로, 살인이 ABC 순서로 이루어진다는 게 이번에는 뚜렷해졌습니다. 그러나 이 사실은 많은 사람들에게 결정적으로 생각되었습니다만, 내 마음속에는 중요한 문제점이 여전히 남아 있었습니다. 왜 ABC는 이들 살인을 저지를 필요가 있는가?"
미건 버너드가 의자 속에서 움직거렸다. 그녀는 말했다.
"이런 게 아닐까요? 피에 대한 욕망이라든가……?"
포아로는 그녀 쪽을 돌아보았다.
"말씀대로입니다, 미건 양. 확실히 그런 것이 있습니다. 죽이고 싶다는 욕망이. 그러나 그것만으로는 사건의 사실에 딱 들어맞는다고 할 수 없습니다. 사람을 죽이고 싶어하는 살인광의 미치광이 짓은 언제나 되도록 많은 사람을 죽이려 하는 법입니다. 그것은 몇 번이나 되풀이하고 싶어지는 욕망입니다. 이러한 대부분의 살인자의 생각은 그 발자취를 숨기는 일이지 널리 알리는 게 아닙니다. 이 선택된 네 명의 희생자, 아니면 아무튼 그 세 사람에 대해——이렇게 말하는 것은 다운즈 씨나 얼스필드 씨에 대해선 거의 모르기 때문입니다—— 생각해 보면, 만일 범인이 바라기만 했다면 그는 아무 혐의를 받지 않고 해치울 수도 있었습니다. 프란츠 애셔, 도널드 프레이저 또는 미건 버너드, 그리고 클라크 씨도 그렇습니다만, 이분들은 만일 직접적인 증거가 없었다면 혐의를 받았을지 모릅니다. 미지의 살인자라는 것은 생각지도 못했을지 모릅니다! 그럼, 왜 범인은 자기에게 주의를 갖게 할 필요가 있었는가? 하나하나의 시체 옆에 ABC 철도 안내서를 놓아둘 필요가 과연 있었던가? 이것은 협박이었는가? 철도 안내에 대한 어떤 콤플렉스이기라도 한가? 이 점에서 나는 살인범의 머리 속으로 들어갈 실마리를 전혀 잡을 수 없었습니다. 이것은 확실히 관대함을 보여 주는 게 아닐까? 범죄가 죄없는 사람에게 미치게 되는 책임을 두려워해서일까? 나는 이 중요한 질문에 대답할 수 없었습니다만, 어떤 면에서는 이 살인자에 대해 알 것 같았습니다."

프레이저가 물었다.

"어떠한 일입니까?"

"우선 첫째로 그는 평탄한 두뇌의 소유자라는 것입니다. 그 범죄는 ABC 순서로 정해져 있었습니다. 이것이 그에게는 분명히 중요한 일이었습니다. 한편 그는 피해자에 대해 특별한 취미를 갖고 있지 않다는 겁니다. 애셔 부인도 베티 버너드도 카마이클 경도 저마다 다른 타입의 사람들입니다. 성적인 콤플렉스도, 특별한 연령상의 콤플렉스도 없습니다. 이 사건은 아주 이상했습니다. 만일 어떤 인간이 무차별하게 사람을 죽인다면 반드시 자기에게 방해된다든지, 자기를 괴롭히는 사람을 죽이는 법입니다. 그러나 알파벳 순서라는 게 이 사건이 그런 종류의 살인이 아니라는 것을 보여 줍니다. 그 밖의 유형의 살인자는 늘 특별한 희생자를 고릅니다. 대부분 반대되는 성(性)의 사람을 고르지요. 알파벳 순서의 선택이라는 것과 씨름하고 있는 듯한 이 ABC의 범죄에는 뭔가 우발적인 것이 있었습니다. 조그만 추리를 하는 것은 허용됩니다. ABC를 쓴 것은 철도에 관심가진 사나이를 떠올리게 합니다. 이것은 여자에게보다 남자에게 흔히 있는 일입니다. 소년이 소녀보다 기차를 좋아합니다. 또 그리 성숙하지 못한 마음의 증거인지도 모릅니다. 이 어린이 같은 동기가 아직도 지배하고 있는 셈입니다. 베티 버너드 살해는 또 다른 단서를 줍니다. 살해 방법은 특히 암시적입니다. 미안합니다. 프레이저 씨. 그녀는 자기 벨트로 목졸렸습니다. 그런 점으로 보아 그녀는 틀림없이 가까운 사람이나 사랑하는 사람에 의해 살해된 게 틀림없습니다. 베티의 성격을 얼마쯤 들어서 안 뒤부터 내 머리 속에 하나의 그림이 떠올라 왔습니다. 베티 버너드는 바람둥이 아가씨입니다. 멋쟁이 젊은이들의 눈길을 끌기 좋아했지요. 따라서 ABC가 그녀와 함께 외출하려고 설득하려면 꽤 매력이, 말하자면 성적 매력이 있었던 게 틀림없습니다. 당신들 영국 사람이 곧잘 말하듯 그는 여자를 잘 낚는 능력이 있는 게 틀림없습니다. 그는 그런 일에 익숙한 남자였겠지요! 나는 바닷가에서의 장면을 다음과 같이 그려 봅니다. 사나이가 아가씨의 벨트를 칭찬합니다. 그녀가 그것을 끌러 보입니다. 그가 장난삼아 아가씨의 목에 둘러 보입니다. 목을 졸라 볼까 어쩌면서 말입니다. 모든 것을 농담같이 진행합니다. 그녀가 깔깔 웃습니다. 그리고 사나이는 잡아당기지요."
도널드 프레이저가 펄쩍 뛰었다. 그는 새파래졌다.
"포아로 씨, ……부탁입니다."
포아로는 몸짓을 조금 해보였다.
"끝났습니다. 더 말하지 않겠습니다. 끝난 겁니다. 이번에는 다음 살인, 카마이클 클라크 경의 경우를 봅시다. 여기서 살인자는 머리를 때리는 처음의 방법으로 돌아갔습니다. 같은 알파벳 콤플렉스가 있습니다만, 한 가지 일이 얼마쯤 나를 불안하게 만듭니다. 처음과 끝을 일치시키기 위해 살인자는 그 장소를 어떤 정해진 연관성 아래 고른 겁니다. 예를 들어 앤도버가 A의 155번째의 이름이라고 한다면, B의 범죄도 B의 155번째든가, 아니면 156번째, 따라서 C는 157번째라는 식으로 말입니다. 그런데 여기서는 장소도 멋대로 택해진 것 같이 생각됩니다."
내가 말했다.
"그것은 자네가 그 문제를 왜곡시켜 생각하고 있기 때문이 아닐까? 자네 자신이 너무나 순서를 지켜서 생각하고 있는 걸세. 그것이 자네 버릇이지."
"아니, 버릇이 아닐세. 무슨 소리를 하고 있는 건가! 그러나 이 점은 내가 너무 강조한다고 합시다. 앞으로 나아가지요! 처스턴의 범죄는 그리 도움이 되지 못했습니다. 그때는 잘되지 않았지요. 예고 편지가 잘못 배달되어 아무 대비도 할 수 없었기 때문입니다. 그러나 D의 범죄가 예고되었을 때는 방대한 방비 수단이 전개되었습니다. ABC는 이제 자기의 범죄를 예정대로 저지르기 어려워진 게 틀림없습니다. 게다가 이번에는 양말 단서가 내 손에 들어왔습니다. 범죄가 있을 때마다 양말을 팔러 다니는 사람이 있다는 게 단순한 우연이 아님이 뚜렷해졌습니다. 그러나 이 사람에 대한 설명은, 예를 들어 그레이 양이 설명한 인상은 내가 베티 버너드의 교살자에 대해 갖고 있던 이미지와 딱 들어맞지 않았습니다. 서둘러 다음 단계로 나아갑시다. 네 번째 범죄가 저질러졌습니다. 조지 얼스필드라는 이름의 사나이가 살해되었는데, 그것은 다운즈라는 이름의 사나이와 바뀌진 것으로 생각됩니다. 그는 영화관에서 다운즈 씨 가까이에 앉아 있던 비슷한 몸집의 인물입니다. 그리고 이제 운이 바뀌어 왔습니다. 사태는 ABC가 노린 대로 되지 않고 반대로 되어 왔습니다. 그는 발견되고, 쫓기고, 그리고 마침내 체포되었습니다. 헤이스팅즈가 말했듯 사건은 끝났습니다! 많은 사람들이 아는 한에서는 실로 그렇습니다. 그 남자는 감옥에 있고, 의심할 여지없이 당연히 브로드무어로 보내질 것입니다. 더 이상 살인은 없습니다. 퇴장입니다! 끝입니다! '바라건대 편히 쉬거라'입니다. 그런데 나에게는 그렇지 않습니다. 나는 아무것도 모릅니다. 정말 모릅니다! '왜'라는 것에 대해서도, '어떻게 해서'라는 것에 대해서도……. 게다가 거기에는 하나의 조그만 골치아픈 사실이 있습니다. 캐스트라는 사나이는 벡스힐에서 지낸 밤의 알리바이를 갖고 있습니다."

프랭클린 클라크가 말했다.

"나도 그것 때문에 애먹었습니다."

"그렇습니다. 그것이 나를 괴롭혔습니다. 그것은 알리바이로서의 진실성이 느껴집니다. 그러나 그것은 어떤 요건이 채워지지 않으면 진실되지 못합니다. 그래서 두 가지 흥미있는 문제에 부딪칩니다. 여러분, 캐스트가 세 가지 범죄, A와 C와 D의 범죄를 저질렀지만, B의 범죄를 저지르지 않았다고 해봅시다."

"포아로 씨, 그런……."

포아로는 눈으로 미건 버너드의 입을 다물게 했다.

"조용히 해주십시오, 미건 양. 나는 진실에 마주서 있는 겁니다! 이미 거짓은 많이 있습니다. 알겠습니까? ABC가 두 번째 범죄를 저지르지 않았다고 합시다. 그것은 25일, 즉 그가 그 범죄를 위해 가 닿은 그날이 막 시작될 무렵에 일어났습니다. 누군가가 그를 앞질러 왔을까요? 그렇다면 그러한 조건 아래에서 그는 어떻게 할까요? 두 번째 범행을 저지를까요, 아니면 조용히 앉아서 먼저 저질러진 것을 귀신의 선물이기라도 한 것처럼 받아들일까요?"
"포아로 씨! 그런 것은 당치도 않은 상상이에요! 이 범죄는 모두 같은 사람이 저지른 거예요!"
그는 그녀에게 주의를 보내지 않고 단호하게 말을 이었다.
"이러한 가정은 하나의 사실을 설명하는 데 편리합니다. 그것은 여자에 대한 일에 결코 성공한 적이 없는 앨릭잰더 보너퍼트 캐스트의 성격과 살해된 베티 버너드의 성격의 차이입니다. 게다가 과거에도 살인으로 추정된 용의자가 다른 사람에 의해 저질러진 범죄를 떠맡은 예가 있습니다. 예를 들어 살인광 잭의 범죄는 모두 그 살인광 잭이 저지른 게 아닙니다. 여기까지는 그것으로 좋습니다. 그러나 여기서 나는 결정적인 곤란에 부딪쳤습니다. 베티 버너드 살해까지는 ABC 살인사건이 유명해지지 않았습니다. 앤도버 살인은 그리 관심을 불러일으키지 못했었지요. 페이지가 펼쳐진 채 놓여 있는 철도 안내서에 대해서는 아직 신문에 발표되지 않았습니다. 따라서 거기서 베티 버너드를 죽인 사람이 누구였건, 그는 특정한 인물, 즉 나 포아로라든지 경찰이라든지 또는 애셔 부인의 친척이라든지 이웃 사람들만이 아는 사실을 알고 있음에 틀림없다는 결과가 나옵니다. 이 수사의 선이 나를 막다른 벽으로 끌고 간 듯이 생각됩니다."
포아로를 바라보고 있는 사람들의 얼굴도 공허해 보였다. 뿐만 아니라 당혹해 있는 듯했다.

도널드 프레이저가 신중하게 말했다.

"경찰도 결국은 인간이고, 게다가 점잖아 뵈는 사람들이어서……."

그는 입을 다물고 대답을 기다리듯 포아로 쪽을 보았다. 포아로는 조용히 고개를 저었다.

"아니오, 좀더 단순한 겁니다. 나는 제2의 문제점이 있다고 말했습니다. 캐스트가 베티 버너드 살해에 책임이 없다고 합시다. 누군가 다른 사람이 그녀를 죽였다고 합시다. 그렇다면 이 다른 사람은 다른 살인에도 책임이 있다고 볼 수 있지 않을까요?"

클라크가 소리쳤다.

"그러나 그것에 무슨 뜻이 있습니까?"

"없을까요? 그래서 나는 처음에 했어야 할 일을 했습니다. 나는 받은 편지들을 아주 다른 관점에서 살펴보았습니다. 나는 처음부터 그 몇 통의 편지에 어떤 이상한 것이 있다고 느꼈습니다. 마치 그림 전문가가 그림의 이상한 점에 생각이 미치듯……. 나는 잘 생각해 보려고도 하지 않고, 그것들에 이상한 점이 있는 것은 미치광이에 의해 씌어졌기 때문이라고 여기고 있었습니다. 그러나 지금에 와서 잘 생각해 보니, 이번에는 아주 다른 결론이 나왔습니다. 그것들이 이상한 까닭은 정상적인 사람에 의해 씌어졌기 때문입니다."

나는 소리쳤다.

"뭐라고?"

"그러나 사실이 그렇네. 여러분, 정말로 그렇기 때문입니다. 그것들은 그림이 이상한 것처럼 이상합니다. 즉 그것들이 가짜였기 때문입니다. 그것들은 미치광이의, 살인광의 편지처럼 꾸며져 있지요. 그러나 사실은 결코 그렇지 않은 겁니다."
클라크가 말했다.
"그렇다면 의미가 없지요."
"아니, 의미가 있습니다. 이유가 있는 겁니다. 생각해 봅시다. 이런 편지를 쓰는 목적은 무엇인가? 쓴 사람에게 주의를 집중시켜 살인에 주의를 끄는 겁니다! 정말이지 언뜻 생각해서는 뜻이 없는 것 같이 보였습니다. 그러나 나는 빛을 찾아냈습니다. 그것은 많은 살인, 한무더기의 살인에 주의를 모으기 위해서입니다. 이 나라의 위대한 문호인 셰익스피어도 말하고 있잖습니까, '수풀 때문에 나무를 볼 수 없다'고."
나는 포아로의 문학상의 기억을 바로잡아 주려 하지 않았다. 나는 그가 말하려는 바를 알고 싶었다. 희미하게나마 깨달아지는 것이 있었다.
그는 말을 이었다.
"당신들이 핀에 가장 무관심할 때는 언제일까요? 그것은 핀꽂이에 있을 때입니다. 한 사람의 살인에 가장 둔감할 때는 언제일까요? 그것은 연속적인 살인 가운데의 한 경우입니다. 나는 어떤 아주 현명하고 기지가 넘치는 살인범, 말할 수 없이 대담하며 철두철미한 도박꾼과 맞서지 않으면 안 되었습니다. 캐스트 씨가 아닙니다! 그는 결코 이런 살인을 저지를 수 없습니다! 아니, 나는 더 다른 인물과 맞서지 않으면 안 되었습니다. 이를테면 초등학생 같은 편지와 철도 안내서 따위를 생각해 내는 어린이 같은 기질을 가진 인물, 여성에 대해 매력을 지닌 인물, 인간 생명에 대해 냉혹한 무관심을 가진 인물, 그리고 이들 범죄 중의 하나에 깊은 관계를 갖고 있는 인물입니다! 한 남자 또는 여자가 살해되었을 경우 경찰이 묻는 문제가 뭔지 생각해 보십시오. 기회입니다. 범죄가 일어났을 때 사람들은 어디에 있었는가? 다음은 동기입니다. 피해자의 죽음으로 이익을 얻는 자는 누구인가? 동기와 기회가 명백하면, 추정되는 범인은 어떻게 할 것인가? 알리바이를 조작합니다. 즉 어떤 방법으로 때를 속이는가? 그러나 이런 것들은 언제나 위험한 방법입니다. 우리의 범인은 보다 상상력이 있는 방안을 생각해냈습니다. 즉 살인광의 창조입니다. 나는 이제 다만 여러 범죄를 떠올리며 가능한 범인을 찾아내면 되었습니다. 앤도버 범죄에서 가장 혐의를 받게 되는 것은 프란츠 애셔입니다. 그러나 나는 애셔가 이런 까다로운 계획을 생각해내어 실행했거나, 또 살인을 계획할 만한 사람으로는 생각되지 않았습니다. 벡스힐의 범죄에서는 어땠는가? 도널드 프레이저 씨에게 가능성이 있습니다. 이 사람은 머리가 좋고 유능하며 조직적인 두뇌의 소유자입니다. 그러나 이 사람이 애인을 죽일 동기는 질투밖에 없습니다. 그리고 질투란 미리 계획을 세우기 어려운 일입니다. 또 나는 이 사람이 8월 초에 휴가를 얻은 것을 알고, 그가 벡스힐 범죄에 관계없다는 것을 더욱 분명히 확신했습니다. 그러면 다음의 처스턴 범죄로 갑니다만, 여기에서는 더 확고한 토대로 나아갑니다. 카마이클 클라크 경은 막대한 재산가입니다. 누가 그 재산을 상속받느냐? 죽어 가고 있는 그 부인의 생애는 한정되어 있습니다. 따라서 그것은 동생인 프랭클린 씨에게 돌아갈 겁니다."

포아로는 천천히 눈을 움직여 프랭클린 클라크와 얼굴을 마주했다.

"여기서 나는 확실하다고 생각했습니다. 내가 지금까지 오래도록 마음의 비밀스러운 곳에서 알고 있는 인물은 내가 알고 있는 한 인물과 동일했습니다. ABC와 프랭클린 클라크는 동일 인물이었던 겁니다. 대담하고 모험을 좋아하는 성격, 떠돌아다니는 생활, 대단치는 않지만 외국 사람에 대해 경멸을 보이는 영국인의 편애, 매력적이고 자유로우며 명쾌한 태도, 그로서는 카페에서 여자를 낚는 것쯤 쉬운 일입니다. 조직적인 평탄한 두뇌, 이 점에서 그는 어느 날 목록을 만들어 ABC의 머리 글자에 표시를 해뒀습니다. 그리고 마지막으로, 클라크 부인이 그렇게 말했고 그 자신도 소설을 좋아한다고 했듯이 그는 어린이 같은 마음을 가지고 있습니다. 나는 서재에서 E. 네스빗이 쓴 《철도의 아이들》이라는 책이 있는 것을 확인했습니다. 나는 이제 조금도 의심치 않습니다. ABC, 편지를 쓰고, 이들 범죄를 저지른 사람은 프랭클린 클라크였습니다."
클라크는 별안간 크게 웃기 시작했다.
"제법 훌륭하군요! 그렇다면 저 현행범으로 잡힌 우리의 친구 캐스트 씨는 어떻게 됩니까? 외투의 핏자국은? 집에 있었던 칼은? 그는 자기 범죄를 부인할지도 모르지만……."
포아로는 그 말을 가로막았다.
"당신은 잘못 생각하고 있습니다. 그는 혐의를 인정하고 있습니다."
클라크는 놀란 듯 말했다.
"뭐라고요?"
포아로는 부드럽게 말했다.
"그렇습니다. 나는 그와 이야기하고 곧 캐스트는 자기가 유죄임을 믿고 있다는 것을 알게 되었습니다."
클라크가 말했다.
"그래도 포아로 씨는 만족하지 않는다는 겁니까?"
"결코. 왜냐하면 나는 그가 유죄일 리 없다는 것을 금방 깨달았기 때문입니다. 그는 계획을 세울 만한 신경도 용기도, 그리고 머리도 갖고 있지 못합니다! 나는 줄곧 범인의 이중 인격을 깨닫고 있었습니다. 그리고 지금은 그것이 어떤 조립으로 이루어졌는지 알고 있습니다. 두 명의 인간이 포함되어 있습니다. 하나는 교활하고 기지에 넘친 대담한 진짜 살인자이고, 또 하나는 어리석고 동요되기 쉬우며 암시에 걸리기 쉬운 거짓 살인자입니다. 암시에 걸리기 쉬운, 이 말 속에 캐스트 씨의 수수께끼가 있습니다! 클라크 씨, 당신은 하나의 범죄로부터 주의를 멀리하기 위해 이 연속적인 살인 계획을 세우는 것만으로는 만족하지 못했지요. 당신은 또 하나의 그림자가 필요했던 겁니다. 이 생각은 당신이 거리의 커피 가게에서 이 요란스러운 세례명을 가진 기묘한 인물을 만남으로써 떠올랐으리라 여겨집니다. 마침 그때 당신은 형님을 살해할 갖가지 계획을 머리 속에서 짜고 있던 중이었지요."

"정말로? 어째서지요?"

"진정으로 미래에 대해 걱정하고 있었기 때문입니다. 클라크 씨, 당신이 그것을 스스로 느끼고 있었는지 어떤지는 모르겠습니다만, 당신 형님에게서 온 편지를 보여 주었을 때, 당신은 내 손아귀에 들어왔던 겁니다. 그 속에서 그분은 소러 그레이 양에 대한 애정과 몰두를 뚜렷이 나타내 보여 주고 있습니다. 그 관심은 아버지 같은 것이었겠지요. 아니면 그렇게 생각하려하고 있었는지도 모릅니다. 그러나 형수님이 돌아가시면 외로운 나머지 이 아름다운 아가씨에게 동정과 위안을 구하여 마침내, 이것은 나이든 사람들에게 흔히 있는 일입니다만, 결혼하게 될지도 모를 위험이 있었습니다. 당신의 염려는 그레이 양을 알게 되면서 점점 커져 갔습니다. 당신은 우수한 그리고 얼마쯤 빈정거리는 성격의 판단자라고 생각됩니다. 당신은――그것이 옳은지 어떤지는 모르겠습니다만――그레이 양이 타산적인 타입의 여성이라고 판단했습니다. 당신은 그녀가 클라크 부인이 될 기회에 뛰어들리라고 생각했습니다. 형님은 아주 건강하고 정력적인 분입니다. 아이가 태어나면 당신이 형님 재산을 상속받을 기회는 사라져 버립니다. 아마도 당신은 지금까지 실망을 맛보아 온 분이라고 생각됩니다. 당신은 구르는 돌이어서 이끼를 모으지 못했지요. 그래서 형님 재산을 퍽 부러워해 왔습니다. 앞으로 되돌아갑니다만, 머리 속에서 여러 가지 계획을 짜고 있는 참에 캐스트 씨와 만나게 된 것이 한 가지 묘안을 주었습니다. 그 요란스러운 세례명, 간질 발작이며 두통 이야기, 위축된 듯한 눈에 띄지 않는 모습 같은 것이 당신이 바라는 도구로서 안성맞춤이라고 생각되었습니다. 알파벳 계획은 캐스트 씨의 머리 글자를 보고 떠올랐습니다. 형님 이름이 C로 시작되고 처스턴에 살고 있다는 사실이 계획의 중심이 되었지요. 당신은 캐스트 씨에게 그 마지막에 있을 듯한 일을 암시했습니다. 그 암시가 그토록 훌륭한 열매를 맺으리라고는 생각조차 못했었지요. 당신 계획은 훌륭했습니다. 캐스트 씨 이름으로, 위탁품 양말이 그에게 잔뜩 보내지도록 편지를 썼습니다. 그리고 당신 자신도 ABC 철도 안내서를 같은 꾸러미로 꾸려서 몇 권인가 보냈습니다. 당신은 많은 급료와 수수료를 약속하는 타이프된 편지를 그에게 보냈습니다. 계획은 미리 잘 짜여져 있었기 때문에, 그 뒤로 보낼 편지를 모두 타이핑하고 난 뒤 그 타이프라이터도 보냈습니다."

포아로는 잠시 멈추었다가 다시 말을 이었다.

"이번에는 A 및 B로 이름이 시작되며 역시 같은 글자로 시작되는 곳에 살고 있는 두 명의 희생자를 찾아야 했습니다. 당신은 앤도버를 알맞는 곳으로 발견해 내고 미리 탐색하여, 첫 번째 범행 장소로서 애셔 부인 가게를 골랐습니다. 이름이 뚜렷이 문 앞에 씌어 있고, 가게에 언제나 그녀 혼자 있다는 것도 알았지요. 그녀를 살해하는 데에는 신경과 용기와 운이 다분히 필요했습니다. 그래서 B글자에 대해서는 전술을 바꿔야 했습니다. 가게에 혼자 있는 여자들은 경고를 받았습니다. 당신은 두세 곳의 카페며 찻집을 몇 번이나 다니면서 그곳 여자들과 웃고 농지거리를 하여, 이름이 B로 시작되며 당신 목적에 어울리는 사람을 찾았습니다. 베티 버너드가 당신이 찾는 여자였습니다. 당신은 그녀를 한두 번 데리고 다녔는데, 자기가 기혼자여서 외출을 얼마쯤 비밀스럽게 해야 한다고 말했지요. 이리하여 예비 계획이 완료되었기 때문에 당신은 시작했습니다! 당신은 캐스트 씨에게 앤도버의 리스트를 보내 정해진 날에 그리로 가도록 하고, 첫 번째 ABC 편지를 나에게 보냈지요. 정해진 날, 당신은 앤도버에 가서 애셔 부인을 살해했고, 계획을 손상시킬 일은 아무것도 일어나지 않았습니다. 첫 번째 살인은 성공적으로 끝났습니다. 두 번째 살인은, 실제로는 그 전날에 행해지도록 조심했습니다. 베티 버너드는 7월 24일 한밤중이 아닌 그 훨씬 전에 살해된 게 틀림없습니다. 그러면 세 번째 살인으로 나아갑시다. 가장 중요한 사실, 당신 견지에서 말하면 진짜 살인입니다. 여기에서는 헤이스팅즈에게 많은 찬사를 보내지 않으면 안 되겠습니다. 그는 아무도 주의를 기울이지 않을 듯이 단순명쾌한 말을 했던 것입니다. 그는 세 번째 편지가 계획적으로 잘못 우송된 것이라고 말했습니다! 그리고 그가 옳았지요! 이 간단한 사실 속에 오래도록 나를 괴롭혀 온 문제의 해답이 있었습니다. 왜 이들 편지는 사립탐정인 에르퀼 포아로에게 보내졌으며, 경찰 앞으로 되어 있지 않았는가? 나는 개인적인 이유로 잘못 생각하고 있었습니다. 그런데 그렇지 않았지요. 당신 계획의 알맹이는, 편지 가운데 하나가 잘못된 주소로 잘못 우송될 필요가 있었기 때문에 편지가 내 앞으로 보내진 겁니다. 경찰국의 범죄 수사과 앞으로 보내진 편지가 잘못 우송되는 일은 있을 수 없으니까요! 개인의 주소일 필요가 있었지요. 당신은 내가 꽤 이름있는 사람이고, 또 반드시 경찰에 그것을 내보일 사람이라고 생각하여 나를 골랐을 겁니다. 그리고 또 당신은 섬나라 근성 때문에 외국 사람을 골려 주고 즐기려는 속셈도 있었던 겁니다. 당신은 봉투에 현명하게도 이렇게 썼지요. 화이트 헤이븐, 화이트 호스, 확실히 자연스러운 잘못입니다. 다만 헤이스팅즈만이 책략을 무시하고 명백한 것으로 돌진하는 충분한 통찰력을 갖고 있었던 겁니다! 물론 편지는 잘못 배달시킬 계획이었습니다! 경찰은 살인이 완전히 행해진 뒤 활동을 개시하게 되었습니다. 형님의 저녁 산책이 당신에게 기회를 주었지요. 그리고 ABC의 공포가 군중을 성공적으로 사로잡고 있었기 때문에 당신의 범죄 가능성은 아무도 생각해보지 않았던 겁니다. 물론 형님의 죽음에 의해 당신의 목적은 이루어졌습니다. 당신은 더 살인할 마음이 없었지요. 그런데 살인이 까닭없이 정지되면, 정말로 누구에게 혐의가 돌아갈지 모릅니다. 당신의 그림자인 캐스트 씨는 숨겨진 사람──그는 눈에 띄지 않는 사람이니까요──역할을 잘해 왔으므로 그때까지는 아무도 그 사람이 세 가지 살인이 일어났던 곳 가까이에 있었다는 것을 알지 못했지요! 더욱 딱하게도 그가 캠비사이드를 찾아간 일조차 화제에 오르지 않았습니다. 그것은 그레이 양의 머리에서 완전히 사라져 버렸던 겁니다. 늘 대담한 당신은 다시 하나의 살인이 필요하다고, 그리고 이번에는 뚜렷한 증거를 남길 필요가 있다고 결심했습니다. 당신은 그 장소로 던캐스터를 골랐습니다. 당신의 계획은 아주 간단했지요. 당연히 당신 자신도 현장에 있었던 셈입니다만. 캐스트 씨도 회사 명령으로 던캐스터에 오도록 했습니다. 당신 계획은 그의 뒤를 밟으며 기회를 잡는 것이었지요. 모든 일이 잘되었습니다. 캐스트 씨가 영화관으로 들어갔습니다. 모든 게 간단하게 이루어졌습니다. 당신은 두세 좌석 떨어진 자리에 앉아 있다가 그가 일어설 때 같이 일어났습니다. 당신은 발을 헛디딘 체하고 앞으로 기울어지면서 앞 좌석에서 자고 있던 사람을 찌르고, 그 발 밑에 ABC 철도 안내서를 떨어뜨렸습니다. 그리고 복도의 어두운 데에서 캐스트 씨에게 부딪쳐 칼을 그의 소매에 닦고 그의 주머니에 넣었습니다. 당신은 이제 D로 시작되는 이름의 희생자를 찾을 마음이 조금도 없습니다. 누구든 좋았던 겁니다. 당신은 그것이 실수로 생각되리라 여기고 있었습니다. 그리고 바로 그대로 되었지요. 그리 멀지 않은 자리에 D로 시작되는 이름의 사람이 있을 것입니다. 그리고 그 사나이가 희생자로 겨냥되었다고 생각될 겁니다."
포아로는 말을 멈추고 좌중을 한 번 둘러보았다.
"그럼, 여러분, 이번에는 가짜 ABC인 캐스트 씨의 입장에서 사태를 생각해 봅시다. 앤도버 사건은 그에게 아무 일도 아니었습니다. 그러나 벡스힐 사건에는 충격을 받았습니다. 그때 거기에 있었으니까요! 이윽고 처스턴의 범죄가 일어나고, 신문에 대대적으로 기사가 실렸습니다. 그가 앤도버에 있었을때 ABC 범죄가 일어났고, 벡스힐에 있었을 때도 ABC, 그리고 또…… 세 번죄가 있었을 때마다 그는 그 현장에 있었던 겁니다. 간질병에 걸린 사람은 흔히 자기가 무엇을 했는지 모르는 멍한 상태가 있는 법입니다. 캐스트 씨는 민감하고 아주 신경질적이며 암시에 걸리기 쉬운 사람이라는 것을 상기해 주십시오. 이윽고 그는 던캐스터로 가도록 명령받습니다. 던캐스터! 더욱이 다음 ABC 범죄는 던캐스터에서 일어나기로 되어 있다는 사실을 운명처럼 느꼈을지도 모릅니다. 그는 냉정을 잃고 집 주인 여자가 수상히 여기리라 상상하여 첼테넘에 간다고 말해 버립니다. 그는 던캐스터로 갑니다. 그것이 그의 일이니까요. 오후가 되어 영화관에 들어갑니다. 아마 얼마쯤 졸기도 했겠지요. 숙소로 돌아와 외투 소매에 피가 묻어 있고 주머니에 피투성이가 된 칼이 있는 것을 발견했을 때의 그의 마음을 상상해봐 주십시오. 그의 막연한 예감이 확실한 게 된 것입니다. 자신이, 그 자신이 살인자다! 그는 그 두통이며 기억상실 등을 생각합니다. 그는 사실이라고 믿어 버립니다. 즉 앨릭잰더 보너퍼트 캐스트는 살인광이라고. 그 뒤의 그의 행동은 쫓기는 동물 바로 그것입니다. 그는 런던의 하숙으로 돌아옵니다. 거기에서는 그가 잘 알려져 있고, 또 안전합니다. 사람들은 그가 첼테넘에 있었다고 생각합니다. 그는 아직 주머니에 칼을 갖고 있습니다. 정말 위험천만한 물건입니다. 그는 그것을 우산꽂이 뒤에 숨깁니다. 그런데 어느 날, 경찰이 온다고 누가 알려 옵니다. 모든 것은 끝입니다! 그들은 알고 있는 겁니다! 쫓기는 동물은 최후의 도망을 꾀합니다. 그가 왜 앤도버로 갔는지는 알 수 없지만——아마도 범죄자의——자신은 아무것도 모르고 범죄를 저지른 장소를 보고 싶다는 병적인 바람에서였겠지요. 그는 이제 돈도 없고 지쳐 버렸습니다. 발은 절로 그를 경찰서로 데려갔습니다. 그러나 쫓기는 짐승도 싸웁니다. 캐스트 씨는 자기가 살인을 저질렀다고 믿고 있지만, 동시에 자신의 무고함을 주장하고 있습니다. 그리고 두 번째 범죄의 알리바이에 필사적으로 매달리고 있습니다. 적어도 그것은 그의 것이라고 할 수 있는 겁니다. 나는 앞에서, 그를 만났을 때 우선 그가 범인이 아니라는 것과, 그리고 내 이름이 그에게 아무 반응도 불러일으키지 않는 것을 알았다고 말했습니다. 나는 또 그가 자기를 살인범으로 믿고 있는 것도 알았습니다. 그가 자기 죄를 고백했을 때, 나는 전보다 더 한층 강하게 내 생각이 옳다는 것을 확신했습니다."
프랭클린 클라크가 말했다.
"당신의 생각은 우스꽝스럽습니다!"
포아로는 고개를 저었다.

"아니, 클라크 씨, 아무도 당신을 의심하지 않는 동안 당신은 안전했습니다. 그러나 한 번 의심하려 들면 증거는 쉽게 손에 들어옵니다."

"증거?"

"그렇습니다. 나는 당신이 앤도버와 처스턴의 살인에서 쓴 지팡이를 캠비사이드의 벽장 속에서 찾아냈습니다. 두툼한 손잡이가 달린 여느 것과 같은 스틱으로, 나무 한 부분이 패이고 그 속에 납덩이가 들어 있더군요. 당신이 던캐스터의 경마장에 있어야 할 시간에 영화관에서 나오는 것을 본 두 사람에 의해 많은 사진 속에서 당신의 사진이 골라내졌습니다. 전날, 벡스힐에서 당신은 히글리 양과 또 한 아가씨에 의해 식별되었습니다. 그 한 아가씨는, 운명의 날 밤에 식사하려고 당신이 베티 버너드를 데려간 '스컬릿 러너' 여관의 하녀입니다. 그리고 마지막으로 이것이 가장 결정적인 약점입니다만, 당신은 중대한 주의를 소홀히 했습니다. 캐스트의 타이프라이터에 당신의 지문이 남아 있었던 겁니다. 만일 죄가 없다면 결코 만졌을 리 없는 타이프라이터에."

클라크는 잠시 그대로 앉아 있었으나 이윽고 말했다.

"빨강, 홀수, 졌다! 당신의 승리입니다, 포아로 씨! 하지만 이것은 해볼 만한 가치가 있었지요!"

믿을 수 없을 만큼 재빠르게 그는 주머니에서 조그만 자동 권총을 꺼내 머리에 댔다.

나는 소리치며 총소리를 기다리는 동안 자신도 모르게 뒤로 물러섰다.

그러나 총소리는 나지 않았다. 방아쇠는 그냥 쇳소리를 냈을 뿐이었다.

클라크는 깜짝 놀라 권총을 보고 저주의 소리를 질렀다. 포아로가 말했다.

"안 됩니다, 클라크 씨. 알아차리셨겠지만, 나는 오늘 새 하인을 고용했습니다. 내 친구로, 숙련된 소매치기지요. 그가 당신 주머니에서 권총을 꺼내 총알을 빼고 당신이 눈치채지 못하게 다시 본래대로 넣어 둔 겁니다."

클라크는 분노로 새빨갛게 되어 소리쳤다.

"당신들 외국 녀석들은 정말 어쩔 수 없군!"

"그렇습니다, 그렇습니다, 그것이 당신 생각이지요. 아니, 클라크 씨, 당신은 쉬운 죽음을 할 수 없습니다. 당신은 캐스트 씨에게 물에 빠졌다가 되살아난 이야기를 했지요. 그게 어떤 것인지 알 겁니다. 그것은 당신이 다른 운으로 다시 태어났다는 뜻입니다."

"빌어먹을!"

말이 끊어졌다. 그의 얼굴은 납빛이 되었다. 위협적으로 주먹이 쥐어졌다.

다음 방에서 두 형사가 나왔다. 그 가운데 하나는 크롬 형사였다. 그는 나서면서 이럴 때 언제나 이야기되는 판에 박힌 말을 했다.

"네가 하는 말은 모두 증거로 채택될 것임을 경고한다."

포아로가 말했다.

"이제 충분히 말했습니다."

그리고 클라크를 돌아보며 덧붙였다.

"당신은 다분히 섬 나라 근성을 지닌 것 같은데, 나에게 말하라면 당신의 범죄는 영국적인 것도 아니고, 공정하지도 않고 스포츠적인 것도 못 됩니다."

설명

유감스럽지만, 나는 프랭클린 클라크의 뒤로 문이 닫혔을 때 발작적으로 웃어 버렸다는 것을 말하지 않을 수 없다. 포아로는 좀 놀라며 나를 보았다.

나는 숨을 몰아쉬며 말했다.

"그의 범죄가 스포츠적이 아니라니 말일세."

"그렇지 않은가. 나쁜 범죄야. 자기 형을 죽였을 뿐 아니라, 불행한 사람을 죽음으로 몰아 넣은 잔인함이. 여우를 잡아라, 상자 속에 넣어라, 놓쳐선 안 된다! 그것은 스포츠가 아니야."

미건 버너드가 깊은 한숨을 쉬었다.

"믿을 수가 없어요, 정말. 정말일까요?"

"그렇습니다, 미건 양. 악몽은 끝났습니다."

그녀는 포아로를 보고 얼굴을 붉혔다.

포아로는 프레이저를 보며 말했다.

"미건 양은 줄곧 두 번째 범죄를 저지른 것은 당신이리라는 걱정에 싸여 있었지요."

그러자 도널드 프레이저는 조용히 말했다.
"나 자신도 한때는 그렇게 생각했었는걸요."
포아로는 젊은이 쪽으로 가서 조그만 목소리로 말했다.
"꿈 때문입니까? 당신 꿈은 아주 자연스럽게 해석할 수 있습니다. 그것은 동생의 이미지가 당신 기억 속에서 이미 사라져 버리고 언니가 대신 들어와 있었다는 겁니다. 당신 마음속에서 미건 양이 동생과 바뀌었지만, 죽은 이에 대해 그토록 빨리 불성실하고 싶지 않았기 때문에 그것을 내리누르려 한 겁니다. 이것이 꿈에 대한 해석입니다."
프레이저의 눈이 미건 쪽을 보았다.
포아로가 부드럽게 말했다.
"잊는 것을 두려워해선 안 됩니다. 그녀는 오래 기억해야 할만큼 가치있는 여자가 아닙니다. 미건 양은 백 사람 가운데 하나쯤 되는 훌륭한 마음의 소유자입니다!"
도널드 프레이저의 눈이 빛났다.
"그 말씀대로라고 생각합니다."
우리는 포아로를 둘러싸고 이런저런 궁금한 점을 물었다.
"포아로, 그 질문에 대해서인데, 자네가 한 사람 한 사람에게 물은 질문에는 어떤 요점이 있었는가?"
"어떤 것은 단순한 농담이었지. 그러나 내가 알고 싶었던 것은 알아냈네. 프랭클린이 처음 편지를 보낼 때 런던에 있었다는 걸 말일세. 그리고 또 하나는 내가 소러 그레이 양에게 질문하고 있었을 때의 그의 얼굴일세. 그는 조심하고 있지 않았어. 그 눈에 악의와 분노가 보였다네."
소러 그레이가 말했다.
"당신은 내 기분을 헤아려 주지 않았어요."

포아로는 쌀쌀맞게 말했다.

"당신은 진실되게 대답해 주지 않았지요, 소러 양. 게다가 이번에는 두 번째 기대도 어긋났습니다. 프랭클린 클라크는 형님의 재산을 물려받지 못합니다."

그녀는 얼굴을 들었다.

"여기 있으면서 나쁜 말을 들을 필요가 있을까요?"

"……."

포아로는 정중하게 그녀를 위해 문을 열어 주었다.

나는 깊은 생각에 잠겨 말했다.

"그 지문이 결정적이었지, 포아로. 자네가 그 말을 하자 그는 꼼짝 못했어."

"그렇지, 쓸모 있어, 지문이라는 것은."

그리고 그는 생각깊게 덧붙였다.

"그것은 자네를 기쁘게 해주기 위해 넣은 걸세."

나는 소리쳤다.

"그럼 포아로, 그건 사실이 아니었단 말인가?"

"전혀."

2, 3일 뒤 앨릭잰더 보너퍼트 캐스트 씨의 방문을 받았을 때의 일을 말해 두지 않으면 안 되겠다. 포아로의 손을 잡고 그에게 감사하려고 서투르게 애쓰고 나서 캐스트 씨는 몸을 반듯이 하며 말했다.

"어느 신문이 제 생애와 체험을 간단히 이야기하는 데 100파운드를——100파운드입니다——내겠다고 합니다. 저는 정말 어떻게 했으면 좋을지 모르겠습니다."

"나라면 100파운드만 받지 않겠습니다. 기운을 내십시오, 500파운드라야 된다고 하는 겁니다. 그리고 한 신문에만 하지 말도록 하십시오."
"정말 그렇게 생각하십니까? 제가 그렇게……."
포아로는 미소지으며 말했다.
"당신은 자신이 아주 유명한 사람이 된 사실을 자각하지 않으면 안 됩니다. 실제로 당신은 요즘 영국에서 가장 유명한 사람입니다."
캐스트 씨는 한층 몸을 반듯이 했다. 기쁜 빛이 얼굴에 나타났다.
"말씀대로입니다! 유명합니다! 모든 신문에 나 있지요. 포아로 씨, 당신의 충고를 지키겠습니다. 돈은 정말 좋은 겁니다. 정말 좋습니다. 잠시 휴가를 갖겠습니다. 그리고 릴리 머벌리에게 멋진 결혼 선물을 보내려 합니다. 그녀는 좋은 아가씨입니다. 정말 좋은 아가씨입니다, 포아로 씨."
포아로는 격려하듯 그의 어깨를 두드렸다.
"정말 그렇습니다. 이번에는 즐기십시오. 그리고 한 가지 말해 둡니다만, 안과에 가보는 게 어떻겠습니까. 그 두통은 어쩌면 새 안경이 필요해서인지도 모르니까요."
"줄곧 그랬다는 말씀입니까?"
"그렇게 생각되는데요."
캐스트 씨는 열정을 담아 포아로의 손을 잡았다.
"당신은 어쩌면 그토록 훌륭한 분입니까, 포아로 씨."
포아로는 언제나처럼 그 찬탄을 피하지 않았다. 겸손해지려고 해도 잘되지 않았다.
캐스트 씨가 어깨를 쭉 펴고 나가자, 나의 오랜 친구는 나에게 미소를 지어 보이며 말했다.
"어떤가, 헤이스팅즈, 우리는 또 사냥을 하나 했지? '스포츠 만세!'가 아닌가."

잠수함 설계도

 밀사가 편지를 가져왔다. 편지를 읽는 포아로의 눈이 흥분과 관심으로 반짝였다. 포아로는 짧게 몇 마디 말하고 나서 밀사를 내보내고는 나를 돌아다보았다.
 "어서 빨리 가방을 꾸리게나. 곧 샤플즈로 내려가야 하네."
 나는 포아로의 입에서 알로웨이 경이 살고 있는 유명한 저택 이름이 튀어나오는 것을 듣고 놀랐다. 국방부 장관인 알로웨이 경은 내각에서도 걸출한 인물이었다. 그는 예전에 커다란 기계 회사 사장으로 있으면서, 동시에 하원의원으로서 하원에서 명성을 떨쳤다. 그때 그의 이름은 랄프 커티스 경이었다. 현재 그는 공공연하게 차기 총리감으로 이야기되는 사람이었다. 만일 지금의 총리인 데이비드 매커덤의 건강에 대한 소문이 사실이라면, 그는 여왕으로부터 내각 구성을 요청 받아 총리 자리에 오를 가장 유망한 인물이었다.
 커다란 롤스로이스 한 대가 밖에서 포아로를 기다리고 있었다. 차가 어둠 속으로 미끄러져 들어가자 나는 쉴 새 없이 질문을 하여 포아로를 괴롭혔다.

"도대체 이 밤늦은 시간에 왜 우리를 보자고 하는 것일까?"

시간은 벌써 열한 시가 넘어가고 있었다. 포아로는 내가 너무나 뻔한 것을 물어보자 고개를 저었다.

"말할 필요도 없이, 뭔가 긴급 사태가 일어난 게지."

"내 기억으로는, 몇 년 전인가…… 그때는 알로웨이 경이라는 작위를 받기 전이니까 랄프 커티스라는 이름이었지…… 그에 대한 좋지 않은 추문이 있었네…… 어떤 주식 사기 같은 것이었지, 아마. 끝에 가서는 그에게는 전혀 혐의가 없는 것으로 밝혀지긴 했지만, 이번에 또 그 비슷한 일이 일어난 건가?"

"그런 일이었다면 이렇게 한밤중에 나를 부르러 보낼 필요도 없었을 걸세."

나는 그 말에 동의할 수밖에 없었다. 그리고 도착할 때까지 나는 입을 다물고 있었다. 일단 런던을 벗어나자 우리가 탄 그 힘 좋은 차는 쏜살같이 달려가기 시작했다. 우리는 한 시간이 채 안 되어 샤플즈에 도착할 수 있었다.

오만한 표정의 집사가 우리를 곧장 알로웨이 경이 기다리고 있는 작은 서재로 안내했다. 알로웨이 경은 벌떡 일어나 우리에게 인사를 했다. 그는 키가 크고 마른 남자로, 몸에서 힘과 생기가 뿜어져 나오는 듯했다.

"포아로 씨, 만나게 되어 기쁩니다. 정부가 당신의 도움을 요청한 것은 이번이 두 번째이지요? 전쟁 중에 총리가 납치되었을 때 당신이 우리에게 해주신 일은 나는 너무도 잘 기억하고 있습니다. 당신의 정교한 추리, 그리고 그 신중함! 그것이 사태를 수습했지요."

포아로의 눈이 조금 반짝였다.

"각하, 이번 경우도 음……그 신중함이 필요한 사건이 일어난 겁니까?"

"바로 그렇습니다. 해리 경과 나는…… 아 참, 소개를 해드리지요. ……이쪽은 우리 해군본부위원회 제1군사 위원이신 해리 웨어데일 제독, 이쪽은 포아로 씨, 그리고…… 음, 이쪽은……."

"헤이스팅즈 대령입니다."

내가 이름을 댔다.

해리 경이 포아로에게 손을 내밀며 말했다.

"말씀 많이 들었소이다, 포아로 씨. 이번 일은 참 터무니없는 일이오. 만일 당신이 이것을 해결해 준다면, 정말 더없이 감사할 거요."

나는 첫눈에 제독이 마음에 들었다. 제독은 소박하고 솔직한, 구식의 멋진 뱃사람이었던 것이다.

포아로가 묻는 눈길로 두 사람을 쳐다보자 알로웨이가 이야기를 풀어나가기 시작했다.

"물론, 지금 하는 이야기는 비밀입니다, 포아로 씨. 방금 우리는 아주 커다란 손실을 입었습니다. 새로운 Z형 잠수함 설계도를 도난당한 것입니다."

"그게 언젭니까?"

"오늘밤입니다. 세 시간도 채 안됐습니다, 포아로 씨. 이번 일로 입은 피해가 얼마나 막대한지 짐작할 수 있으시겠지요? 이 일은 절대로 외부에 공개해서는 안 됩니다. 이제 가능한 한 간략하게 무슨 일이 일어났는지를 말씀드리지요. 주말에 우리 집에 오신 손님들은 여기 계신 제독과 그의 부인, 아드님, 그리고 런던 사교계에서는 잘 알려진 콘라드 부인입니다. 부인들은 일찌감치 잠자리에 들었지요. 약 10시쯤이었을 것입니다. 제독의 아드님이신 레너드 웨어데일 씨도 마찬가지로 잠자리에 들었습니다. 해리 경은 그 새로운 잠수함 건설에 대해 나와 의논을 하려고 잠시 여기 내려와 계셨지요. 나는 내 비서인 피츠로이에게 저기 구석에 있는 금고에서 설계도를 꺼내오라고 일렀습니다. 그리고 그것과 관련된 다른 서류들도 함께 준비를 해놓으라고 했습니다. 그가 준비하는 동안에 제독과 나는 테라스를 거닐었습니다. 유월의 따뜻한 날씨를 즐기며 담배를 피우고 있었지요. 얼마 뒤 우리는 담배와 한담을 끝내고 일을 시작하기로 했습니다. 바로 그 때였습니다. 우리가 막 테라스 저 끝에서 몸을 돌리는 순간, 나는 어떤 그림자가 여기 이 두 짝으로 된 유리문을 빠져나와 테라스 건너로 사라지는 것을 본 것 같았습니다. 하지만 별로 신경은 쓰지 않았습니다. 방안에 피츠로이가 있는데 뭐 잘못될 일이야 있겠나 싶었던 것입니다. 물론 이 점은 제 잘못입니다. 어쨌든 우리는 다시 테라스를 따라 돌아와 유리문을 통해 이 방으로 들어왔을 때, 피츠로이도 홀에서 방으로 들어오고 있었습니다.

'필요한 게 다 준비되었나, 피츠로이?'

'네, 각하. 서류들은 모두 책상 위에 있습니다.'

그리고 나서 피츠로이는 자러 가겠다고 인사를 했습니다.

'잠깐만 기다리게. 가져올 서류가 또 있을지 모르니까.'

나는 책상으로 다가가 놓인 서류들을 죽 넘겨보았습니다.

'가장 중요한 걸 잊었지 않나, 피츠로이. 잠수함 설계도 말일세!'

'설계도는 바로 책상 위에 있습니다, 각하.'

나는 다시 서류들을 넘겨보았습니다.

'아니, 없어.'

'갖다 놓은 지 일 분도 안 됐는데요.'

'어쨌든 지금은 여기에 없네!'

피츠로이는 어리둥절한 표정으로 다가왔습니다. 믿을 수 없는 일이었지요. 우리는 다시 책상 위의 서류들을 넘겨보고, 이어 원래 설계도가 들어 있던 금고까지 샅샅이 뒤져봤습니다. 하지만 그 잠수함 설계도는 없어졌다는 것만 다시 확인한 셈이 되었습니다. 피츠로이가 잠깐 방을 비운 3분이라는 짧은 시간 동안에 없어져 버린 것입니다."
"비서가 왜 방을 비웠습니까?"
포아로가 알로웨이 경의 말을 끊고 질문을 했다.
"맞소. 나도 그 점을 물어보았소."
해리 경이 소리쳤다.
"피츠로이가 막 책상 위에 서류를 정돈해 놓았을 때 여자 비명 소리를 들었답니다. 피츠로이는 놀라서 홀로 뛰어 나갔겠지요. 계단에서 그는 콘라드 부인의 프랑스인 하녀와 만났답니다. 하녀는 놀라서 창백한 얼굴로 유령을 보았다고 하더랍니다. 온몸에 흰옷을 둘러쓴, 키가 큰 물체가 소리도 없이 움직이는 걸 보았다는 이야기였지요. 피츠로이는 웃으면서 점잖은 말로, 말도 안 되는 이야기하지 말라고 타일렀나 봅니다. 그리고 나서 방으로 들어오는 순간 유리문으로 들어오던 우리와 마주쳤던 거지요."
포아로는 생각에 잠긴 채 말했다.
"모든 게 아주 분명한 것 같군요. 단지 하나만 의문인데, 그 하녀가 공범자였느냐 아니냐 하는 것입니다. 그 하녀가 이 방 밖에 숨어 있던 다른 공범자와의 약속에 따라 비명을 지른 것인지, 아니면 그 자는 방 밖에서 그저 기회가 생기기만 기다리고 있었는데 우연히 하녀가 비명을 지르는 바람에 기회가 생긴 것인지? 그게 여자가 아니라 남자였지요? 각하가 보신 그 그림자 말입니다."
"확실히 모르겠습니다, 포아로 씨. 그건 단지 음…… 그저 그림자에 지나지 않았으니까요."

순간 제독이 너무나도 독특한 소리로 콧방귀를 뀌었으므로 모두의 시선이 그쪽으로 쏠렸다. 포아로가 가볍게 미소를 띠며 조용히 말했다.

"제독께서 뭔가 할 말이 있으신 건 같은데. 해리 경, 경께서는 그 그림자를 보셨나요?"

"아니, 못 보았소. 그리고 알로웨이도 못 보았소. 알로웨이가 본 것은 아마 흔들리는 나뭇가지 같은 것이었을 게요. 그런데 설계도가 도난당한 것을 알고 난 후, 나중에서야 누군가 테라스를 가로질러 가는 것을 본 것이라고 비약해서 결론을 내버린 것이오. 그의 상상력이 잠시 그를 가지고 놀았던 게지요. 그뿐이오."

"제가 상상력이 풍부하다는 말은 흔히 듣는 말은 아닌데요."

알로웨이 경이 가볍게 미소를 띠며 반박했다.

"천만에, 우리는 모두 상상력을 가지고 있어요. 자칫하다 보면 우리가 실제로 본 것 이상을 보았다고 믿게 되는 수도 있지요. 나는 평생을 바다에서 보냈기 때문에 뭍에서 생활하는 누구 못지 않게 좋은 눈을 가지고 있소. 나는 테라스 아래쪽을 죽 바라보고 있었소. 만일 눈에 띄는 게 있었다면 나도 틀림없이 똑같은 것을 보았을 게요."

그는 이 문제를 놓고 매우 흥분해 있었다. 포아로가 일어나더니 빠른 걸음으로 유리문 쪽으로 갔다.

"괜찮으시다면, 지금 그 문제를 해결해 보도록 하시지요."

포아로는 테라스로 나갔고, 우리도 그 뒤를 따랐다. 그는 호주머니에서 손전등을 꺼내더니 테라스를 둘러싸고 있는 잔디밭 가장자리를 따라 빛을 비추었다.

"그 자가 어디서 테라스를 가로질렀습니까, 각하?"

"글쎄, 유리문 맞은편 언저리였던 것 같은데……."

포아로는 얼마 동안 더 손전등을 비추어 보더니, 테라스를 한번 다 걸어보고는 돌아왔다. 그는 손전등을 끄고 몸을 바르게 세우더니 조용히 말했다.

"해리 경의 말이 맞습니다. 그리고 각하가 틀리셨습니다. 오늘 초저녁엔 비가 많이 왔었지요. 누구든 저 잔디밭을 지나갔다면 반드시 발자국을 남겼을 것입니다. 그런데 없어요, 아무것도 없습니다."

포아로의 눈길이 해리 경의 얼굴에서 알로웨이 경 쪽으로 옮겨갔다. 알로웨이 경은 곤혹스럽고 믿을 수 없다는 표정을 짓고 있었다. 제독은 만족하여 큰 소리로 말했다.

"내가 틀릴 리가 없지. 내 눈은 어디서나 믿을 만 하단 말이야."

그 전형적인 늙은 뱃사람의 솔직한 모습을 보고 내 입가에는 미소가 저절로 떠올랐다.

포아로는 부드러운 목소리로 말했다.

"그렇다면 집안에 있던 사람들에 대해 생각을 해야겠군요. 다시 안으로 들어갑시다. 자, 각하, 피츠로이가 계단에서 하녀에게 말을 하고 있는 동안에, 누군가 홀에서 서재로 들어올 기회를 잡을 수는 없었을까요?"

알로웨이 경은 고개를 저었다.

"전혀 불가능합니다. 그럴러면 반드시 피츠로이 앞을 지나가야만 했을 테니까."

"그렇다면 피츠로이 자신은…… 각하께서는 그를 신뢰하십니까?"

알로웨이 경은 얼굴을 붉혔다.

"전적으로 신뢰합니다, 포아로 씨. 내 비서에 대해서는 내가 자신 있게 책임을 질 수 있습니다. 그가 어떤 식으로든 이 문제에 개입

되었다는 것은 전혀 불가능한 일입니다."

그러자 포아로가 다소 무뚝뚝하게 대꾸했다.

"모든 것이 불가능한 것 같군요. 아마 그 설계도에 예쁜 날개 한 쌍이 달려서 휙 날아가 버렸는지도 모르지요, 이런 식으로!"

포아로는 우스꽝스러운 천사 같은 표정으로 팔로 날개 치는 시늉을 하며, 입술을 삐죽 내밀어 휘파람을 불었다. 알로웨이 경도 맞받아 쳤다.

"모든 것이 불가능합니다. 하지만, 포아로 씨, 만에 하나 피츠로이를 의심한다든가 하는 것은 꿈도 꾸지 말아 주십시오. 생각을 해보십시오. 만일 그가 설계도를 손에 넣고 싶었다면, 굳이 그것을 훔치려고 애쓰는 것보다는 하나 베끼는 쪽이 훨씬 손쉬운 일이 아니었겠습니까?"

포아로는 고개를 끄덕이며 말했다.

"각하, 그 점은 정말 정확한 말씀입니다. 각하께서는 정말 질서정연하고 논리적인 생각을 가지고 계시다는 것을 알게 되었습니다. 영국은 각하를 모시고 있어 행복할 것입니다."

포아로의 느닷없는 찬사에 알로웨이 경은 당황한 표정이었다. 포아로는 다시 현안 문제로 돌아갔다.

"각하께서는 저녁 내내 앉아 계셨던 방이……."

"응접실 말이군요. 그런데 왜요?"

"아까 그쪽으로 나오셨다고 말씀하셔서 생각난 것인데, 그 방에도 테라스를 향해 유리문이 나 있지요. 피츠로이가 없는 동안에 누군가 그 응접실 유리문을 열고 테라스로 나와서 이 방 유리문으로 서재에 들어온 다음, 똑같은 방법으로 다시 나갈 수 있지 않을까요?"

"하지만 우리가 그런 사람을 보지 못했잖소?"

잠수함 설계도

제독이 부정했다.

"두 분이 등을 돌리고 반대 방향으로 걸어가고 계신 동안에만 행동했다면 못 보셨을 수도 있지요."

"피츠로이가 방을 비운 건 단지 몇 분사이요. 저 끝까지 한번 갔다 돌아올 시간에 지나지 않는다는 말이오."

"상관없습니다. 단지 하나의 가능성에 지나지 않으니까요……. 사실, 이치에 맞는 유일한 가능성이긴 하지만."

"그러나 우리가 나올 때 응접실에는 아무도 없었소."

"나중에 그 방으로 들어갔는지도 모르지요."

그 말을 듣고 알로웨이 경이 천천히 입을 열었다.

"포아로 씨 얘기로는, 피츠로이가 하녀의 비명을 듣고 밖으로 나갔다, 그 때 이미 누군가가 응접실에 들어와 숨어 있었다. 그리고 잽싸게 이 방으로 들어왔다 나갔으며, 피츠로이가 이 방으로 돌아온 직후에 응접실을 떠났다, 이런 얘기로군요."

"역시 알로웨이 경은 논리적이십니다. 제 생각을 완벽하게 표현해 주셨습니다."

포아로가 알로웨이 경을 향해 고개를 숙이며 말했다.

"그럼 하인 중의 한 사람일까요?"

"아니면 손님 중 한 사람일 수도 있지요. 비명을 지른 것은 콘라드 부인의 하녀였습니다. 콘라드 부인이 어떤 분인지 정확하게 말씀해 주십시오."

콘라드 경은 잠시 생각했다.

"콘라드 부인은 사교계에서는 잘 알려진 분이라고 이미 말씀드렸지요. 부인은 커다란 파티를 자주 열고 또 어디나 가지 않은 곳이 없다는 뜻에서 그 말이 맞습니다. 하지만 부인이 진짜 어디 출신인지, 과거 생활을 어떠했는지에 대해서는 알려진 게 거의 없습니다.

부인은 무척이나 빈번하게 외교가나 외무부 동아리들을 찾아다닙니다. 비밀 정보국에서도 이 까닭을 알고 싶어합니다."
"알겠습니다. 그런데 부인이 이번 주말에 이곳에 오시도록……."
"아, 그것은…… 뭐라고 말해야 할까……. 가까운 거리에 두고 관찰하는 편이 나을 것이라는 생각이었습니다."
"좋습니다! 그런데 오히려 깨끗하게 역습을 당했다……."
알로웨이 경은 어쩔 줄 모르는 표정을 지었으나 포아로는 개의치 않고 계속 말을 이어갔다.
"각하, 각하와 제독께서 의논하시려던 그 문제에 대해 부인이 들었다고 판단할 수 있는 근거가 혹시 있습니까?"
"있습니다. '자, 이제 우리와 그 잠수함 문제로 들어갑시다. 일을 시작해야지.' 하는 말을 해리 경께서 하셨었지요. 그때 다른 사람들은 모두 방을 나갔었는데, 콘라드 부인은 무슨 책을 찾으러 다시 되돌아와 있었습니다."
포아로가 생각에 잠겨 말했다.
"알겠습니다. 각하, 매우 늦은 시간입니다만…… 그런데 이건 긴급 사태라서…… 가능하다면 당장 이 집안에 계신 분들께 몇 마디 여쭈어 보고 싶습니다."
"물론 그렇게 해볼 수 있습니다. 다만 한 가지 찜찜한 것은, 그렇게 해서 도움을 얻기보다는 소문만 퍼지면 어떡하나 하는 점입니다. 물론 줄리엣 웨어데일 부인과 제독의 아드님 레너드는 괜찮습니다. 하지만, 콘라드 부인은…… 만일 부인에게 죄가 없다면, 그건 좀 큰 문제가 될 뿐 아니라 소문도 금방 퍼져 버리겠지요. 혹시 그 점이 구체적으로 뭐라거나, 아니면 이러 저렇게 사라졌다거나 하는 말 없이, 그냥 중요한 서류 하나가 없어졌다고만 말씀해 주시겠습니까?"

"제가 막 제안하려고 하던 게 바로 그 점입니다."

포아로가 환하게 웃으며 대답하고는 말을 이었다.

"사실 여자 세 분한테는 모두 그렇게 하려고 합니다. 제독께서도 이해해 주시리라 믿습니다만, 아무리 훌륭한 부인이라 할지라도……."

해리 경이 말을 받았다.

"아니 괜찮소, 여자들 입이란, 참! 내 아내 줄리엣은 브리지 놀이는 이제 좀 그만두고 말을 좀 많이 했으면 하는데…… 그런데 요즘 여자들은 다 그렇지 뭐. 춤추고 노름하는 것이 없다면 행복하다고 생각질 않으니까. 가서 줄리엣과 레너드를 올라오라고 하겠소. 괜찮겠지, 알로웨이?"

"물론입니다. 난 프랑스인 하녀를 부르겠습니다. 포아로 씨도 그 하녀를 보고 싶어 할 테고, 또 여주인은 하녀가 깨워야 하니까요. 당장 조처하도록 하겠습니다. 그 동안에 피츠로이를 들여보내지요."

피츠로이는 귀공자 같으면서도 냉담한 표정을 지닌, 창백하여 여윈 젊은이었다. 그의 진술은 알로웨이 경이 이미 우리에게 했던 말과 실제로 똑같았다.

"당신 생각은 어떻습니까, 피츠로이 씨?"

피츠로이는 어깨를 으쓱했다.

"틀림없이 누군가 내부를 잘 아는 사람이 밖에서 기회를 노리며 기다리고 있었을 겁니다. 유리문을 통해서 안에서 무슨 일이 벌어지는지 볼 수 있었겠지요. 그러다가 내가 방을 비우자 살짝 들어왔던 겁니다. 알로웨이 경은 그 자가 떠나는 것을 보았을 때 바로 그 자리에서 그를 쫓지 못한 것이 유감입니다."

포아로는 그가 잘못 생각하고 있는 점을 굳이 지적하지 않고 이어서 질문을 했다.
"당신은 그 프랑스인 하녀가 말한, 유령을 보았다는 이야기를 믿습니까?"
"글쎄, 그런 건 믿을 수 없는 일 아닙니까, 포아로 씨?"
"내 말은 그 하녀가 실제로 그렇게 생각했다고 믿느냐는 겁니다."
"아, 그 점에 대해서라면 뭐라 말할 수 없군요. 어쨌든 그녀가 상당히 놀란 상태였다는 것은 틀림없습니다. 손으로 머리를 감싸고 있었으니까요."
"아하!"
포아로는 어떤 발견을 한 사람처럼 탄성을 질렀다.
"정말 그랬었군요……. 그 하녀는 분명히 예쁘지요?"
"특별히 염두에 두고 보진 않았습니다."
피츠로이는 남을 제압하는 목소리로 대답했다.
"그 하녀의 여주인은 보셨을 것 같은데?"
"예, 보았습니다. 그 분은 계단 위의 복도에서 '레오니!' 하고 하녀를 부르고 있었습니다. 부인도 나를 보았지요. 물론 나를 보고는 방으로 들어가셨습니다."
"이층이라?"
포아로가 혼잣말을 하면 얼굴을 찌푸렸다.
"물론 저는 이번 사건 때문에 저한테 아주 언짢은 일이 생길 수도 있다는 것을 잘 알고 있습니다. 만일 알로웨이 경께서 우연히 그 도둑이 사라지는 모습을 보지 못하셨더라면, 정말 제 처지가 곤란해졌겠지요. 어쨌든, 포아로 씨께서 제 방을, 그리고 제 몸을 수색해 주신다면 전 정말 감사할 것입니다."
"정말 그렇게 해주기를 바라십니까?"

"물론입니다."

포아로가 그 말에 뭐라고 대답했는지는 잘 모르겠으나, 그 때 알로웨이 경이 방으로 들어와 우리에게 두 부인과 레너드 웨어데일 씨가 응접실에서 기다리고 있다고 알려주었다.

두 부인은 모두 어울리는 실내복을 입고 있었다. 콘라드 부인은 서른 다섯 가량의 아름다운 여인으로, 금발 머리에 몸에 약간씩 살이 붙어 가고 있는 것 같았다. 줄리엣 웨어데일 부인은 마흔 정도로 키가 크고 검은머리에 검은 눈이었으며, 매우 여윈 편이었지만 우아한 손과 발을 가진, 아직도 아름다운 여인이었다. 그러나 좀 고집이 세고 성격이 불안정한 것 같았다. 그녀의 아들은 여자처럼 생긴 젊은이로, 소박하고 털털한 그의 아버지와는 아주 대조적이었다.

포아로는 그들에게 우리가 하기로 했던 식으로 그 도난 사건을 설명해 주고는, 그 날 밤 뭔가 도움이 될 만한 일을 듣거나 본 것이 있는지 알고 싶어서 모이라고 했다고 말했다.

우선 그는 콘라드 부인 쪽을 바라보며, 그 날 그녀가 했던 일을 정확히 알려달라고 청했다.

"그러니까…… 나는 이층에 올라갔었지요. 종을 쳐서 하녀를 불렀습니다. 그런데 그 애가 금방 나타나질 않아서 직접 밖으로 나와서 이름을 불렀습니다. 하녀가 계단에서 이야기를 하고 있는 소리가 들리더군요. 그 애는 들어와서 내 머리를 빗겨준 다음 나갔습니다. 이상하게 뭔가 신경이 예민한 상태였어요. 그 다음에 한 동안 책을 읽다가 잠들었습니다."

"그리고 줄리엣 부인께서는?"

"난 곧장 이층으로 올라가 잠이 들었습니다. 무척 피곤했었거든요."

"부인 책은 어떻게 된 거지요?"

부드럽게 웃으며 콘라드 부인이 물었다.
"내 책요?"
줄리엣 부인이 얼굴을 붉혔다.
"네, 왜 내가 레오니를 보내러 나왔을 때 부인께서 계단을 올라오고 계셨잖아요. 응접실에 책을 가지러 내려갔다 오는 길이라고 하시고선?"
"아, 예, 내려갔었지요. 자, 잠깐 잊었어요."
줄리엣 부인은 신경질적으로 두 손을 꼭 쥐었다.
포아로가 계속 물었다.
"콘라드 부인, 하녀의 비명 소리는 들으셨습니까?"
"아니, 아니요, 못 들었는데요."
"참 이상하군요. 그 시간에 부인은 응접실에 계셨을 텐데."
"아무 소리도 못 들었어요."
줄리엣 부인은 보다 단호하게 말했다.
포아로는 레너드 쪽을 향했다.
"레너드 씨는?"
"아무 것도 안 했습니다. 곧바로 이층으로 올라가 잠자리에 들었지요."
포아로는 자기 턱을 툭툭 두드렸다.
"허 참, 안됐지만 전혀 도움되는 게 없군요. 여러분, 죄송합니다. 잠시라도 여러분의 잠을 방해해서 참으로 미안합니다. 제발 제 사과를 받아주시기 바랍니다."
포아로는 몸짓을 섞어 가며 사과하고 나서, 사람들을 이끌고 밖으로 나갔다. 이윽고 그는 프랑스인 하녀를 데리고 돌아왔다. 예쁘지만 시건방진 모습이었다. 알로웨이 경과 웨어데일 제독도 부인들과 함께 밖으로 나가고 없었다.

포아로가 큰 목소리로 말을 꺼냈다.
"자, 아가씨, 우리 사실을 얘기해 봅시다. 나한테 거짓말을 꾸며댈 필요는 없습니다. 왜 계단에서 비명을 질렀지요?"
"아, 선생님, 전 뭔가 큰 물체를 봤어요. 온통 흰옷을 입은……."
포아로가 집게손가락을 세차게 흔들며 그녀의 말을 막았다.
"내가 말하지 않던가요? 나한테 거짓말을 꾸며대지 말라고? 내가 대신 추측을 해보지요. 그가 키스를 했지요, 그렇지요? 레너드 웨어데일 씨 말입니다."
그러자 프랑스인 하녀는 프랑스어를 섞어 가며 말했다.
"네, 좋아요, 선생님. 그런데 키스란 게 뭐지요?"
포아로가 친절한 목소리로 대답했다.
"그런 상황에서라면, 그건 아주 자연스러운 일이지요. 나나 여기 있는 헤이스팅즈는 그렇게 생각해요. 자, 이제 일어났던 일을 그대로 얘기를 해봐요."
"그 분이 뒤로 다가와서 나를 붙잡았어요. 나는 깜짝 놀라서 비명을 질렀지요. 미리 생각할 수 있었더라면 비명을 지르진 않았을 거예요. 하지만 그 분은 마치 고양이처럼 다가왔거든요. 그리고 나서 비서 분이 오셨어요. 레너드 씨는 계단 위로 달려 올라갔지요. 그러니 제가 무슨 말을 하겠어요? 더군다나 그런 젊은 분한테. 그렇게 훌륭한 분인데요, 사실. 그래서 유령 이야기를 지어낸 거예요."
포아로가 기분 좋게 소리쳤다.
"이렇게 모든 것이 설명되는군요. 그리고 나서 당신은 여주인 방으로 올라갔지요. 그런데 여주인 방은 어디입니까?"
"끝쪽에 있어요, 선생님. 저쪽예요."
"그러니까 서재 바로 위란 말이네요. 좋아요, 아가씨. 더 이상 붙들어 두지는 않겠습니다. 그리고 다음 번엔, 비명은 지르지 마세요."

하녀를 밖으로 안내하고 나서 그는 미소를 띠며 나에게도 돌아왔다.

"재미있는 사건이지 않나, 헤이스팅즈? 몇 가지 작은 생각들이 모아지기 시작하고 있네. 자넨 어떤가?"

"레너드 웨어데일이 계단에서 뭘 하고 있었던 것일까? 난 그 젊은 친구가 마음에 안 드네. 완전히 젊은 난봉꾼 같아."

"나도 같은 생각이네."

"피츠로이는 정직한 친구 같더구만."

"알로웨이 경은 확실히 그 점을 강조했었지."

"하지만 그의 태도에는 뭔가……."

"너무 착해 보여서 오히려 진실해 보이지 않는 면이 있다. 이거지? 나도 같은 걸 느꼈네. 반면 콘라드 부인은 전혀 착한 사람 같아 보이지는 않더군."

"그리고 그녀의 방은 바로 서재 위층이고."

나는 뭔가 잡아낸 것 같이 말하며, 포아로를 날카로운 눈으로 바라보았다. 그러나 그는 가벼운 미소를 띠며 고개를 저었다.

"아닐세, 난 그 깨끗한 부인이 굴뚝 속을 기어 내려왔다거나, 아니면 발코니를 타고 내려왔다고는 도저히 믿을 수가 없네."

포아로가 말을 이으려고 할 때, 놀랍게도 줄리엣 웨어데일 부인이 헐레벌떡 뛰어들어왔다.

그녀는 약간 숨을 헐떡이며 말했다.

"포아로 씨, 단 둘이서만 이야기좀 나눌 수 있을까요?"

"부인, 헤이스팅즈 대령은 나의 분신이나 다름없습니다. 저 친구에 대해서는 신경 쓸 필요도 없이 아예 저기 있지도 않은 것처럼 생각하고 말씀을 하시면 됩니다. 이리 앉으시지요."

부인은 여전히 시선을 포아로에게 고정시킨 채 자리에 앉았다.
"제가 말씀드리고자 하는 것은…… 좀 어려운 문젠데요. 포아로 씨가 이 일을 책임지고 계시지요? 만일 그…… 서류가 돌아온다면, 그걸로 문제가 끝나는 것일까요? 제 말 뜻은, 서류가 돌아오기만 하면 그 과정에 대해서는 아무것도 물어보지 않을 수 있냐는 거지요."
포아로는 뚫어져라 부인을 응시했다.
"자, 무슨 말씀이신지 좀 분명히 해봅시다, 부인. '그 서류가 내 손에 쥐어질 것이다.' 맞습니까? 그리고 나는 그것을 알로웨이 경에게 전달하면서, '그것을 어디서 찾았는지에 대해서는 묻지 말 것을 조건으로 단다.' 이겁니까?"
부인은 고개를 끄덕였다.
"네, 바로 그 얘기예요. 그리고 밖으로도 알려지지 않을 것이라는 다짐을 받아야겠어요."
"제 생각으로는 알로웨이 경께서 뭐 특별히 밖으로 공표하고 싶어 하지는 않을 것 같은데요."
포아로가 딱딱한 표정으로 말했다.
"그러면 받아들이시는 거예요?"
그녀가 간절히 답변을 기다리며 소리쳤다.
"잠깐만요, 부인. 그것은 부인이 얼마나 빨리 그 서류를 제 손에 쥐어줄 수 있느냐에 달려 있습니다."
"당장 해드리겠어요."
포아로는 시계를 바라보았다.
"정확히 얼마나 걸리겠습니까?"
"음…… 십분요."
그녀가 작은 목소리로 말했다.

"좋습니다, 부인."

부인은 서둘러 방을 나갔다. 나는 입술을 모아 휘파람을 불었다.

"어때, 나한테는 어찌 된 일인지 한번 설명을 해주겠나, 헤이스팅즈?"

"브리지 놀이지."

나는 간명하게 대답했다.

"아, 자네는 제독이 무심코 흘린 말을 기억하고 있었단 말인가? 대단한 기억력일세! 존경하네, 헤이스팅즈."

알로웨이 경이 들어왔기 때문에 우리 대화는 거기서 그쳤다. 알로웨이 경은 궁금한 표정으로 포아로를 바라보았다.

"뭐, 더 생각나신 것이 있으십니까, 포아로 씨? 포아로 씨가 물어 보신 것들에 대한 답변이 시원치 않아서 유감입니다."

"전혀 그렇지 않습니다, 각하. 그 분들의 답변은 아주 만족스러웠습니다. 이제 더 이상 여기에 머물러 있을 까닭이 없을 것 같군요. 괜찮으시다면 바로 런던으로 돌아가고 싶습니다."

알로웨이 경은 어리둥절한 표정이었다.

"하지만…… 포아로 씨…… 알아내신 겁니까? 누가 설계도를 가져갔는지 아십니까?"

"예, 각하, 압니다. 만일 그 서류가 익명으로 각하께 돌아온다 하더라도, 더 이상 심문하지는 않으시겠지요?"

알로웨이 경은 포아로를 응시하였다.

"돈을 지급해야 한다는 뜻입니까?"

"아닙니다, 각하. 아무런 조건없이 돌아옵니다."

"그렇다면 물론이지요. 설계도를 찾는 것이 중요한 일이니까요."

알로웨이 경은 천천히 말했다. 여전히 혼란스럽고 이해할 수 없다는 표정이었다.

"그렇다면 일이 그렇게 잘 처리되기를 바랍니다. 오직 각하와 제독, 그리고 비서만이 그 설계도를 읽어버린 사실을 알고 있을 뿐입니다. 또한 오직 이 세 사람만이 그것이 되돌아온 사실을 알 것입니다. 그리고 제가 각하를 모든 면에서 지원하리란 것은 믿으셔도 좋습니다. 그 이상의 비밀은 저만 알고 있겠습니다. 각하께서는 저에게 설계도를 찾아달라고 요청하셨습니다. 그래서 저는 그렇게 했습니다. 그 이상은 각하께서 관여하실 바가 아닙니다."
포아로는 일어나서 손을 내밀었다.
"각하, 만나 뵙게 되어 정말 기뻤습니다. 저는 각하를 믿고 있고, 그리고 영국에 대한 각하의 헌신을 믿고 있습니다. 각하께서는 강력하고 확고한 지도력으로 영국의 운명을 이끌어 나가실 것입니다."
"포아로 씨, 저도 최선을 다할 것을 다짐합니다. 약점인지 장점인지 모르겠지만, 저도 저 자신을 믿고 있습니다."
"모든 위대한 사람들이 다 그렇지요. 저도 그러니까요!"
포아로가 큰 소리를 쳤다.
차는 금방 문 앞으로 왔다. 알로웨이 경은 새삼스럽게 우정이 솟아나는 듯 계단까지 나와서 우리를 배웅했다.
차가 출발하다 포아로가 말했다.
"위대한 사람이야, 헤이스팅즈. 저 분은 명석한 두뇌와 기지와 능력을 갖추고 있어. 영국이 이 어려운 재건 시대를 헤쳐 나가기 위해서는 저 분의 강력한 지도력이 필요해."
"나도 자네 말에 기꺼이 동의하네, 포아로, 그런데 줄리엣 부인은 어떻게 할건가? 부인은 직접 알로웨이 경에게 설계도를 돌려주게 된 건가? 자네가 말 한마디 없이 떠나 버린 것을 알면 부인이 자네에게 뭐라고 하겠나?"

"헤이스팅즈, 자네에게 한 가지 물어보겠네. 부인이 나와 이야기를 하고 있을 때, 왜 그때 그 자리에서 나한테 설계도를 넘겨주지 않았겠나?"
"가지고 있지를 않았으니 그렇지."
"맞네, 부인이 자기 방에서 그것을 가져오는데 얼마나 걸릴 것 같나? 아니면 어디 숨겨놓은 곳에서 가져온다고 할 때? 아, 대답하지 않아도 되네. 내가 말해 주지. 잘해야 이 분 삼십 초 걸릴 걸세! 그런데도 부인은 십 분을 요구했어. 왜일까? 분명히 누군가 다른 사람한테서 그것을 얻어야 했기 때문이지. 그 사람이 설계도를 돌려주도록 설득하거나 싸워야 했을 테니까. 그러면 그 사람이 누구겠는가? 분명 콘라드 부인은 아니네. 자기 가족 중 한 사람이겠지. 남편 아니면 아들이야. 둘 중 누구겠나? 레너드 웨어데일은 자기가 바로 잠자리에 들었다고 했어. 우린 그게 사실이 아니라는 것 알고 있지 않나. 부인이 아들 방에 갔다가 방이 빈 것을 알았다고 가정해 보세. 부인은 뭔가 알 수 없는 두려움에 사로잡혀 아래층에 내려와 보았을 것이네. 부인의 아들은 행실이 아주 좋지 않으니까! 거기서도 아들을 찾지 못했는데, 나중에 아들은 자기가 방을 떠난 적도 없다고 부인했네. 부인은 자기 아들이 도둑이라고 결론을 내린 것이네. 그래서 나와 이야기하러 찾아 온 거지."
"하지만 이보게, 우리는 줄리엣 부인이 모르는 사실을 알고 있네. 우리는 부인 아들이 서재에 있을 수 없었다는 것을 알고 있지 않나. 그 친구는 계단에서 예쁜 프랑스 하녀와 사랑 놀음을 하고 있었으니까. 부인은 몰랐지만, 레너드 웨어데일은 알리바이가 있는 것이지."
"아니, 그렇다면 도대체 누가 설계도를 훔친 건가? 우린 지금 모든 사람을 대상에서 제외시켰지 않나? 줄리엣 부인, 그의 아들,

콘라드 부인, 프랑스 인 하녀……."
"정확하네. 자, 자네의 작은 잿빛 뇌세포를 사용해 보게나. 해답은 바로 자네 앞에 있네."
나는 머리가 멍해져서 고개를 가로저었다.
"하지만 사실이야! 조금 더 끈기 있게 생각을 해보란 말일세! 봐, 피츠로이가 책상 위에 서류를 놓아두고 서재를 나간다. 몇 분 뒤에 알로웨이 경이 방으로 들어와서 책상으로 간다. 그런데 서류가 없다. 단지 두 가지 가능성밖에 없네. 하나는 피츠로이가 서류를 책상 위에 두지 않고 자기 호주머니에 집어넣은 경우, 하지만 이것은 비합리적이네. 알로웨이가 지적했듯이 그는 자기가 편할 때에 설계도를 베낄 수 있을 테니까. 다른 하나는 알로웨이 경이 책상으로 갔을 때 설계도가 여전히 책상 위에 있었을 경우, 이 경우에는 설계도가 알로웨이 경의 호주머니로 들어갔겠지."
나는 어리벙벙하여 말했다.
"알로웨이 경이 도둑이라고? 하지만 왜? 왜 그런 짓을?"
"자네가 나한테 알로웨이 경의 과거의 추문에 대해서 말해준 적이 있었지. 자네 말대로 알로웨이 경은 혐의가 없는 것으로 밝혀졌네. 하지만 만일 그 추문이 사실이었다면? 영국 공직 사회에서는 추문은 허용되지 않네. 따라서 그것이 이제 와서 들추어져서 그가 사기를 쳤음이 밝혀진다면? 그걸로 그의 정치 생명은 끝장이지. 따라서 우리는 그가 협박당하고 있었다고 추리할 수 있고, 그 대가는 바로 잠수함 설계도였네."
"그렇다면 그 자는 더러운 반역자야!"
내가 소리쳤다.
"아니야, 그렇지 않네. 그는 영리하고 기지가 넘치는 사람이지. 그가 그 설계도를 한 부 베꼈을 경우를 생각해 보게. 그렇지만 여러 부분을 약간씩 고쳐서 실제로는 사용할 수 없게 만들었을 것이네. 그는 뛰어난 기술자이기도 하니까. 내 생각으로는 그가 그 가짜 설계도를 적의 첩자에게, 즉 콘라드 부인에게 넘겨주었을 것 같네. 그러나 그 설계도가 가짜가 아닌 것처럼 보이기 위해서는, 그것이 도난당한 것처럼 보여야만 하네. 그러면서도 그는 집안에 있는 어떤 사람에게도 혐의가 가지 않도록, 유리문으로 나가는 사람을 자기가 보았다고 꾸며댄 거지. 그렇지만 그것은 제독의 고집 때문에 난관에 걸렸네. 그렇게 되자 그는 혹시 혐의가 피츠로이에게 돌아갈까봐 안절부절못했던 것이지."

"그것은 자네 마음대로 추측해 보는 것이 아닌가, 포아로?"

내가 반박했다.

"아니, 심리학이지. 진짜 설계도를 넘겨준 사람일 것 같으면, 누가 의심을 받을 것인가에 대해 그렇게 과민하게 조바심을 내지 않지. 또 한 가지, 그는 왜 콘라드 부인에게는 도난의 정확한 상황을 말해선 안 된다고 그렇게 다짐을 주었던 것일까? 그가 가짜 설계도를 초저녁에 주었기 때문이지. 콘라드 부인이 그 도난 사건이 그 뒤에 일어났다는 것을 알면 어찌 되겠나?"

"글쎄, 자네가 꼭 옳다고 장담할 수 있을까?"

"물론 내가 옳지. 나는 위대한 사람으로서 또 하나의 위대한 사람과 이야기를 한 것이거든. 그는 내 말을 완벽하게 이해했네. 앞으로 알게 될 거야."

한 가지는 분명했다. 알로웨이 경이 총리가 된 다음의 어느 날, 수표와 서명이 든 사진 한 장이 도착했다. 사진에는 이런 말이 쓰여 있었다.

'나의 소중한 친구 에르큘 포아로에게 — 알로웨이가.'

그 Z형 잠수함이 지금 해군 주변에서 커다란 찬사를 불러일으키고 있는 것 같다. 그것이 현재 해군전을 근본적으로 변화시킬 것이라고들 말한다. 다른 어떤 나라에서도 그것과 비슷한 종류의 잠수함을 건조하려 했으나, 무참하게 실패했다는 소식도 들었다. 하지만 나는 아직도 포아로가 당시 그저 추측해 본 것일 뿐이라고 생각한다. 요즘 그는 그런 추측을 너무 자주 하는 경향이 있다.

마른 풀더미 속 바늘을 찾는 포아로

 1950년에 크리스티의 50번째 미스터리 소설 출판 기념회가 성대히 거행되었을 때, 애틀리(Attlee, Clement Richard ; 1883~1967) 수상이 정중한 축사를 보내 그녀의 공적을 치하했다.
 크리스티는 미스터리 작가로서뿐만 아니라 희곡작가로서도 이름이 널리 알려져 있다. 그녀의 《쥐덫(2막 3장)》은 1952년 11월 25일 초연된 이래 1992년 40돌 1만 6651회 공연 기록을 세웠고, 현재까지 계속 공연되는 놀라운 기록을 세우고 있다.
 애거서 크리스티는 1891년 데븐셔 주 토키에서 태어났다. 그녀의 본디 이름은 애거서 델리 클래리서 밀러, 아버지는 미국인이었으며, 어렸을 때 세상을 떠났다. 홀어머니 손에 자라난 그녀는 학교 교육을 받지 않고 어머니로부터 배웠다. 소녀 시절부터 글쓰기와 음악을 좋아했지만, 성악에 소질이 없음을 안 뒤부터 열심히 장편소설을 썼다. 그때 창작상의 지도와 격려를 해준 사람이 전원소설의 대가이며 《빨강 머리 레드메인즈》《어둠의 소리》 등 고전적 미스터리 소설을 남긴 이든 필포츠였다.

이 우연한 인연은 그가 크리스티의 고향인 토키에서 살고 있었기 때문이었다. 그 뒤부터 크리스티가 쓴 단편들이 이따금 잡지에 실리게 되었다.

그녀는 1914년 23살 때 군인인 아치볼드 크리스티와 결혼했다.

제1차 세계 대전이 일어나 남편이 프랑스로 출전하자, 그녀는 간호사를 지원해 토키 병원에 근무했다.

전쟁이 끝날 무렵 여가가 생기자, 전부터 미스터리 소설을 즐겨 읽고 있었던 크리스티는 《스타일즈의 괴사건》을 써서 출판사에 보냈다.

몇 군데에서 원고가 되돌려져 왔으나, 그 가운데 한 출판사에서 1년 지난 뒤 이 작품을 출판했다. 1920년의 일이었다.

그 뒤 계속 미스터리 소설을 발표했는데, 크리스티의 대표작이라고 할 수 있는 《애크로이드 살인사건》을 간행한 1926년에 일어난 그녀의 실종 사건이 큰 센세이션을 불러일으켜, 크리스티라는 이름이 온 세계에 알려지게 되었다.

12월 5일 아침 뉴랜드 거리에 빈 자동차가 버려져 있는 것을 보고 그 근처 사람이 경찰에 신고했다. 조사 결과 자동차 안에 부인용 물건이 떨어져 있는 게 발견됐고, 얼마 뒤 자동차 주인은 크리스티라는 게 확인되었다.

그녀는 그 전날 오후 10시까지 남편과 함께 지낸 뒤, 갑자기 소지품을 챙겨 드라이브를 떠나며 오늘 밤에는 안 돌아올지도 모른다는 말을 남기고 집을 나갔다고 했다. 남편 말로는 그날밤 아내가 몹시 신경질적이었으며, 하인 말로는 그날 아침 부인이 퍽 흥분해 있었다고 했다.

그런데 실종 7일째에 시동생이 편지를 받았다. 거기에는 요양을 위해 친구와 함께 요크셔 온천에 머무를 생각이라고 씌어 있었다. 그 편지는 집을 나간 열두 시간 뒤, 자동차가 발견된 지 두 시간 뒤에 씌어진데다 실종 장소에서 30마일이나 떨어진 런던 시 소인이 찍혀 있었으므로, 수사를 더욱 혼란에 빠뜨렸다.

4, 500명의 경관이 그 근처 사람들의 도움을 받으며 철저하게 수색했고, 경찰견과 그녀의 애견도 동원되었으며, 비행 정찰까지 해보았으나 모두 실패로 끝났다. 9일째에는 5천 명의 사람들이 봉사적으로 수색에 협력했다.

그때까지 관할서는 천 파운드의 비용을 썼다.

미스터리 소설계의 원로 에드거 월리스도 동원되어 '나의 추측'이라는 글을 신문에 썼다. 그는 크리스티의 실종을 가리켜 그녀 자신이 의식적으로 한 일로 자살할 염려는 없다, 그녀는 그 밤의 모험 뒤 호텔에서 푹 쉬었을 것이며 다시 나타나기에 얼마쯤 난처한 사정이 있는 걸 거라고 말했다.

12일째에 신문의 사진과 흡사한 부인이 투숙하고 있다는 호텔 지배인의 신고를 받아, 그녀는 요크셔 온천 호텔에서 발견되었다. 남편이 확인하러 그곳에 갔을 때, 그녀는 그곳에서 알게 된 호텔 손님을 '이분은 내 언니예요'라고 소개했다고 한다.

남편은 '아내는 나를 알아보지 못했습니다. 그리고 자기가 어디 있는지도 몰랐습니다'라고 말했다. 크리스티는 잠시 기억상실증에 걸렸던 모양이다. 그 훨씬 뒷날 씌어진 크리스티의 자서전에 의하면, 그 원인은 남편의 바람기 때문이었다고 한다.

1928년 그녀는 남편과 이혼하고 해외 여행을 떠나, 1930년에 소아시아에서 고고학 발굴에 종사하고 있던 맥스 맬로원과 재혼했다.

크리스티는 1920년에 첫 장편 《스타일즈의 괴사건》을 발표한 뒤로 장편 미스터리 60여 편, 단편집 10여 편, 기행문 및 그밖의 저서 3편, 메리 웨스트매콧이라는 필명으로 발표한 보통소설 6편을 합해 모두 80편이 넘는 저서를 써냈으며, 그 외에 여러 편의 희곡도 있다.

이같은 왕성한 창작력은 여자로서는 실로 놀랄 만한 일이다. 그녀는 1976년 1월 12일 런던 교외의 자택에서 85살의 나이로 눈을 감았다.

크리스티의 작품을 읽을 때 느껴지는 것은 그녀만큼 트릭의 구성에 뛰어난 재능을 발휘한 작가는 드물다는 점이다. 반 다인의 현학 취미나 딕슨 카의 괴기 취미나 가드너의 법정 장면 같은 강렬한 색채는 없지만, 기발한 착상과 교묘한 구성의 솜씨가 단연 1급이다.

그녀의 독창적 트릭이 잘 살려진 《애크로이드 살인사건》은 이미 미스터리 소설의 고전으로 높이 평가되고 있다.

크리스티가 창안한 탐정에는 두 가지 타입이 있다. 하나는 셜록 홈즈와 어깨를 겨룰 만한 벨기에인 명탐정 에르퀼 포아로, 또 하나는 노처녀 탐정 미스 마플이다. 두 사람 다 독자에게 친밀감을 주는 사랑스럽고 온화한 타입이다.

《ABC 살인사건》은 1935년 크리스티가 44살 때 발표되었다. 장편으로서는 열여덟 번째 작품이다. 그녀는 1930년대에 《오리엔트 특급 살인》《ABC 살인사건》《3막의 비극》 등 대표작을 써냈다. 그녀의 작가 생활 중에서 이 시기가 가장 정력적인 때였다고 볼 수 있다.

《ABC 살인사건》에 등장하는 탐정 포아로는 언제나처럼 자신의 명석한 천재적 두뇌를 몹시 자찬하고 있다. 크리스티는 기묘한 도전장을 발단으로 시작되는 이 작품에서 생생한 인물묘사와 부드러운 대화로 독자를 작품 속으로 대뜸 이끌어 간다.

A로 시작되는 곳에서 같은 A로 시작되는 이름을 가진 사람이 살해된다. 계속해서 B, C의 순서로 사건이 전개되는 착상의 기발함이 참으로 이색적이다.

포아로가 마른 풀더미 속에 떨어진 바늘을 찾는 노력을 계속하기 때문에, 읽는 이들은 안개 속을 헤매는 듯 안타깝다.

포아로는 살인을 되풀이하는 자의 심리에 대해 이렇게 말하고 있다.

"살인자는 도박꾼과 마찬가지로 언제 그것을 끝낼지 모르네. 범죄를 할 때마다 자기 능력에 대한 자신감이 강해지지. 그래서 살인자는 '나는 현명하고 게다가 운도 좋았다'고는 말하지 않네. '다만 나는 현명하다'고 할 뿐. 자신의 현명함에 대한 과신이 더욱 커져서 잘못을 저지르는 것일세."

이렇게 범인의 심리를 꿰뚫어본 명탐정 포아로는 범인을 덫으로 몰고 간다. 크리스티의 작가적인 모든 재능과 특징이 이 작품에서 유감없이 발휘되고 있다.

여자로서 미스터리 소설을 쓴다는 게 우리 동양인에게는 좀 이상하게 느껴진다.

그러나 영국인만큼 미스터리 소설을 좋아하는 민족도 없다. 심지어 국왕까지도 미스터리 소설의 원로 에드거 월리스의 새로운 작품을 애타게 기다리는 정도라고 한다.

그러니 영국에서 미스터리의 여왕 애거서 크리스티가 탄생한 것은 조금도 이상한 일이 아닌 것이다.